KB150692

한 권으로 재미있게 읽는 에세이

숨겨진 조선의 연애 비화 48가지

조선의 연애 비화 48가지

초판 1쇄 인쇄_ 2008년 12월 5일 | 초판 2쇄 발행_ 2009년 3월 5일
지은이_김만중 | 펴낸이_진성옥 · 오광수 | 공급처_꿈과희망 | 펴낸곳_올댓북
디자인 · 편집_김창숙, 박희진 | 마케팅_김진용, 고우성 | 인쇄_보련각
주소_서울특별시 용산구 원효로 1가 112-4 디아뜨센트럴 217호
전화_02)2681-2832 | 팩스_02)943-0935 | 출판등록_제1-3077호
http://www.dreamnhope.com| e-mail_ jinsungok@empal.com
ISBN_978-89-90790-82-8 03810 | 값 10,000원
ⓒ Printed in Korea. | ※ 잘못된 책은 바꾸어 드립니다.

한 권으로 재미있게 읽는 에세이

숨겨진

조선의

흥미진진한 고전 스캔들

연애비화

조선왕조 남녀상열지사

48가지

김만중 지음

올댓 book

조선시대에는 이런 사람들도 살았다

■ 조선시대의 기생(妓生)은 어떤 사람들이었나요?

잔치가 있는 곳이나 유흥장에서 춤을 추고 노래를 부르고 악기를 연주하여 분위기를 북돋워주는 일을 직업으로 삼는 여자들을 기생 또는 기녀(妓女)라고 불렀다. 기생은 한 떨기 꽃처럼 예쁜 모습을 하고 있는데 말을 할 줄 아는 꽃이라 해서 '해어화(解語花)', 또는 '화류계 여자(花柳界女子)'라고도 불렀다. 그러나 기생이라고 해서 악기 연주하고 춤만 추고 노래만 부르는 것이 아니라 다른 일도 하였다. 기생 가운데 관기(官妓)는 의녀(醫女)의 역할을 하면 약방기생, 상방(尙房)에서 침선(針線, 바느질)도 담당하면 상방기생이라 하였는데, 주로 연회나 행사 때 노래와 춤을 맡아 하였고, 거문고나 가야금 등의 악기도 능숙하게 다루었다.

| 기생은 어디서 시작되었나요? |

이익은 『성호사설』에서 기생이 양수척(揚水尺)에서 비롯되었다고 하였다. 『고려사』에서 보면, 양수척은 유기장(柳器匠)이라 하였다. 고려가 후백제를 정벌할 때 굴복하지 않은 사람들을 압록강 밖으로 쫓아버렸는데 이들을 유기장이라 한다. 그러나 그들은 일부분이며 대부분은 여진족이나 거란족 계통의 북방에서 내려와 고려에 귀화한 사람들로, 고려시대의 천민 계급에 속한 사람들을 말한다.

이들은 어디에도 소속되지 못하고 부역을 하지도 않았다. 그러다 보니 일반 백성들과 함께 살지도 못하고 떠돌아다니면서 버드나무나 풀잎을 뜯어 고리[柳器]를 만들어 팔고, 사냥을 하는 등 방랑생활을 하며 도살과 육상(屠殺, 肉商. 버드나무를 세공하거나 소를 잡아 파는 일을 하는 것으로 나중에 백정이라고 불림), 창우(倡優, 광대나 배우)를 직업으로 삼아 그들끼리 특수부락을 이루고 살았다.

이들 중 일부는 왜구를 가장하여 민가나 관청을 습격하여 노략질을 하기도 하고, 거란군이 고려에 쳐들어올 때는 그들의 앞잡이가 되기도 하여 백성들로부터 원성이 높았다.

이런 유기장들 중에서 기녀(妓女)가 나왔다고 해서 기생의 유래를 양수척에 두는 것이다.

나중에 이들이 남녀노비로서 읍적(邑籍)에 오르게 되었는데 그때 외모가 뛰어난 여자를 골라 춤과 노래를 가르쳐 기생을 만든 것이다.

고려시대 초기에 삼국을 통일 과정에서 포로들이 잡혀왔는데 이들을 관리하기 위해 남자 포로를 '노(奴)'라 하고, 여자 포로를 '비(婢)'라고 구분하였다. 그때 '비' 중에서 춤과 노래를 잘하고 악기를 잘 다루는 여자들을 골라내어 나라에서 직접 관리하였던 것이다.

따라서 기(妓)와 비(婢)는 원래 뿌리가 같은 것이며, 그 중 '비'가 '기'보다 먼저 발생하였다고 볼 수 있다.

이외에도 기생이 생기는 과정을 무당의 타락에서 찾기도 한다. 고대사회에서는 제정일치 사회이므로 무당이 제사장으로서 권력을 쥐고 있었지만 점차 국가가 생기고 정치적 권력과 종교적 권력이 나뉘는 과정에서 힘이 약해진 무당들이 지방 세력가들과 힘을 합하게 되는데 이때 기생과 비슷한 신분층을 이루었다는 것이다.

또한 원래부터 세습되어 내려온 기생 이외에도, 어떤 사건을 계기로 신분이 하락하여 비적(婢籍)으로 떨어져 내려와 기생이 되는 경우도 있다. 즉 반역을 도모하다 실패하면 그 가족들 중 부녀자들은 신분이 하락하여 기생이 되기도 한다. 고려시대에 근친상간의 금기를 범한 상서예부시랑 이수(李需)의 조카며느리를 유녀(遊女)의 적에 올렸으며, 조선 초기에 조카 단종을 죽이고 왕위를 찬탈한 수양대군에게 끝까지 항거한 사육신의 처자들을 신하들에게 나누어준 경우가 그 대표적인 예다. 또한, 광해군 때 인목대비의 친정어머니를 제주감영의 노비로 삼았다는 이야기는 유명하다.

| 기생은 어떤 신분이었나요? |

한 마디로 기생은 천민이다. 노비와 마찬가지로 한 번 기생의 명부에 해당하는 기적(妓籍)에 실리면 평생을 천민이라는 굴레에서 벗어날 수 없었다. 특히 조선시대는 유교사상이 뿌리깊이 내려 신분적 제약이 많았던 시대이다. 기생이 양반의 자식을 낳았다고 해서 양반이 될 수 없는 시대였다. 노비의 소생은 모계를 따른다는 '천자수모법(賤者隨母法)'이라는 것이 있어서 아버지가 양반이라 하더라도 어머니의 신분이 천한 기생이면 아들은 노비가 되고, 딸은 기생이 될 수밖에 없었다.

그러나 기생이 양민이 되는 경우도 있었다. 이를 속신(贖身)이라 하는데, 기생이 양민부자나 양반의 첩으로 들어가면 되는데, 이때 재물로 그 대가를 치러주면 천민의 신분으로부터 벗어날 수 있었다.

그리고 기생이 병이 들어 제구실을 못하거나 늙어서 기생 활동을 하지 못할 때 딸이나 조카딸을 대신 들여놓고 속량되어 천민의 신분에서 벗어날 수 있는데, 이를 두고 '대비정속(代婢定屬)'이라 한다.

그러다 보니 이런 사회상을 빗대어 고전소설이 탄생하곤 한다.

『채봉감별곡(彩鳳感別曲, 추풍감별곡이라고도 함)』에는 부모의 명령을 거역하면서까지 사랑을 이룬다는 내용인데, 김진사 딸 채봉과 선천부사 아들 강필성은 약혼한 사이였으나, 벼슬에 눈이 먼 김진사가 딸을 허판서의 첩으로 주려고 하였다. 그 과정 속에 일이 꼬여 채봉은 평양기생이 되어 아버지의 빚을 갚아주기도 하고, 결국 우여곡절 끝에 사랑을 이룬다는 내용이 담겨 있다.

기녀도－유운홍
툇마루에 앉은 기생들의 일상 생활을 엿볼 수 있다. 담뱃대를 물고 앉아 있는 여인,
작은 거울 앞에서 긴 머리를 틀어 올리는 여인, 앞가슴이 흩어져 한쪽 가슴을 내민 채
아기를 업고 있는 여인의 모습에서 기생으로 살아가는 삶의 일면을 엿볼 수 있다.

건곤일회-신윤복
유교적 도덕의 지배가 강하면 강할 수록 남녀간의 사랑은 더욱 분출되는 법.
조선시대의 남녀 애정 풍속에는 애틋함과 가슴저린 아픔이 담겨 있다.

이렇듯 기생은 조선사회에서 양민도 못되는 팔천(八賤)의 하나였다. 팔천은 조선시대의 여덟 천민을 말하는데, 팔반사천(八般私賤)이라고도 한다. 팔천에는 사노비(私奴婢), 승려, 백정(白丁), 무당, 광대, 상여군(喪輿軍), 기생, 공장(工匠) 등이 있다.

그나마 이런 기생에게 위안이 있다면, 남을 즐겁게 하는 일을 하므로 외모를 가꾸어야 했다. 그러다 보니 양반의 부녀자들과 같이 비단옷에 노리개를 찰 수 있었다는 점과 당시 조선의 여인들은 남녀가 유별하여 마음대로 연애를 할 수 없었으나 기생들은 직업적 특성에 따라 사대부들과의 자유연애가 가능했다. 그리고 고관대작의 첩으로 들어가면 어려운 친정을 살릴 수 있었다. 그러나 신분적 제약으로 인해 이별과 배신을 되풀이당하는 경우가 많았으며, 조선시대의 수많은 성 스캔들을 만들어내곤 했다.

| 유명한 기생으로는 누가 있나요? |

기생이 천민의 신분이라 하여 기생의 행실까지 천민 취급하다 그들의 지혜와 뛰어난 지식에 깜짝 놀라는 양반들도 있다.

불후의 시조 시인으로 꼽히는 송도 명기 황진이(黃眞伊)는 시조뿐 아니라 한시에도 뛰어난 작품을 남겼으며, 특히 서경덕과의 일화는 유명하다.

부안 기생 이매창(李梅窓)은 한시와 거문고, 노래에 있어 당대 최고였다. 수백 편을 지었다는 한시는 58수만이 부안 고을의 아전들에 의하여 암송되다가 지금까지 전해져 오고 있다. 당시 허균(許筠)과 이귀(李貴) 등과 교분이 두터웠으며, 중종 때는 선비들이 그녀의 시비를 세워 주기도 하였다.

그 밖에 송이(松伊)와 소춘풍(笑春風) 등 시조시인으로 이름을 남긴 시기(詩妓)들이 많다. 특히 소춘풍은 성종 때 영흥 명기로 인생을 달관하고 자유분방하게 살았으며 조선의 내노라하는 한량들의 벗이 되어 이름을 떨쳤고 그녀에 대한 소문이 한양에까지 알려져 뽑혀 올라옴으로써 선상기(選上妓)가 되었다. '봄바람을 웃는다.' 는 뜻의 소춘풍은 기명일 뿐, 그의 본명과 언제 태어나고 죽었는지에 대한 기록이 남아 있지 않는다.

이렇게 기녀들이 국문학에 끼친 영향 중 가장 큰 것은 고려가요의 전승이라 할 수 있다. 오늘날까지 전해지는 짙은 정한(情恨)의 고려가요는 대부분 그들의 작품으로 보여진다.

한편 진주 기생 논개(論介)는 조선시대의 대표적 의기(義妓)로 임진왜란 때 진주 촉석루에서 왜장 게야무라 로쿠스케를 끌어안고 함께 남강에 떨어져 죽은 것으로 유명하다.

| 기생은 어떻게 변화되어 갔나요? |

조선 말기가 되면 기생은 출신 신분이나 지혜나 예능의 수준에 따라 일패(一牌) · 이패 · 삼패로 나뉜다.

일패기생은 관기(官妓)를 모두 포함하는 것으로, 옥당기생(玉堂妓

生), 양반기생이라고도 했다. 이들은 예의가 바르고 대부분 남편이 있는 유부기(有夫妓)로서 몸을 내맡기는 일을 수치스럽게 여겼다. 이들은 우리 전통가무를 보존하고 이를 계승시키는 전승자로서 뛰어난 예술인들이었다. 한 마디로 미모와 지색을 겸비한 최고의 기생이라 할 수 있다.

이패기생은 은근짜(隱君子)라고 불리며 허가 없이 몰래 몸을 파는 밀매음녀(密賣淫女)에 가까운 기생들이다. 일종의 술집작부들이 이에 속한다고 할 수 있는데, 이패기생의 특성이 점차 변해 오늘날 은근짜라는 말은 겉으로는 얌전한 척하고 요조숙녀인 것처럼 행동하지만 실제로는 그렇지 않은 여자를 속되게 부르는 단어로 쓰인다.

삼패기생은 이른바 창녀(娼女)로서 더벅머리라고도 하는데, 돈을 받고 몸을 파는 일을 직업으로 하는 기생으로 매춘부이긴 한데 가무서화를 제대로 못하고 잡가 정도만 부르는 기생이다.

민족항일기에 들어와서는 기생학교, 기생조합이 권번(券番)으로 바뀌었다. 권번은 서울, 평양, 대구, 부산 등 대도시에 있었고, 입학생들에게 교양, 예기, 일본어 학습을 시켜 요리집에 내보냈다. 일부 기생들은 권번의 부당한 화대(花代) 착취에 대항하여 동맹파업을 일으키기도 하였다.

한편, 어떤 친일파 인사가 거금을 주고 당시 이름난 요정인 서울 명월관(明月館)의 진주 기생 산홍(山紅)을 첩으로 삼으려고 하자, "기생에게 줄 돈이 있으면 나라 위해 피흘리는 젊은이에게 주라."며 단호히 거절하여 의기의 맥을 이었다. 그 밖에도 민족항일기에는 애국충정과 관련된 기생들의 일화가 많다.

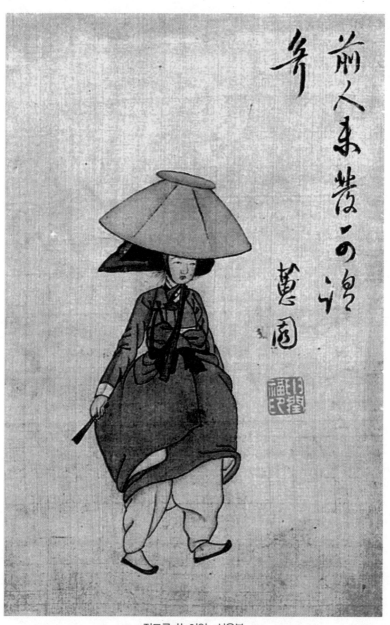

전모를 쓴 여인–신윤복
초생달 같은 눈썹, 긴 둥근 얼굴과 코, 꼭 다문 입이 친근함을 준다.
외설스럽지도 않고 해학과 멋이 담긴 조선의 여인을 담고 있다.

■ 유녀(遊女)는 어떤 사람들이었나요?

전통사회에서, 국가적 사회편제로부터 벗어나 매음(賣淫)을 직업적 혹은 비직업적으로 행하던 여성을 '유녀'라고 한다. 이러한 유녀의 역사는 매우 길어서, 인간사회가 어느 정도 형성되고 나서, 계급 분화가 이루어졌을 때, 또는 부족 사이의 싸움의 결과로 생겨났다.

『주서』, 『수서』 등 중국 문헌에도 우리 나라 유녀에 대한 기록이 있는데, "서민층에는 유녀가 많은데 그들은 일정한 남편이 없다."든가 "부인이 음분하여 유녀가 있다." 등이다. 특히 북방계인 고구려에 이미 유녀가 있었다. 고구려가 다른 부족을 정벌하면서 점차 강대한 국가로 체제가 잡히고 정복한 마을의 부녀자들은 포로로 끌려와 유녀로 전락했을 가능성이 짙다.

고구려 고분벽화에서도 이런 흔적을 찾아볼 수 있는데, 무용도(舞踊圖)는 바로 이런 직업화된 유녀와 창우(倡優)의 모습을 보여주고 있다.

고구려는 아직 노비제도가 국법으로 확립되지 않았기 때문에 사실 유녀와 창기(娼妓)의 구별은 없었을 것이다. 또 고구려는 무예를 기반으로 하였으므로 전투가 잦고 이에 따라 군사들이 주둔한 곳에 유녀가 따랐다는 것은 조선시대 연방군사들을 위한 위안기(慰安妓)의 제도와 통한다.

고려시대에는 광종 때 '노비안검법'이 만들어지고 기녀가 관아에 소속되어 여악(女樂)의 담당자로 등장하고, 『고려사』 악지(樂志)에 나온 것처럼 가척(歌尺)으로서 음악 연주에 한 몫 하고 있으니, 이 무렵부터 관기와 유녀는 구분되었을 것이다.

『고려도경』에 보이는 '사민유녀(士民遊女)', '작악여창(作樂女倡)', '치관비(置官婢)', '비첩(婢妾)', '잡역지비(雜役之婢)' 등에도 유녀와 관비를 구별하고 있다.

이와 같이 기녀(妓女)와 비녀(婢女)는 관청이든 개인적인 양반 집이든 명분상으로는 어떤 일을 하면서 소속되어 있는 반면에, 유녀는 앞서 중국 고문헌에서 보듯이 남편이 정해져 있지 않으며, 개인적으로 매춘 행위를 하는 요즈음 말하는 윤락녀인 셈이다.

장한종(張漢宗)의 『어수신화(禦睡新話)』에 나와 있는 '은창(隱娼)' 역시 유녀를 말하는 것이다.

조선시대 1472년(성종 3)에 풍속을 바로잡는 금제조건을 정한 기록 중 유녀와 화랑(花郎)을 한데 묶어서 봄, 여름에는 어량수세장(魚梁收稅場)에, 가을과 겨울에는 산간승사(山間僧舍)에 유녀와 화랑이라는 자가 있다고 하였다.

사람들이 모이는 마을과는 동떨어진 곳으로 떠돌이같이 흘러다니는 이들은 일정한 소속이 없는 유녀들로, 조선시대 기생과는 구분된다.

일제강점기에는 공창제도(公娼制度)가 시행되어 유곽이라는 매음 업체가 서울을 비롯한 대도시에 생겨났다. 이에 유녀, 창녀들은 법의 보호 아래 직업적 매음녀로 자리잡게 되었다. 이들은 주로 인신매매에 의하여 팔려온 불우한 여인들이다.

1945년 8·15광복 이후 공창제도는 폐지되었으나 사창으로 이어지고, 1950년 6·25전쟁을 전후하여 미군이 진주함에 따라 적선지대(赤

線地帶 : 기지촌)가 생겼다. 그리하여 유녀의 존재는 이름을 달리하면서
아직까지도 음성적으로 지속되고 있다.

■ 의녀(醫女)는 어떤 여성들이었나요?

드라마 대장금은 많은 사람들에게 조선시대에도 의사가 남자가 아닌 여자도 있다는 것을 알게 되었고 그것이 바로 의녀이다. 조선시대에 의녀는 부인들의 질병을 진료하기 위하여 두었던 여자 의원을 말한다.

의녀 제도는 1406년(태종 6)에 검교한성부 지제생원사(檢校漢城府知濟生院事)인 허도(許道)가 건의하여 제생원(濟生院)에 처음으로 설치되었는데, 누군가를 치료하기 위해서 시작된 것이지만 당시 우리 나라의 전통적 풍습과 깊은 관계가 있다.

조선시대는 유교가 뿌리 깊이 내린 사회이기 때문에 부인들은 자신의 병을 남자 의원에게 진단받기를 꺼려 했다. 제생원에서 의녀를 따로 뽑아 주로 맥경(脈經)과 침구(鍼灸)의 법을 가르쳐 부인들을 진료하게 하였는데, 그들이 보는 방서(方書 : 약방문을 적은 책)는 맥경, 침구 이외에 부인과 및 산서(産書) 등이 있다.

| 의녀는 누가 되었나요? |

조선시대는 남녀가 자유로이 만난다는 것은 감히 상상도 할 수 없는 때였다. 그러다 보니 중서계급(中庶階級)에 속한 여자들은 의녀가 되는 것을 원하지 않았다. 부인들이 병에 걸리면 남자 의원에게 치료를

받지 않으려 하고 의녀를 직업으로 삼으려는 사람들은 없어서 할수없이 창고(倉庫)나 궁사(宮司)에 소속된 비녀(婢女)들 중에서 나이가 어린 동녀(童女)를 의녀로 뽑곤 했다.

뿐만 아니라 외방(外方, 지방) 각 도의 계수관(界首官, 큰 도로변에 위치한 군과 현)의 여비(女婢) 중에 영리한 동녀를 선택하여 침구술과 약이법(藥餌法)을 가르쳐서 그 술법을 습득시킨 뒤에 지방으로 되돌려 보내어 부인들의 병을 치료하게 하였다.

이들 외방에서 뽑힌 의녀들은 먼저 『천자문』, 『효경』, 『정속편(正俗篇)』을 가르친 다음에 한양으로 오게 하였는데, 이것은 제생원에서 의술을 배우기에 앞서 글자를 가르치기 위한 것이었다. 1434년(세종 16) 7월에도 제생원 의녀들을 권장하기 위하여 여기(女妓)의 예에 따라 1년에 두 번씩 쌀을 내리게 하였다.

1478년(성종 9) 2월에는 예조에서 의녀를 권장하기 위하여 여섯 조항을 왕에게 주청하여 성적에 따라 내의녀(內醫女), 간병의녀(看病醫女), 초학의녀(初學醫女)의 세 등급으로 나누었다.

이들은 주로 의방서, 진맥, 명약(命藥), 침구, 점혈(點血, 침을 놓거나 혈을 잡기 위해 혈자리를 잡는 것) 등 의료 업무를 했는데, 사회적 대우는 지금의 의사라는 직업과 달리 천민에 속한 기녀나 노비 계급과 비슷하게 취급되었다.

1485년에 천민 자녀의 종량법(從良法 : 비녀가 양인에게 시집가 아이를 낳았을 경우 그 아이는 양인이 되게 한 법)을 정할 때에도 의녀는 창기(娼妓)와 같이 종량될 수 있도록 『경국대전』에 정하고 있다.

『속대전』 예전에 의하면, 영조 때 와서는 장려책으로 내국여의(內局

女醫)와 혜민서여의(惠民署女醫)로 구분하고 있는데, 이 제도는 조선 말까지 그대로 이어졌다.

| 의녀 중에 기생이 있었나요? |

성종 때 의녀를 공사(公私)의 잔치에 참가시켰다는 기록이 있지만 기녀들과 함께 연회에 초청된 것은 아니었다.

그런데 1502년(연산군 8) 6월에 재벌 양반들의 혼수가 너무 사치스럽다 하여 결혼식 전에 함이 들어오는 납채일에 의녀를 보내어 그 물품들을 검사하게 하였는데, 그 뒤부터 잔치 때 기녀와 함께 어전 섬돌 위에 앉게 하였다. 이때는 의서뿐만 아니라 음악까지 가르쳐서 잔치가 있을 때에는 기녀와 함께 공공연히 참가하도록 하였다.

이러한 제도는 수많은 기생들을 궁궐로 불러모아 잔치와 놀이를 일삼았던 연산군에 의하여 비롯된 것이다. 그 뒤 중종 때에 들어와서도 처음에는 의녀를 의기(醫妓)라는 이름으로 신하들과 함께하는 연회에 계속 초청하였다.

1510년(중종 5) 이후로는 의녀를 연회에 참가하지 못하도록 법률로써 여러번 엄금하고 의료의 본업에 돌아가도록 단속하였다. 그러나 한번 흐트러진 풍기는 고쳐지지 않고 여전히 연회에 출입하였다.

한때는 연유에서도 내의원의 의녀는 흑단 가리마(기생이나 의녀들이 얹은 머리 위에 쓰던 쓰개)를 쓰고, 다른 기녀들은 흑포(黑布)를 쓰게 하였으며, 혜민서의 의녀는 약방기생(藥方妓生)이라고 불러 관기 중에서도

경복궁 안에 있는 경회루.
나라에 경사가 있거나 사신이 왔을 때 연회를 베풀던 곳인데, 연산군 때는 수많은 기생들과 함께 이곳에서 잔치를 벌이곤 했다. 연산군 때 전국에서 데려온 기생의 수가 1만명에 달했으며, 이들 중 나은 기생들을 흥청이라 불렀다. 여기서 유래된 말이 바로 흥청망청이라 하니 짐작이 간다.

연산군과 부인 거창신씨의 무덤.
중종반정으로 폐왕이 되어 연산군으로 강봉되고 강화 교동에 유배되었다가 병사하였다.
폐왕이 되었기 때문에 무덤도 왕릉이 아닌 '묘'로 붙여지고, 문인석과 병풍석, 석양, 석
마 등이 없다. 백성들을 위한 정치보다는 놀이에 빠져 흥청망청 지내다 보니 결국 폐왕
이 될 수밖에 없었다.

제일품에 속하였다.

　이 의녀들은 천민 출신이라는 신분적 제약 얽매여 남성의 의관들과 같은 사회적 지위를 끝까지 얻지 못하고 다만 천류로서 겨우 그 명목을 유지하여 왔다.

　물론 예외도 있다. 대장금의 경우 의녀로서는 유일하게 왕의 주치의 역할을 했고, 중종이 마지막까지 자신의 몸을 맡겼을 정도로 신뢰받았던 의원이었다고 기록되어 있다.

　갑신정변을 전후하여 개화의 신풍조가 밀려들어 노비제도가 폐지되고 서양 의학에 의한 왕립병원(王立病院)이 새로 설치되어 현대식 간호원이 요청되었으나 종래의 관습으로 인하여 처음에는 이 사업에 종사하기를 꺼리는 경향을 보이기도 하였다.

■ 조선시대에도 동성연애가 있었나요?

왕이 살고 있는 궁궐에는 수많은 일에 종사하는 궁녀들이 구중궁궐 속에 머물게 된다. 왕의 사랑을 받거나 하지 않으면 평생을 구중궁궐 속에서 살아가다 보니 청춘을 궁녀로 살아야 하는 경우가 많다. 그래서 남의 눈을 피해 궁녀들끼리 사랑을 나누는 경우가 발생하곤 한다. 이렇게 같은 성을 가진 동성애를 하는 사람들을 일컬어 '맷돌 부부'라고 한다.

이런 동성연애는 조선시대 이전에도 나타나곤 하였다. 그러나 인간의 마음까지 유교로 제한하려는 조선시대에는 동성연애를 하면 엄격한 형벌을 받았다.

| 조선시대 이전에도 동성연애가 있었나요? |

조선의 이전인 신라와 고려의 왕들에게 동성연애가 조금 있었다. 우리나라 역사에 기록된 동성애자에 관한 기록을 살펴보면, 기록에 남은 최초의 동성연애를 한 사람은 신라 제36대왕인 혜공왕(758~780)이라고 한다. 『삼국유사』에 따르면 혜공왕은 여자같이 행동하고 옷 입기를 즐겨하여 신하들이 의논하기를 "원래 왕은 여자였는데 남자의 몸을 빌어 왕이 됐으니 나라에 불길하다고 하여 죽였다."는 기록이 나온다.

또 몇몇 향가의 기록에 따르면 신라 화랑도에서 동성애적 행위와 사랑은 꽤 공공연하게 이뤄졌다는 견해도 나오고 있다.

고려시대에는 공민왕도 동성애자라는 견해가 있는데 『고려사』 세가 권 제44편에 보면, "공민왕이 부인 노국공주가 죽자 아름다운 소년들을 가까이 하는 등 궁중의 기강이 문란해졌다."는 내용이 나오고, 그는 귀족 미남 청년들과 공공연하게 동성애를 즐기고 평소 여자옷을 입고 치장하기를 즐겼다고 기록되어 있다.

| 조선시대에는 동성애를 하면 어떤 처벌을 받았나요? |

삼국시대와 고려시대에도 동성애자는 있었지만 사회의 커다란 대세는 아니었다. 그러나 조선시대는 유교로서 사람의 몸과 마음을 제약하다 보니 동성애라는 것은 사회적으로 금기 사항이었다. 그러나 아무리 강력한 벌로 억압한다고 해도 사람의 마음까지 좌지우지할 수는 없었던 것 같다.

세종실록의 기록에 따르면 세종 임금의 며느리이자 문종의 둘째 부인인 봉씨가 세자빈 때 시비인 '소쌍'과 동성애를 벌이다가 발각되어 쫓겨난 내용이 실려 있다.

"세자빈 봉씨가 그녀의 몸종이었던 소쌍이와 석가이를 '맷돌남편'으로 두어 음행을 일삼았으니 폐서인 했다."

이 일로 세자빈 봉씨는 폐서인된 뒤 집안으로부터 자결을 강요당하고 목을 메어 죽고 만다.

이밖에도 판소리나 구비문학 등에 보면 보부상이나 사당패들의 남색 행위와 승방에서 남자나 여자들의 동성애가 있었다고 구전되고 있다.

유교로 사람의 사랑까지 좌지우지하려고 했던 조선시대지만 동성애 이야기는 조선왕조실록에도 실릴 정도로 엄연한 '사실'이다.

궁녀들 사이에는 '대식(對食)'이라고 불리는 동성애가 성행했는데, 실록에 보면, 서로를 방동무, 벗 등으로 부르며 엉덩이에 '朋(붕)'자를 문신하기도 했다.

세종 때 이와 관련된 기록이 또 나오는데, 동성연애를 한 궁녀들이 발각되어 세종이 그들에게 곤장을 치는 벌을 내리고, '삼강행실도'를 배포했다.

이렇듯 유교 국가였던 조선시대의 동성애는 죄악시되어 처벌이 엄격하였으며, 일반 성범죄 처벌 기준보다 더욱 엄격하게 적용했다.

기본적인 처벌은 중국의 '대명률'에 의거했고, 거기에 없는 내용들은 '부례조항'을 만들어 처벌했다. 동성애를 경우에는 죄질의 경중에 따라 태형(10~60대), 장형(70~100대), 도형(징역형), 유형(유배지형), 사형(교수형, 참수형)까지 처벌하였다.

당시 '맷돌 부부' 궁녀에게는 장 70~100대의 처벌을 내렸던 것으로 전해진다.

월야밀회(月夜密會) – 신윤복
보름달이 휘영청 밝게 비치는 한밤중에 무관의 모습을 한 남자와 기생이 밀회를 나누고,
이를 가슴졸이며 한 여인이 바라보고 있다.

춘화를 보는 여인-신윤복
남녀의 자유로운 연애가 금기시되던 시대를 살면서 남녀의 은밀한 그림을 보는 두 여인의
가슴은 어땠을까.

■ 조선시대의 내시(內侍)와 환관(宦官)은 어떻게 다른가요?

내시는 조선시대 궁궐 안에서 잡무를 맡아보던 내시부에 속한 관직을 말한다.

본래 고려시대에는 국왕을 가장 가까이에서 시종하던 관원으로 숙위 혹은 근시(近侍) 관원이었으나, 고려 말 환관들이 내시직에 많이 진출하여 환관을 뜻하는 단어가 되었다.

고려 때만 해도 내시는 근시로서 여러 의식을 집행하고 어가를 수행하는 일을 담당했다. 게다가 내시들은 유학자적 자질을 갖추고 있어서 왕에게 경서를 강의하기도 하고 왕의 제사(制詞)를 기초했으며, 국가 기무(國家機務)를 담당하기도 하였다.

그리고 왕을 대신해 궁궐 밖에 나가 민심을 살피며 각종 민폐를 제거하고 죄인을 압송하여 국문하는 등, 국정 전반에 걸친 임무를 행하였다. 그러나 고려 후기에 원나라가 간섭하면서 고려의 관제가 변질되고, 왜구와 홍건적의 침입으로 국가 재정이 고갈되면서 내시들이 증가하고 그에 따라 질은 떨어지게 되었다.

조선이 세워지고 조선은 초기부터 내시의 득세를 억누르는 정책을 펴서 고려 말에 비해 내시들의 세력이 매우 약해졌다. 그러나 내시가 하는 일 중 궁궐 안의 잡무를 담당한다는 면에서는 큰 차이가 없었다.

그러나 고려 때는 비정상적인 방법으로 권력을 차지하려는 내시가 많았던 반면, 조선의 내시들은 주어진 일에서 크게 벗어나지 못했다.

비록 종2품의 품계까지 올라가긴 했지만, 직접 정치에 참여할 수 없었으며, 그나마 당상관 이상의 품계를 받을 때는 왕의 특별 교지가 있어야 가능했다.

즉, 조선시대 내시는 품계의 높고 낮음을 떠나 궁궐 안의 음식물을 감독하고, 왕의 명령을 전달하고, 왕이 사용하는 붓과 벼루를 공급하며, 궐문 자물쇠와 열쇠를 관리하고, 청소하는 등의 잡무를 맡아 하였다.

그러나 내시들은 의무를 수행하기 위해 많은 공부를 해야만 했다. 사서(四書)와 『소학』, 『삼강행실』 등으로 교육받아야 했고, 매달 고강(考講, 시험)을 치러야 했다.

특히 고강에서는 통(通), 약통(略通), 조통(粗通), 불통(不通) 등으로 나누어 성적을 평가했는데, 이것은 특별 근무일수로 환산되어 정상적인 근무일수와 함께 고과(考課)의 기준이 되었다. 그리고 고과법에 따라 1년에 네 번 근무 평가를 받았다.

이와 같이 교육을 철저히 한 것은 자질 향상을 위해서일 뿐만 아니라 왕의 측근인 내시들을 통제하기 위한 수단으로 활용하기 위해서였다.

그러나 왕과 왕비를 가장 가까이에서 모신다는 점을 이용하여 경제적 이권을 챙겼으며 정치세력과도 결탁하여 궁중의 질서를 어지럽히기도 하였다.

내시는 왕의 측근으로서 궁궐 안에 머물러야 하는 특수성 때문에 거세된 남자만 임명될 수 있었다. 본래 태어나면서부터 거세자인 남자로 내시를 뽑았으나 스스로 거세해도 내시로 임명될 수 있었다.

이렇듯 '내시는 곧 환자(宦者)'라는 동격 관계에도 불구하고, 내시란 정식 관원에서 유래한 용어이기 때문에 거세자라는 신분적 의미의

세종의 왕위 찬탈을 도와 정난공신 2등에 책봉된 하음군 전균의 묘비명.
이 무덤은 내시 무덤 중 가장 오래 되었다.

청계천에 그려진 정조대왕 반차도를 보면
내시가 완전무장을 하고 말을 탄 채 가는 모습이 매우 당당해 보인다.

화성행궁에 있는 글 읽는 환관의 모습.

환관보다는 관직자의 의미가 더 강하다.

| 환관의 특징은 무엇인가요? |

환관은 고려 후기와 조선시대에는 내시로 불리었다. 일반적으로 환관은 거세로 인해 남성적인 특징이 점점 사라져 중성화하고, 여성적인 동작이 나타났다.

목소리가 변하고 수염이 빠지며, 성격도 감정의 기복이 심하고 육체적 결함 때문인지 항상 열등감을 지니고 있었다. 또한 왕의 가장 측근이기 때문에 정직하고 자비심도 많다고 하지만 반대로 물욕이 강해 부를 모으는 일에 열중하기도 하였다. 왕을 측근에서 받들면서 여러 기밀을 접하는 기회가 많다 보니 스스로 권력을 장악해서 정치를 혼란하게 하는 일도 일어나곤 하였다.

| 조선시대 환관은 대가 끊기나요? |

조선시대 수양자법(收養子法)에는 동성(同姓)에 한해 양자를 삼도록 되었으나 환관의 집안의 대가 끊기는 것을 막기 위해, 이성(異姓)의 양자를 들일 수 있도록 하였다. 그러므로 환관도 아내와 첩을 거느리기도 했고, 환관의 아내를 환처(宦妻) 또는 동정녀(童貞女)라고 하였다.

그리고 양자를 들여 대를 잇곤 했는데 이렇게 해서 이어진 내시 종파

(宗派)는 계림파(桂林派), 판곡파(板谷派), 강동파(江東派), 장동파(壯洞派), 과천파(果川派), 서산파(西山派) 등이 있었다.

그리고 환관은 궁 안에 거주하는 장번(長番) 환관과 궁궐 가까이 종로구 봉익동과 효자동에 집단 거주하면서 경복궁, 창덕궁, 종묘에 출퇴근하는 출입번(出入番) 환관이 있었다. 특히 왕을 가까이에서 모시는 장번환관은 대전 장번내시로 대감으로 불릴 만큼 부귀영화를 누리기도 하였다.

한편 환관은 모시던 왕이 세상을 떠나면 궁궐 밖에 나와 살았으며, 죽을 때까지 소복하였다고 한다. 또한 이들은 죽어서도 집단으로 묻혔는데, 지금의 도봉구 쌍문동, 파주시 교하면, 양주군 장흥면 등에 묘지군이 있다. 이 환관 제도는 1894년(고종 31) 갑오개혁 때 폐지되었다.

두 손으로 가린다고 하늘을 가릴 수는 없었다.

조선 최대의 성 스캔들은 역시 내시와 세자빈의 간통 사건이다. 1394년, 조선왕조를 건국한 지 겨우 3년 째 되던 해 일어난 이 엄청난 사건을 접하고 태조 이성계는 신속하고 빠르게 이 사건을 처리했다. 워낙 부끄러운 일이라 누구도 이 일을 거론하지 못하게 했다. 하지만 어디 소문이란 것이 그리 숨긴다고 없어지고 그런가? 급기야 형조에서 몇몇 관리들이 궁금증을 이기지 못하고 상소를 올렸다.

"아니 한 나라의 세자빈이 어느 날 갑자기 친정으로 쫓겨 가고, 내시 중에 높은 지위를 가진 자가 남대문 앞에서 목이 잘렸는데, 나라에서 관리들 가운데 아는 사람이 없으니 전하께서는 이 일을 언급해야 할 것입니다."

왕은 화가 났다. 집안 며느리가 바람을 피웠는데 그것을 더 자세하게 알려달라는 말 아닌가? 상소를 접한 왕은 이름이 거명된 자들을 모두 귀양을 보내 버린다. 이 사건에 대한 실록의 언급은 겨우 서너 줄 문장이 전부다. 하지만 그것을 상상하고 여러 정황들을 참작해서 글을 쓰는 것은 작가의 상상력이다.

실록을 읽다보면 에로티시즘의 극치를 이루는 문장들을 읽게 된다.

"달 밝은 밤에 여러 신하가 술을 마셨는데, 마침 검은 구름이 달을 가리어 어두컴컴하고 밝지 아니하였는데, 일찍이 경상도 절도사였던 승지 조극치가 기생을 데리고 장악원 청사(廳事)에서 음행(淫行)을 저질렀다."

불과 세 줄의 글이지만 생각해 보면 이 문장처럼 사람의 상상력을 음란하게 하는 글도 없다. 일 년 가운데 가장 밝은 달빛이 대궐을 비추고 있었고 자리는 왕이 등극한 기념일이었다. 성대한 술자리, 술이 약한 자들은 벌써 여기저기 누워 몸을 가누지 못하는데, 조극치란 승지가 기생을 데리고 장악원 청사 안에서 음란한 짓을 벌이고 있는 것이다. 그것을 또 술을 덜 마신 사관이 실록에 적어 놓은 것이다.

조선이란 사회는 유교가 지배하는 사회였다. 유교는 성(性)에 대해 철저히 억압하는 사회였다. 그 가운데 여성은 항상 피해자 신분이었다. 조선이란 사회가 일부일처제를 표방했지만 여러 가지 상황들을 놓고 보면 일부다처제 사회였다. 그런 사회에서 다부일처제를 꿈꾼 여자들이 등장하니 그들이 바로 요부들이었다. 어을우동은 분명 성욕이 다른 사람보다 좀 강한 여인임에 틀림없다. 성욕이 많다는 것 때문에 많은 사내들을 건드렸으며 건드린 사내에게는 항상 정표를 남겼다. 어을우동뿐 아니라 어리가 여인은 스와핑을 했다. 어리가 사건에 대한 사관의 논평이 이 책의 핵심이다.

"세상의 절반은 남자이고 세상의 절반은 여자인데, 이 절반의 여인들을 감춘다고 감출 수 있는 문제인가?"

차 례

역사는 지나고 나면 명확하게 드러나지만 현실에서는 어느 것이 옳은지 분간하기 힘들다.
사람의 인생처럼 한 나라 역사도 가지 않은 길에 대한 아쉬움은 여전히 후세들의 몫이다.
그래서 역사를 보고 현실의 우리 삶을 반추하는 것이 아닌가.

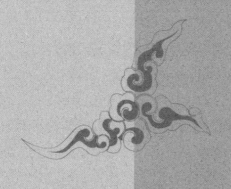

|제1부|

내시와 궁녀들도
사랑을 나누다

내시들의 신체가
궁금하다

왕은 갑자기 전의감 관원을 시켜 내시 이경과 석극산의 음근(陰根)을 조사하여 보고하라고 지시했다. 누군가 그들의 음근이 다시 살아났다는 첩보를 왕에게 흘려서 그런 말이 나온 것이다.

1504년(연산군 10년) 5월 3일, 광기로 가득한 얼굴을 하고 있던 연산군은 갑자기 승지 강징을 불러 지시한다.

"지금 대궐 내시들 가운데 고자가 아닌 자들이 고자 행세를 하고 있다. 그러니 너는 지금 당장 의원들을 대동하고 내시들을 모두 집합시킨 다음 그들의 아랫도리를 조사하여 음경이 있는 자들을 색출하라."

지시를 받은 강징은 내시들 모두를 집합시킨 뒤 창덕궁 선정전 동쪽 협양문 부근에서 그들 아랫도리를 조사하였다.

1504년 3월부터 시작된 갑자사화는 그 해 4월 27일 연산군의 할머니 인수대비가 연산군의 머리에 받혀 숨을 거두면서 삽시간에 대궐은 피

바람이 불고 있었다. 스물아홉 살의 왕은 이미 사람이 아니었다. 왕은 아버지 성종의 후궁들을 때려죽이고 이를 말리던 할머니 인수대비를 힘으로 넘어뜨린, 그래서 충격으로 인수대비는 의식을 잃고 사경을 헤매다 숨을 거둔 것이다. 상복을 입은 왕의 흰 옷에는 연일 핏자국이 묻어 있었다. 왕의 생모 폐비윤씨의 죽음과 관련된 자는 살아 있는 자는 죽어야 했고, 죽은 자는 다시 땅에서 나와 시신을 토막내는 그야말로 생지옥의 광경이 대궐에서 매일 벌어지고 있었다.

그런데 이런 살벌한 분위기가 감돌던 대궐에서 사람들을 긴장시키는 사건이 또 벌어진 것이다. 잠실에서 일을 하는 어떤 여인이 내시 서득관과 간통을 하였다는 주장이 사헌부에 접수된 것이다. 고발을 한 당사자는 그 여인의 남편이었다. 조선의 왕실에서는 성종 때부터 양잠을 장려하기 위해 창덕궁 후원에 채상단(採桑檀)을 만들고 양잠을 직접 하고 있었다. 그런데 그곳을 감독하던 내시 서득관은 양잠하는 여인과 눈이 맞아 간통을 하다 그의 남편에게 들킨 것이다.

이 사건을 보고 받은 왕은 갑자기 내시의 신체가 궁금해졌다. 그래서 궁궐 내시들의 아랫도리를 모두 조사하게 하는 희한한 일이 벌어지고 있었던 것이다.

내시들의 되살이

1504년 5월 3일, 왕이 내시들의 신체검사를 샅샅이 조사하여 보고하라고 지시한 지 불과 보름 만인 5월 19일, 내시 최수연이 대궐을 출입하는 기생과 간통을 한 일이 또 벌어졌다. 그 무렵 왕은 대궐 한 편에서 벌어지는 살육의 현장, 비명소리와 역겨운 피비린내를 애써 외면하기 위해 전국의 기생들을 모두 불러 매일 연회를 베풀고 있었다. 그런 공포와 광기, 유흥의 현장에서 술에 취한 내시 최수연이 얼굴 반반한 기생을 건드린 일이 벌어진 것이다.

왕은 내시부 수장 김처선을 불렀다.

"상선! 요즘 내시들이 자꾸 간통 사건에 연루되는데 왜 그런 것 같소?"

그러자 김처선이 대답했다.

"송구하옵니다. 전하! 제가 알아 본 바로는 저들 가운데 일부는 남녀 사이 일어나는 욕정의 감정을 느끼는 자들이 있나 봅니다."

"욕정이라! 아니 고환이 없는데도 그런 감정이 일어나는가?"

그러자 김처선은 이렇게 대답했다.

"아주 어릴 때 거세를 한 자들은 모르지만 나이 들어 거세를 한 자들은 사춘기에 일어나는 감정을 알고 있을 것이라 생각됩니다."

왕은 '그 드러나지 않는 감정을 어떻게 드러내어 조사하나? 고민이네!' 라며 혼자 중얼거렸다.

조금 있다가 왕은 김처선에게 지금 모든 내시들을 선정전 앞으로 집합시키라 명했다. 그렇게 하여 근무가 없는 내시들조차 집에서 불려나와 대궐 앞에 모였다. 왕은 대궐 앞마당에 모인 수백 명의 내시들을 줄을 세워 정열을 시킨 다음, 책을 맛나게 읽어주는 목소리도 예쁘고 얼굴도 반반한 책비(冊婢, 책을 읽어주는 여자)를 선정전 계단 세 칸 위에 서게 한 다음 남녀 사이 벌어지는 음란한 책 한 권을 골라 읽게 했다.

그리고 책비가 들려주는 야한 이야기에 내시 가운데 거시기가 화를 내면 왕은 그 자가 바로 욕정을 아직도 품고 있는 내시라고 판단할 요량이었다. 이 날 왕에게 불려온 책비는 한양에서 가장 인기 있는 여인이었다.

이런 묘안으로 해서 잡아낸 자가 바로 김세필이란 내시였다. 그 자는 김처선도 아끼는 내시였는데, 놀랍게도 조사를 진행하니 궁녀에게 임신까지 시킨 사실이 드러났다. 왕은 김세필이 어떻게 대궐에 들어왔는지 그리고 지금 거시기 상태는 어떤지를 면밀하게 조사하라 지시했다.

조사 결과 김세필은 십대 후반에 대궐에 들어왔는데, 그의 양아버지 최결이 적극적으로 추천해서 거세를 한 뒤 내시가 된 것이라고 했다. 그런데 김세필이 거세를 한 것이 얼마 뒤 다시 살아나 궁녀를 간통했던 것이다. 이렇게 거세된 것이 다시 살아나는 것을 '되살이' 라 불렀다. 임금은 김세필과 그의 양아버지 최결을 모두 참형에 처하고 그들 목을 걸어 내시들이 모두 보게 했다.

이렇게 해서 내시들의 신체 검사와 간통 사건은 어느 정도 잠잠해지는 듯이 보였다. 그런데 4개월이 지난 1504년 9월 7일 실록에 갑자기 내시 신체 조사 이야기가 다시 등장한다.

왕은 전의감 관청의 관리를 은밀히 불러 그곳 내시 가운데 이경과 석극산의 음근(陰根)을 자세히 조사하여 보고하라고 지시했다. 전의감은 궁중에서 쓰는 의약품을 공급하고 의원들을 뽑고, 교육하는 기관이다. 그런데 그곳 누군가가 전의감 소속 내시 이경과 석극산의 음근이 살아 있다는 첩보를 왕에게 올린 것이다. 이에 연산군이 은밀히 조사를 지시한 것이다.

왕은 다시 김처선을 불렀다.

"아니 전의감의 내시들은 그때 조사를 하지 않았나?"

그러자 김처선은 머리를 조아려 대답했다.

"워낙 사경을 헤매는 환자들이 있어 일부 빠진 듯합니다."

왕은 김처선에게 전의감 소속 내시들을 모두 불러 지난번과 같은 방법으로 책비를 불러 아직도 여인의 몸에 욕심을 내는 자들을 색출하라고 지시했다. 그렇게 해서 이경과 석근산의 음근이 살아 있음을 확인했다. 하지만 그 뒤 이경과 석극산이 어떻게 처벌되었는지는 실록에 기록돼 있지 않아 알 수 없다.

왕이 생각하는 '음근이 살아 있다'라는 표현은 고환이 다시 살아나 정액이 분비되었다는 의미가 아닐 것이다. 조선의 내시들은 중국과 달리 '줄기는 살리고 뿌리를 없애는 것'이 원칙이었다. 그러니까 뿌리가 없는 막대기, 고환이 없는 성기를 달고 있던 내시들은 김처선이 말한 것처럼 남녀 사이 끓어오르는 욕정의 감정을 가진 자들은 '음근이 살아 있다'라고 표현했을 것이다.

중국의 내시들은 완벽하게 거세를 했다

중국의 내시들은 남근과 고환을 함께 제거하는 수술을 받았다. 완벽한 거세를 의미한다. 중국의 역사 기록에 따르면 '남근과 고환을 제거하고 나서 요도에 밀대롱을 꽂아 재를 뿌리고 상처가 아물고 밀대롱으로 오줌이 흘러나오면 시술은 성공한 것이다.'고 적혀 있다.

중국의 다른 기록을 보면 내시들은 거세 수술 전 혼서(婚書)라는 동의서를 쓰고 나서 밀실로 들어갔다. 잘못하면 거세하다 죽는 경우도 종종 있어 그런 것인데, 왜 하필 그 죽어도 상관없다는 서약서를 혼서라고 했을까? 그것은 남자에서 여자로 바뀌어 대궐로 시집을 간다는 의미가 있다는 것이다. 원시적인 마취 방법을 한 후 음낭과 음경을 모두 잘라냈다. 잘라낸 상처 부위는 찬물에 적신 흰 종이를 덮어 지혈을 했다. 수술하는 동안 매운 고추를 끓인 물로 수술 부위를 닦아 냈고, 또한 수술이 끝난 뒤 3일까지 물 마시는 것을 금하며 상태를 지켜보았다. 이렇게 해서 3~4일간 밀실에서 음식물을 먹지 않고 모든 노폐물을 배설하도록 해 수술 후의 감염을 예방했다.

하지만 수술이 잘못돼 요도가 막히면 그저 죽는 날만 기다릴 수밖에 없었다. 만약 조선의 내시들도 이런 중국의 내시들과 같은 방법으로 거세를 했다면 성기 절단 수술까지 받은 것이니 성행위는 할 수 없었을 것으로 추정된다. 그러나 조선의 내시들은 고환은 없었지만 성기는 달고 있었다. 그래서 자주 내시들이 성범죄를 일으키곤 했던 것이다. 호기심 많은 연산군은 아마 내시들의 그것이 어떻게 달려 있나 궁금했을 것이다.

향토 사학자들의 증언을 간추리면 조선 시대 내시들의 시술은 지금의 여의도와 영등포 사이 샛강 용추(龍湫) 라는 곳에 내시 시술을 담당하는 움막 시술소가 있었다고 한다. 시술은 성기는 남겨 놓은 채 고환 부문만 제거했다. 주로 비가 오는 날 천둥번개가 칠 때 많이 했다고 하는데, 이는 고통 때문에 비명소리가 밖으로 새나가지 않게 하기 위한 것이라고 한다. 그만큼 그 고통이 심했다는 이야기다.

　이런 힘든 과정을 거친 조선의 내시들, 하지만 그들에게 성욕이란 평생 걸쳐 단 한 번도 일어나지 않는 전혀 알 수 없는 감정들이었을까? 그것은 아니었던 것 같다. 조선왕조실록에서 내시들의 간통 사건이 자주 등장한 것을 보면 성욕이란 것은 고환을 제거하여 남성 호르몬을 제거한다고 영원히 사라지는 것이 아닌 본능의 감정이라는 이야기다.

　내시의 간통 사건으로 가장 놀라운 사건은 세자빈이 내시와 간통을 저질렀다는 기록이다. 놀라운 사실이 아닐 수 없다. 한 나라의 미래를 짊어지고 나갈 세자의 아내가 내시와 궁궐에서 간통을 했다는 이야기는 충격 그 자체이고, 조선왕조 500년 역사에서 유일하게 등장한다.

헉! 내시와 세자빈이
간통을 하다

조선 초기 내시들의 간통 사건 가운데 가장 큰 사건은 태조 이성계의 막내아들이자 세자였던 방석의 아내 현빈 유씨와 내시 이만의 간통 사건이었다. 세자빈은 너무 나이 어린 세자와 혼인하고 외로움을 이기지 못하고 내시 이만과 성관계를 가진 것이다. 그런데 두 사람이 어떻게 불륜 관계에 빠져들었을까?

간통 사건을 말하는 자, 모두 감옥으로 보내

1394년(태조 2년) 6월 14일, 갑자기 형조에서 올라온 상소 한 장이 궁궐 분위기를 삽시간에 뒤숭숭하게 만들었다. 우선 그 상소를 살펴보자. 실록에 보면 상소는 갑자기 내시 이만이 남대문 밖에서 목이 달아나고 세자빈 현빈 유씨가 제 집으로 쫓겨난 사실이 무엇이냐고 왕에게 신하들이 묻는 대목이 나온다.

"지금 나라에서는 세자빈이 갑자기 자기 집으로 쫓겨났고, 또한 세자궁을 지키던 내시 이만이란 자가 오늘 아침 남대문 밖에 목이 걸려 백성들이 놀라 수군거리는데, 대궐의 누구도 이 일을 모르고 있으니 이것은 중차대한 일이니 신하들도 알아야 합니다."

　그런데 왕은 '백성들이 수군거리고 있다'라는 말에 진노하였다. 그리고 그 상소에 연명으로 참여한 인물들 모두를 감옥에 가둬버리라고 지시했다. 실록에는 이때 감옥에 갇힌 사람들이 워낙 많아 조정의 일이 잘 돌아가지 않았다고 적혀 있다. 태조 이성계는 다음 날 조회를 열고 부쩍 숫자가 적어진 관리들의 얼굴을 찬찬히 살핀 다음 입을 열었다.

　"지금 대궐에서 벌어진 하찮은 내시와 궁녀들의 일을 가지고 말들이 많다. 그 가운데는 사실인 것도 있지만 거짓인 이야기도 많다. 그런데 확실하지도 않을 일을 가지고 왕실 일을 상소까지 올려 시끄럽게 한 자들이 있었다. 우리 집안일인데, 그렇게 호들갑을 떨 일이 뭐 있는가? 이번 일은 없던 걸로 하자. 모두 집안 내의 일이니 외부 사람이 간섭할 것이 못된다. 생각해 봐라! 대간들이야 원래 아무 일도 아닌 것 가지고 떠드는 것이 그들 직업이니까 그렇다고 쳐도, 형조를 비롯한 의정부 관리들까지 나서는 것은 아주 집안의 치부를 만천하에 드러내자는 것이니 내가 화를 안 낼 수가 없다. 그리고 이 일이 부풀려져 엄청난 유언비어들이 도성에 난무하고 있다. 새 왕조가 들어선 지 얼마 되지 않으니 굳건한 기틀을 잡기 위해서라도 일벌백계의 차원에서 유언비어를 퍼뜨리는 자는 엄히 다스릴 것이다. 또한 대신들 두세 명 이상이 모여 이 일을 가지고 수군거리는 것이 목격되면 그들도 역시 잡아 가두겠다."

　왕의 말이 끝나자 이날 아침 조회에 참가한 사람들은 서로 눈치를 살피며 아무 말도 하지 못했다. 왕의 화가 어디까지 미칠지 모르는 상황에서 잘못해서 회의 자리에서 왕의 심기를 어지럽힌다면 목숨조차 보장하지 못하는 상황이었다.

　더군다나 사헌부와 사간원 관리들 절반이 잡혀 들어갔고, 형조 관리들 역시 많은 사람들이 옥에 갇혀 있었다. 육조 부서를 관할해야 하는 좌의정 조준(趙浚)은 이 문제에 마냥 침묵할 수만은 없었다. 조준은 이성계의 조선 왕국 건국의 최고 공신이기도 했다. 그는 정도전이 주도한 의안대군 방석을 세자로 옹립한 것에 아직도 불만을 갖고 있었지만 그 것을 거론할 때는 아니었다.

　의정부의 수장이고 형조를 비롯한 육조를 책임지고 있는 좌의정으로서 지금 이런 난국에서 마땅히 수습해야 할 책임이 그에게는 있었다. 그는 왕의 화가 어느 정도 수그러들 때를 기다렸다. 이성계는 화가 나면 물불을 가리지 않는 사람이라는 것을 조준은 잘 알고 있었다. 그래서 도승지 이직에게 왕이 화가 좀 풀리면 서둘러 자기에게 전해 달라고 했다.

　그 날 마침 낮에는 명나라 사신을 접대하기 위한 연회자리가 예정되어 있었다. 한낮이 되자 의정부 정승들과 공신들, 그리고 세자를 비롯한 왕자들이 모두 태평관에 속속 모여들었다. 왕은 이 날 낮빛이 어두운 세자 방석을 보며 평소보다 술을 과하게 마셨다. 도승지 이직과 좌의정 조준은 왕의 표정만을 살피고 있었다. 그 날 주연은 그리 오래 계속되지는 않았다.

　왕은 태평관에서 대궐로 들어와 술이 좀 모자란 탓인지 좌의정 조준을 불러 술상을 같이했다.

　"좌상 내가 너무 심한 것이요?"

　왕의 표정을 살피던 조준은 갑작스런 질문에 처음엔 당황했지만 왕의 표정에 미소가 잠시 번진 것을 보고 생각을 이야기했다.

"전하! 원래 대간들이야 시시콜콜 따지기 좋아하는 자들이니 저들 말에 일일이 마음 쓰실 일은 아닙니다. 우선 의정부나 여러 관청에서 해야 할 일이 많으니 그들 관리들을 우선 풀어주심이 좋을 것 같습니다. 지금 명나라 사신들도 와 있으니 관리들이 많이 보이지 않으면 저들이 이상하게 생각할 것입니다."

도승지가 왕을 더 열 받게 하다

좌의정 조준의 말을 듣고 왕은 말없이 술잔을 만지다 도승지 이직을 불렀다. 도승지 이직(李稷)은 고려 문인 이조년(李兆年)의 증손자이다. 당시 그는 아버지 상중이라 관직을 맡지 않는 것이 원칙이었지만 왕의 총애가 남달라 중책을 맡고 있었다. 하지만 그는 너무 고지식한 것이 단점인 인물이었다. 왕은 도승지 이직의 생각은 어떠냐고 물었다. 서른 한 살의 젊은 나이이고 사리분별이 분명한 사람이지만 융통성이 없는 것이 흠이었던 그는 짧고 간단하게 대답했다.

"전하! 대간과 형조 관리들은 한 나라 규율을 책임지는 자들이니 이들 모두를 가두면 나라의 체면이 말이 아닙니다."

도승지란 왕의 마음을 잘 헤아려야 하는데, 이직은 그것이 좀 부족했다. 이직의 말을 듣고 태조의 얼굴빛이 다시 어두워졌다. 왕은 갑자기 '나라의 체면이 말이 아니다' 라는 말에 다시 울컥 했다. 잠시 침묵이 흘렀고, 조준은 무슨 말이든 해서 이 난감한 상황을 바꾸어야 된다고 생각하고 있을 무렵 왕은 앞에 있는 도승지 이직에게 지시를 내려 버렸다.

"지금 당장 옥에 갇힌 자들을 도성에서 천 리 먼 지역으로 유배를 보내게 하라!"

그리고 왕은 답답하니 두 사람 모두 퇴궐하라고 지시한 뒤 혼자 술을 마셨다.

다음 날, 왕은 형조의랑 조사의와 그리고 형조좌랑 이치와 진경, 우산기상시 홍보 등을 그들 고향에 내려가 근신하게 했고, 대사헌 이원은 죽림으로, 형조정랑 노상은 전라도 군영으로, 좌습유 이조는 각산으로 귀양 보내라는 교지를 내렸다. 또한 박포와 이서 · 민여익 · 정탁 · 이지강 등은 공신인 관계로 일단 별도의 명령이 있을 때까지 대궐 출입을 하지 않고 집에서 대기하라 지시했다.

왕이 이처럼 화를 내는 이유는 이번 간통 사건 이면에 조선 건국 이후 뒤숭숭한 여러 복잡한 사안들이 얽히고 설켜 있었기 때문이다. 우선 세자 책봉을 두고 신하들 사이 대립들이 있었다. 이성계에게는 8명의 아들이 있었다.

첫째 부인 신의왕후 한씨에게 여섯 명의 아들이 태어났고, 둘째 부인 신덕왕후 강씨에게서 두 명의 아들이 있었다.

한씨는 조강지처고 조선이 개국하기 꼭 1년 전에 숨을 거둔 여인이다. 이성계가 출세를 위해 둘째 부인 강씨를 얻어 첫째 부인에게는 상대적으로 소홀했다. 강씨는 정치적 욕심이 많아 이성계를 설득해 자기 아들 가운데서 세자를 책봉하려 했고, 이런 뜻에 부응한 정도전이 막내 아들 방석을 세자로 세우는 데 적극 나선 것이다. 세자책봉에서 소외된 이성계의 조강지처 자식들과 나이 어리고 철없는 세자를 세운 것에 불만을 갖고 있던 신하들이 이번 세자빈과 내시의 간통 사건에 이러쿵저러쿵 수군거리는 것에 왕이 과민하게 반응하고 있었던 것이다. 조준도 한때 신덕왕후 강씨의 눈 밖에 나서 옥에 갇힌 적도 있었다.

내시 이만, 방석을 업다가 세자빈과 눈이 맞다

그런데 내시와 세자빈이 어떻게 눈이 맞았을까. 자세한 내용은 실록에 없으니 정확하지 않지만 추측은 가능하지 않을까. 방석은 너무 어린 나이에 세자가 되었고 결혼을 했다. 그러니까 아직은 부부 사이 꼭 해야 할 밤의 일을 잘 몰랐을 것이다. 하지만 세자빈 유씨는 아니었다. 18세 젊은 처녀는 한창 피어나는 꽃봉오리로 비유할 수 있는 그런 나이였다.

그런데 남편이라고 있는 것이 일곱 살이나 어린 열한 살의 소년, 아직 거시기도 여물지 않은 아이를 놓고 무슨 후사를 본다고 일을 치르나. 방석은 막내로 자라 그런지 여전히 엄마 치마폭에 매달리는 아이였다. 더군다나 종종 엄마 품이 그립다고 신혼 방을 비우고 엄마 방에서 잠을 청하는 버릇이 있던 아이였다.

그러다가 일이 터진 것이다. 당시 내시 이만이란 자는 세자궁을 지키고 있었는데, 생긴 것도 반듯하고 내시지만 여러 면에서 여자들을 사로잡는, 그래서 궁녀들 사이에서 인기가 많은 사내였다. 세자 방석은 종종 어머니 신덕왕후 강씨의 거처에서 책을 읽다가 잠이 들곤 했다. 그러면 세자궁의 내시 이만은 방석을 등에 업고 세자빈 처소에 눕혀 놓기를 자주 했다.

그러다 그만 세자빈과 내시 이만이 눈이 맞은 것이다. 그렇게 눈이 맞은 두 사람은 세자가 없는 방에서 이상한 일들을 하다 궁녀들에게 들켰을 것이고, 세자빈과 세자궁을 지키는 내시가 그렇고 그런 사이라는 것이 대궐을 넘어 도성의 백성들에게까지 소문이 나기 시작한 것이다.

1394년 여름 무렵 소문은 다시 돌고 돌아 태조 이성계에게도 들어갔다. 가뜩이나 개성에서 한양으로 천도한 지 얼마 되지 않았고 그렇게 민심도 호의적이지 않은데 이런 왕실의 추문까지 대궐 밖에 떠돈다는 이야기에 태조 이성계는 울컥 화가 치밀었다.

태조는 소문을 듣는 즉시 두 사람의 불륜 현장을 확인하기 위해 몰래 내시들로 하여금 세자궁을 관찰하게 했다. 그리고 자신의 눈으로 내시 이만이 세자빈 방에서 나오는 것을 보자 왕은 두 사람을 끌어내어 바로 감옥에 가둬 버렸고, 다음 날 아침 해가 뜨자 곧바로 내시 이만을 남대문 밖에서 참수 시켜버렸고 세자빈 유씨는 친정집으로 돌려보냈다.

세자빈 유씨의 아버지가 어떤 인물인지는 알려진 바가 없다. 하지만 실록에는 그에 대한 한 줄 기록이 남아 있는데, '세자빈이 내시와 음행을 저질러 왕실에서 쫓겨나 집으로 온 날 그녀의 아버지는 목을 매달고 스스로 자살을 했다'고 적혀 있다.

태조 임금은 부끄러운 일이라 조용하게 이 일을 처리하려고 했다. 그런데 대간들이 가만있지 않았다. 왕은 상소를 올린 대간을 잡아 옥에 가둬 버렸다. 그러자 이번에는 형조에서 들고 일어났다.

"한 나라의 세자빈을 어떻게 신하들과 상의하지도 않고 하루아침에 친정으로 돌려보낼 수 있느냐. 또한 대간이 그 일을 왕에게 진언하는 것은 자기 직분에 충실한 것인데 그들을 감옥에 가두는 것은 너무하다."

뭐 대략 이런 주장들이었다.

태조는 가뜩이나 소문이 날 대로 난 유쾌하지 않은 사건에 대해 신하들이 이러쿵저러쿵 말들이 많으니 화가 자꾸 났다. 그래서 이 사건을 언급하는 자는 지위고하를 막론하고 무조건 감옥에 가두겠다고 엄포를 놓았고, 그건 뭐 언론탄압이라고 대간들이 더 날뛰다가 감옥으로 끌려 들어 간 것이다.

왕은 과민한 반응을 보여 누구라도 말을 하면 그 말 속에 깃든 불쾌함을 끄집어내어 죄를 주었고, 왕실에서 일어난 불미스런 일들을 다시는 대간들이 이렇게 떠드는 것을 아예 차단하려는 의도도 있었던 것 같다. 이 일은 결국 좌의정 조준의 노력으로 귀양을 가던 자들이 도중에 대궐로 복귀하면서 싱겁게 끝났다.

하지만 세자빈과 내시 사이에 일어난 간통 사건 이면에는 조선 개국 이후 여러 가지 다양한 문제들, 왕권 중심이냐 혹은 신권 중심이냐, 그리고 세자 책봉에 대한 정치적 갈등이 담겨 있었다. 또한 조선이 건국하고 개성에서 한양으로 천도 한 지 얼마 되지 않아 터진 사건이라 민심이 조선왕조에 우호적이지 않은 상황에서 흉흉한 유언비어까지 더해져 새 왕조의 도덕성에 치명상을 안긴 사건이기도 했다.

내시와 바람을 피운 여인을 살려 달라!

내시 정사징이 왕자의 첩과 간통하고 왕실의 여자들을 간음한 죄로 처벌되었다. 그런데 그와 함께 놀아난 기매는 처벌되지 않았다. 정종 임금이 그토록 살려달라고 부탁했던 기매는 어떤 여자인가?

1417년(태종 17년) 8월 8일, 상왕 정종이 기거하는 인덕궁에 궁녀 기매(其每)가 내시 정사징(鄭思澄)과 간통을 저지른 사건이 왕에게 보고됐다. 사건 내용은 대략 이렇다.

"이틀 전 대궐에서 명나라 황제에게 바칠 궁녀들을 선발하여 그들이 명나라로 떠나면 다시는 조선의 땅에 돌아오지 못하는 길이라 전하의 은혜로 술자리가 마련되었습니다. 그래서 대궐 모든 궁녀들이 그들 명나라로 가는 궁녀들을 전송한다며 술자리가 늦은 밤까지 이어졌는데, 그날 인덕궁에서 상왕을 모시던 궁녀 기매가 술을 마시고 정사징과 인덕궁 깊은 곳에서 간통을 저지르다 다른 사람들에게 발각된 일이 벌어진 것입니다."

왕은 보고를 받고 사헌부 관리에게 물었다.

"아니 내시란 자가 어떻게 궁녀와 간통을 하느냐?"

이에 사헌부 관리는 이렇게 보고했다.

"알아보니, 정사징이란 자는 회안대군(태조 4남 방간)의 첩과도 간통을 하였다고 합니다. 그가 고려에서 넘어온 내시인데, 고자가 아니라는 소문이 파다합니다."

왕은 정사징이 고자가 아니라는 말에 눈을 크게 뜨고 물었다.

"그 둘을 잡았느냐?"

"아닙니다. 기매는 지금 순군옥에 갇혀 있지만 정사징이란 자는 도망갔습니다."

궁녀를 명나라로 수출하던 그날에 벌어진 일

그 무렵 태종은 명나라 황제에게 궁녀들을 선발하여 선물했는데 그날 간통 사건이 벌어진 날도 태종 집권 이후 세 번째 궁녀를 보내던 날이었다. 그날 파견된 궁녀들 가운데 한확(韓確)의 여동생도 있었다. 한확의 여동생 청주 한씨는 영락제의 총애를 얻어 후궁까지 된다. 한확의 여동생이 명나라 황실의 후궁이 되자 조선에서는 나중에 그녀에게서 큰 도움을 받는데, 그것이 바로 세조의 명나라 왕위 인준이었다. 세조가 조카를 죽이고 왕위를 찬탈하자 명나라에서 반대 여론이 많았지만 인준을 받기 위해 명나라에 간 한확은 여동생의 도움으로 황제에게 왕위 계승을 승인하는 도장을 얻을 수 있었다.

아무튼 명나라에 가는 궁녀들 연회 자리에서 벌어진 이날의 간통 사건으로 왕은 내시들의 신체를 조사하여 보고하게 하고 그들이 거느리고 있던 첩들까지 모두 조사하게 했다. 그리고 며칠 뒤 정사징이 붙잡혔다. 왕은 친히 국청을 열고 두 사람을 친국했다.

우선 왕은 기매에게 물었다. 후궁의 직첩을 받았으면 형수였지만 이날은 죄인일 뿐이었다.

"언제부터 정사징과 사통을 했는가?"

"상왕에게 버림받은 뒤 얼마 되지 않아 답답한 마음에 궁녀들의 목간에서 목욕을 하다 그만 저자에게 당했습니다."

기매는 겁간을 당했다고 주장했다. 하지만 정사징이 말한 내용은 달랐다.

"기매가 상왕에게 버림을 받고 눈물로 지새던 날이 많아 위로할 겸몇 번 만났는데, 오히려 내시의 음경이 어떤가 보고 싶다는 말을 자주해 사고가 난 것입니다."

어쨌든 두 사람 모두 간통 사실을 시인한 것이다. 왕은 이렇게 지시했다.

"기매는 내가 알기로 상왕의 아들까지 낳은 여자이니 함부로 죽이는것은 옳지 않은 듯하다. 그러나 정사징은 내 형님의 첩까지 취했다고하니 그 죄가 너무 크다. 참수형에 처하도록 하라."

1400년(정종 2년) 제2차 왕자의 난으로 방간이 방원(태종)에게 패배하고 황해도 토산으로 유배에 처해지자 방간의 첩을 정사징이 취한 것이 나중에 밝혀졌다. 정사징은 고려 시대부터 내시로 있으면서 많은 재산을 모아 방간의 첩이 미모가 출중하다는 소문을 듣고 그녀를 돈으로유혹하여 데리고 산 지도 여러 해 되었다. 정사징은 이렇게 역모나 반란의 죄인들, 여자들을 돈으로 유혹하여 첩을 많이 거느리고 있어 고자아닌 내시란 말이 많았다.

대신들은 왕이 기매에게 내린 처분에 불만이 많았다.

"전하! 기매가 상왕의 아이를 낳은 것은 사실입니다. 하지만 내시와 바람을 피운 한낱 더러운 여자입니다. 상왕이 무슨 미련이 있겠습니까? 죽여 마땅합니다. 또한 자신의 잘못을 상왕의 탓으로 돌리니 죄를 반성하지 않는 것으로 보아 죽여 마땅합니다."

그날 국문장에서 신하들 입에서 터져 나오는 의견들이 대개 기매를 죽여야 한다는 것이었다.

왕도 고개를 끄덕이며 정사징을 죽인 다음 날 참수형에 처하게 하고 지시했다. 그렇게 해서 정사징은 그날 바로 참수 당했고, 기매는 감옥에 있다가 다음 날 참수형을 기다리고 있었다. 그런데 그날 밤 인덕궁에서 내시 한 명이 급히 왕을 찾아와 상왕의 뜻을 전하고 갔다.

그래서 왕은 옥에 갇힌 기매는 죽이지 말고 궁에서 방출하라는 지시를 내린 것이다. 한때 사랑을 했던 여인에 대한 배려일까? 천한 신분이라 후궁으로 인정하지 않은 것에 대한 미안한 감정일까? 정종은 아들까지 낳은 그녀를 죽이고 싶지 않았던 것이다.

승려 지운은 정말 누구의 아들일까

기매라는 여인에 대해서는 전해지는 자료가 없다. 그저 정종의 사랑을 받아 아들을 낳았지만 신분이 워낙 천해 정식으로 후궁이 되지는 못한 여인이란 게 자료의 전부다. 정종은 2년 2개월을 집권하면서 정안왕후 김씨에게 자식을 보지 못하자 6명의 후궁을 들였다.

하지만 조선왕조 족보인 「선원록」에는 6명의 직첩을 받은 후궁 말고 3명의 여인이 더 있는데, 가의궁주 유씨, 시비(侍婢) 기매, 그리고 이름이 전해지지 않는 여인이 있다. 「선원론」에 기매를 시비(侍婢)로 표기한 것을 보면 양반 자녀는 아니고 족보도 없는 그저 궁녀의 몸종이었을 가능성이 높다.

정사징과 간통 사건이 일어나고 7년의 세월이 흐른 1424년(세종 6년) 승려 지운이란 자가 나타나 '자신은 정종의 아들이다'라고 떠들며 한양 거리를 배회하고 있다는 신고가 의금부에 접수돼 왕에게 보고됐다. 왕은 즉시 그를 잡아들이라고 명했다. 그런데 의금부에서 잡고 보니 그가 기매와 상왕 정종 사이에 태어난 아들이 맞았다. 세종은 그를 불쌍하게 생각해 환속시키려 하였으나 중신들은 그가 왕실을 부끄럽게 만든다고 하여 그의 사형을 주장했다.

실록에 '그가 왕실을 부끄럽게 한다'는 이유로 죽였다는데, 부끄럽게 한다는 실록의 말은 여러 의혹을 불러일으키고 있다. 추측컨대, 지운이란 승려가 기매와 정종 사이 태어난 아이가 아니라 기매와 정사징 사이에 태어난 아이일 수도 있다는 말이 있어 그런 가혹한 형벌을 내린 듯하다. 실록에 보면 정사징은 고자가 아닌 내시라고 기록돼 있다. 여러 정황으로 보면 기매의 아들은 맞는데, 정종의 아들인지 아니면 정사징의 아들인지가 불분명했다. 그런 소문은 당시 일반 백성들 사이에서도 추측이 난무했던 것이다. 그래서 인자한 임금 세종도 왕실의 이름을 더럽히는 추문의 당사자 승려 지운을 죽여 버린 것이다.

세종은 정종의 자식들을 유난히 미워했다. 정종이란 임금은 권력에서 밀려나자 격구나 하고 여러 여자들을 섭렵하는 것에 모든 관심을 집중시켜 그에게서 태어난 서자들만 17명이나 되었고, 서녀는 8명이나 낳았다. 자식이 모두 25명이나 된 것이다. 자식 많기로는 역대 임금 가운데 성종하고 똑같이 최다였다.

또한 세종이 승려 지운을 죽인 이유는 그 무렵 유난히 정종의 아들들이 사회적으로 물의를 일으킨 일이 많았다. 일반인들의 재산을 갈취한다던가, 아니면 남의 여자들을 탐하는 일이 너무 자주 일어났다. 그래서 몇 명의 서자들은 강화도에 유배를 보내고 풀어주길 여러 차례 반복했다.

세종은 1419년(세종 1년) 정종이 승하하자 묘호도 올리지 않았고, 그저 공정대왕이란 이름만 지었다. 세종이 정종을 미워하는 마음이 얼마나 깊은지를 알 수 있다. 그의 많은 서자들은 왕의 자식들이 아닌 그저 종친의 자식으로 대접했다. 정종이 묘호를 받은 것은 숙종 대 가서야 이루어졌다.

달 밝은 밤
왕 앞에서도 일을 벌이다

대궐 앞마당에서 8월 한가위 보름달이 훤히 떠 있다. 이날 대궐에서는 늦은 시각까지 야외에서 연회가 열렸는데, 술에 잔뜩 취한 승지 조극치가 왕이 함께한 자리에서 궁녀와 음란한 짓을 하다 발각되었다.

　　1418년(세종 원년) 8월 10일 세종은 아버지 태종이 왕의 자리에서 물러난다고 하자 머리에 피가 나도록 대궐 대리석을 찧어가며(석고대죄) 눈물로 양위 철회를 요구하다 왕의 자리에 올랐다. 상왕 태종은 과거 이미 3차례나 물러나겠다고 했다가 다른 정치적 목적을 거둔 왕이라 그 뜻이 분명하지 않았지만 이번 양위 파동은 확실히 달랐다.

　　과거 태종은 양위를 선언하고 나서 자기가 물러나는 것을 환영했다는 이유로 처남 둘을 죽인 전례가 있다. 하지만 이번 양위 파동은 과거와는 달리 물러날 뜻이 아주 확연했다. 한 달 동안 눈물로 아버지의 뜻을 살피던 세종은 왕의 자리에 오른 뒤 선왕 태종과 그 많은 후궁들의 식구를 모시기 위해 1년 동안 공사 끝에 수강궁(지금의 창경궁)이 완공됐다.

새 궁궐이 세워지자 이 기념으로 1419년(세종 1년) 9월 15일, 왕은 모든 신하들을 이끌고 수강궁에서 늦은 밤까지 연회를 즐겼다. 그런데 그날 연회자리에서 내시와 기녀가 왕이 보는 앞에서 간음을 하다 적발됐다는 짤막한 기록이 실록에 실려 있어 흥미를 끌고 있다. 그 날의 기록을 한 번 보자.

"세종 1년 9월 15일, 상왕을 모시고 왕과 대신들이 늦은 밤까지 연회를 즐겼다. 그런데 왕의 자리에서 그리 멀리 떨어지지도 않은 자리에서 내시 중에 가장 높은 지위에 있던 임승부(林昇富)가 기녀 봉소련(鳳紹連)을 껴안고 이상한 짓을 하다 발각되었다. 임승부는 선왕 때부터 총애를 받던 자로 술이 과해 이런 실수를 저지른 것이다."

실록은 그 사건에 대해 길게 언급하지 않았다. 며칠 뒤 임승부에 대한 이야기가 실록에 다시 등장한다.

"임승부는 왕의 최측근 내시이면서 왕의 명(命)을 사칭하여 궁궐의 의복이나 금과 은을 보관하던 상의원에서 각종 귀중한 물건을 몰래 훔쳐 빼돌린 죄가 밝혀졌으며, 그렇게 훔친 물건들은 봉소련의 환심을 사기 위한 것들이었다. 그는 봉소련과 대궐의 으슥한 곳에서 간통하고 서로 희롱한 것이 여러 번이고, 며칠 전 대궐 연회에서 왕이 보는 앞에서 음란한 짓을 하여 사람들을 놀라게 한 죄가 중했다."

그날 궁궐 연회에서 내시 임승부가 기녀 봉소련을 왕 앞에서 희롱한 죄로 감옥에 갇혀 있다가, 다음 날 의금부의 심문을 받고 그동안 그가 상의원에서 빼돌린 대궐의 보물들을 기녀 봉소련에게 주고 대궐 으슥한 곳에서 간통을 한 것이 여러 차례 있었음이 추가로 밝혀졌다.

실록의 글은 단 몇 줄이지만 그 속에 담긴 이야기들을 추론하고 상상을 해 보면 훨씬 재미있다. 우선 날짜를 보면 1419년 9월 15일이다. 세종이 즉위한 지 1년이고, 상왕 태종이 수강궁(수강궁은 나중에 창경궁으로 확대된다)이란 대궐을 지어 그곳에 이사를 가니 그것도 경사다. 태종은 집권 기간 동안에도 한 나라의 위상은 대궐의 넓이에 있다고 종종 말을 해 대궐의 웅장함을 자주 거론해 왔다.

상왕이 새로운 대궐로 이사를 하니 즐겁고, 또한 새로운 임금이 집권한 지 1년을 기념하는 의미도 있었다. 그래서 이날 연회는 여러모로 의미가 깊어 늦은 밤까지 계속되었다. 술을 좋아하는 상왕 태종은 자기보다 먼저 떨어지는 자는 옷(관직)을 벗어야 한다고 늘 하던 대로 했을 것이고, 그래서 여기저기 술을 못하는 관리들도 몸이 좌우로 흔들릴 정도로 취했지만 술잔을 들고 억지로 버티고 있었을 것이다.

그때 상왕 태종은 자기를 잘 보필했던 내시부 수장 임승부에게 그동안의 노고를 치하하며 큰 잔에 술을 가득 채웠고, 임승부는 평소 주량보다 훨씬 많이 마신 덕분에 갑자기 올라오는 욕정을 참지 못하고 왕이 보는 그 궁궐 앞마당에서 기녀 봉소련의 몸을 더듬으며 음란한 짓을 저지르다 발각된 것이다.

왕이 그들의 이상한 짓거리를 그날 알게 되었는지, 아니면 다음날 보고를 받았는지는 정확하지 않다. 아무튼 왕은 이들의 이상한 행동을 보고받고 일단 두 사람을 감옥에 가두고 추가 조사를 하게 했다. 그리고 임승부가 궁궐의 재물들을 빼돌려 기생 봉소련에게 주고 그녀의 마음을 얻으려 했다는 것이 추가로 밝혀진 것이다.

이들 죄는 법률에 따르면 모두 사형 이상이었다. 그런데 실록에 보면 왕은 사사로운 정 때문에 임승부를 장 100대에 경상도 하동현의 관청 노비로 보내 버렸다. 기녀 봉소련 역시 장 80대에 공주 관청 기녀로 보내 버렸다. 사람들은 이런 임금의 형벌에 대해 너무 가벼운 형벌을 내렸다고 상소가 빗발쳤지만 더 이상 죄를 주지는 않았다고 기록돼 있다.

실록에 기록된 왕과 임승부의 '사사로운 정' 때문이란 말이 여러모로 궁금증을 자아내게 한다. 세종은 양녕대군을 물리치고 대권을 거머쥔 인물이다. 그러므로 그가 왕으로 올라가기 위해서는 여러모로 내시들의 도움도 얻었으리라 보여진다. 그래서 임승부라는 내시에게 과거에 진 빚 때문에 함부로 죽이지 못한 것은 아닐까?

승지 조극치, 달밤에 기생과 음란한 짓을 하다

대궐 연회 장소에서 기녀와 음란한 행동을 하다 대간들의 탄핵을 받은 인물이 성종실록에도 기록돼 있는데 그가 바로 조극치란 인물이다. 그러나 조극치는 연일 계속되는 대간들의 탄핵에도 왕의 철저한 보호 속에 없던 일로 처리된다. 조극치는 무예가 뛰어나고 특히 사냥 중에 꿩 사냥을 잘해 왕의 총애를 받던 자였다.

1489년(성종 20년) 8월 15일, 실록은 임승부와 봉소련의 음란한 행위와 같은 일을 기록하고 있다. 이날 왕은 의정부와 육조 판서, 당상관 이상의 관리들을 불러 모아 놓고 달 구경을 하면서 궁궐에서 술을 하사했다. 집권 20주년 기념식이고, 한가위 달 밝은 밤에 대궐에서 늦은 밤까지 성대한 연회를 한 것이다. 실록의 기록은 이렇다.

"왕이 가까운 신하를 우대함이 심히 융성하였다. 이날 밤에 여러 신하가 술을 마셨는데, 마침 검은 구름이 달을 가리어 어두컴컴하고 밝지 아니하였는데, 일찍이 경상도 절도사였던 승지 조극치가 기생을 데리고 장악원 청사(廳事)에서 음행(淫行)을 저질렀다."

당시 상황을 상상력을 발휘해서 한 번 재구성 해보자. 그 해가 성종이 등극한 지 20주년 되는 해였다. 8월 한가위 보름달이 대궐을 비추고 있었고, 늦은 밤까지 이어진 연회에서 잠시 '만월에 마침 구름이 달을 가리는 상황'에서 그 틈을 이용해 승지 조극치는 왕이 주최한 연회에서 기생과 음란한 행위를 하다 적발이 된 것이다.

대낮같이 밝은 달이 잠시 구름에 가리어 사방이 어두워진 그 틈을 이용해 승지 조극치가 연회 자리에 있던 기생을 장악원 청사로 유인하여 음란한 짓을 하다 들킨 것이다. 이처럼 야한 내용이 또 어디 있을까? 상상만 하여도 정말 에로틱한 분위기가 물씬 풍긴다.

장악원이 어떤 곳인가? 궁중의 여러 문화행사를 주관하던 곳이 아닌가. 그곳에서 왕의 집권 20주년 기념식으로 많은 사람들이 늦은 밤까지 대궐 마당에서 술을 마시고 있었는데 승지 조극치가 달빛이 잠시 먹구름에 가려 사방이 얼마 동안 어두웠을 그 무렵에 기녀를 유인해 장악원 청사로 끌고 들어가 음행을 저지른 것이다.

사건 다음 날 대간들은 전날 승지 조극치를 탄핵하는 상소를 올렸지만 왕은 그가 공신의 아들이란 이유로 탄핵을 받아주지 않고 그냥 넘어갔다. 왕은 더 이상 조극치에 대한 상소를 받지 않겠다고 했다.

"누군들 술을 마시면 여자를 품고 싶지 않은가? 내 지난 밤 조극치 잘못은 눈 감아 주고 싶다. 내가 보지 않은 행동이니까."

조극치의 아버지는 세종 시절 승문원 박사 조윤성이다.

내시를 휘어잡은 왕과
내시에게 휘둘린 왕

내시들의 오만방자함이 극에 달했던 시절은 연산군 시절과 명종 연간이었다. 연산군은
사대부들을 신임하지 않아 주로 측근 내시들에게 막강한 권한을 주었고, 명종의 어머니
문정왕후는 모든 정무 처리를 내시들에게 맡겨 그들의 방자함이 하늘을 찔렀다.

　조선 시대 내시들은 한때 막강한 권력을 행사하기도 했다. 내시가 이
처럼 막강한 권력을 행사하는 시대는 정상적인 통치라고 볼 수 없으며
폭군이라 불리던 연산군 시대, 혹은 왕의 나이가 어리다는 이유로 대비
가 수렴청정을 오래 하였던 명종 연간 무렵이 가장 심했다.

　연산군은 집권 초반 약 4년 동안은 훌륭한 군왕으로 인정받기 위해
어지간히 노력했던 인물이다. 하지만 정치 상황은 김종직 제자들을 대
표로 하는 사림파들이 득세하면서 훈구파에 대한 견제 분위기가 이어
졌고, 왕권을 견제하기 위한 노력들도 진행되고 있었다.

　열아홉 살에 왕위에 오른 연산군은 성군이 되기 위한 스스로의 노력
들을 열심히 했다. 집권 초기 경연 참가 기록을 보면 역대 왕들 가운데

가장 열심이었다. 하지만 이미 신하들은 왕을 견제하기 위해 경연을 이용하고 있었고, 중요한 사안들에서는 왕에게 한 치의 양보도 없이 사사건건 반대를 위한 반대를 했다.

연산군 초창기 실록을 읽다보면 왕이 할 수 있는 것이 별로 없어 보였다. 사람을 쓰는 인사권도 왕 마음대로 하지 못해 연일 대간들과 논쟁을 벌였다. 대간들은 의도적으로 왕족들의 정치 참여를 배제시켰다. 왕실과 신하들은 불교를 바라보는 시각에서도 첨예하게 대립했다. 연산군은 집권 2년 만에 그동안 왕실의 고유 행사였던 수륙제를 열려고 했으나 성균관 학생들의 집단 시위로 뜻을 이룰 수 없었다.

화가 난 연산군은 대궐 앞에서 극렬히 시위하던 성균관 유생 157명을 연행 감금해 버렸다. 성균관 유생들의 시위는 대개 그냥 집단시위를 '소행'이라 하고, 수업 거부와 단식 투쟁 같은 강도가 높은 시위를 '권당'이라 불렀으며, 최후의 수단 동맹휴학을 '공관'이라 불렀다.

성균관은 결국 연산군 집권 10년 만에 폐교 조치가 취해졌고 그곳은 연회장을 겸한 활터로 전락하는 수모를 겪기도 했다. 1498년 무오사화를 계기로 연산군은 왕이 절대 권력을 휘두르는 나라를 건설하려고 했다. 그런 의미에서 무오사화는 의도된 측면이 많았다. 무오사화로 많은 사림 세력들을 대거 내친 연산군 주위에는 간사한 모략꾼들과 왕의 지시에 일사분란하게 움직이는 내시들뿐이었다.

연산군 시절 내시 가운데 김자원(金自原)은 역대 조선의 내시 가운데 가장 많은 악행을 저지른 인물로 알려지고 있다. 김자원이 승정원에 출입할 때 모든 승지는 그에게 머리를 숙여야 했다. 또한 김자원을 통하지 않는 모든 상소는 왕에게 전달도 되지 않았다. 간혹 김자원이 행차를 할라치면 아무리 양반이라도 말에서 내려서 경의를 표해야 했다.

"1504년(연산군 10년) 10월 6일, 내시 김자원은 왕이 불렀는데 즉각 달려와 명을 받늘지 않았다는 이유로 벌을 받았다. 왕은 곧바로 그를 잡아 장 1백 대를 쳤다. 왕은 또한 김자원의 부하 김영진에게 무슨 일을 하문하였는데, 김자원만을 비호하는데 열을 올리다 왕에게 올바로 답을 하지 않는다 하여 내시 김영진은 장 80대를 맞았다."

'왕과 나'라는 드라마의 주인공 김처선은 내시 가운데 실록에서 그 이름이 가장 자주 등장하는 인물이었다. 1505년(연산군 11년) 4월 1일이 그가 죽은 날이다. 그의 죽음을 실록은 짤막하게 적고 있다.

'술 먹고 화가 난 김처선이 임금(연산군)에게 대들다가 칼에 찔려 죽었다.'

그리고 연산군 시대가 끝나고 중종반정이 성공하고 반정의 주역들이 왕에게 김처선의 죽음에 충정을 기려 문을 세우자고 건의하자 왕은 핀잔을 주었다.

"그가 술 마시고 왕에게 대들다 죽은 건데 무슨 문을 세우냐?"

중종은 김처선이 불의를 보면 참지 못하는 의인다운 행동이 아니라, 그저 술 먹고 왕에게 술주정을 하다 죽었다고 생각했던 것이다.

김처선 이야기는 그의 젊은 시절 저지른 실수도 실록에 언급돼 있다. 1465년(세조 11년) 9월 3일자 실록에 그가 등장하는데, 저녁 무렵 왕은 승지를 불러 물었다.

"환관 김처선이 시녀를 데리고 종로를 가다가 그 도로에서 누워 있었다 하는데, 왜 그런가?"

승지는 처음에 김처선이 술을 마시고 사람들 앞에서 추태를 부린 것 때문에 조사를 했는데 그가 답하기를 "처음에는 주방에서 이운과 만나 마시고, 또 진무 최해 막사에서 만나 탁주 한 그릇을 마셨습니다."고 대답했다고 보고하였다. 왕은 그를 감옥에 가두라 명했다.

문정왕후 내시를 통해 정치를 했다

1553년(명종 8년), 그해 문정왕후의 수렴청정이 끝이 났다. 하지만 이후에도 문정왕후는 정치에 관여하여 왕이 자기 뜻대로 움직이지 않으면 종아리를 때리기도 했다. 이렇게 어린 왕 뒤에서 수렴청정을 하던 문정왕후는 자신의 수하에 내시들을 두고 그들에게 막강한 권한을 주었다. 대비 문정왕후는 내시를 지극히 우대하였고 휴가를 받은 홍문관 관리나 대간들도 흉년이 들어 역마를 타고 가지 못했는데 내시들은 휴가를 받으면 역마를 꼭 타고 다녔다.

또한 고을 수령들은 내시의 방문을 받으면 엎드리다시피 굽실거렸다. 중화군수 김덕룡은 대비의 지시를 받고 온 내시를 잘 대우하지 않는다는 이유로 문책을 받기까지 했다.

1560년(명종 15년) 11월 7일, 전라도순변사로 있던 남치근이 한성부 판윤에 임명되었다. 그는 1562년 황해도에서 의적 임꺽정을 체포한 인물이다. 이몽량이 한성부판윤에서 사헌부 대사헌으로 임명됐다. 이몽량의 아들은 유명한 백사 이항복(李恒福)이다.

이날 두 사람을 임명한 왕은 경연관 등을 불러 함께 술을 주며 "날씨가 매우 차니 나가서 술을 주면 틀림없이 술에 취할 것이 염려돼 이렇게 실내에서 한 잔씩 하도록 하였다."고 말씀하고 이어 각기 시를 한 수씩 지어 바치라 했다. 이 때 경연에 참여했던 김백균이 큰 대접에 술 절반쯤 마신 뒤 기분이 좋아져 내시의 목을 끌어안고 입을 가져다 대며 귓속말을 하고 속삭이니 경연에 참가한 신하들이 시선을 어디에 두어야 할지 몰랐다.

사관 김백균은 명종 연간 7명의 간신 중 하나로 이런 참담한 행동은 그가 내시들에게 잘 보이기 위해 평소 절절매던 습관이 그대로 나온 것이다. 참다못한 왕은 1560년(명종 15년) 3월 6일, 내시들의 오만방자함을 질타했다. 그날 실록을 보면 왕이 상선을 향해 비난한 말을 한 것이다.

"내시가 부인을 간음한 사건이 발생했는데, 내시부 수장은 사건 관련자에게 장 80대만 치게 하여 지극히 낮은 처벌을 하였다."

또한 같은 해 단옷날(5월 5일) 동궁별감(東宮別監) 박천환이 시강원에서 호소하였다.

"오늘 세자빈객 원계검의 집에 보내는 선물을 가지고 가다 길에서 양반 무리들을 만났는데 갑자기 씨름을 하자고 달려들어 응하지 않았더니 화를 내며 옷과 갓을 찢었고 이어 사례를 표시한 글까지 찢었습니다."

시강원에서 그 사건을 조사하게 했는데, 알고 보니 양반들을 먼저 건드린 것은 동궁별감 박천환이었고, 그들이 먼저 양반들에게 욕을 한 것이라는 사실이 밝혀졌다.

위의 내용처럼 사관들의 논평에 따르면, 임금(명종)이 어린 나이에 보위에 오른 관계로 내시들을 가까이 하다 보니 내시들의 오만함이 그 정도가 지나쳤다. 내시 박한종은 순회세자 입시할 때 세자의 손을 잡고 이끌며 어린 아이 대하듯이 했다는 기록까지 나온다. 순회세자는 열세 살 어린 나이에 숨을 거두었다. 그래서 후사가 없던 명종은 친척 가운데 임금을 선택했는데 그가 바로 선종이다.

한편 박한종은 중종 말기 때부터 문정왕후의 심복으로 활동한다. 중종 말기 왕의 가장 가까운 자리에 있으면서 문정왕후에게 많은 정보를 제공한 그는 인종이 죽고 명종이 집권하자 문정왕후의 수렴청정의 막후 실력자로 부상한 인물이다.

아들 명종을 무시하고 수렴청정을 하던 문정왕후는 명종의 나이 스무 살이 넘자 막후에서 박한종을 통해 국정을 농단하였다. 이런 상황에서 박한종의 권력은 다른 정승들보다 막강했으며 그런 것 때문에 명종실록에는 이런 내관들의 권력 남용에 대한 가차 없는 비판이 줄을 이은 것이다.

1560년(명종 15년) 4월에 실록은 대비에 대한 비난이 적혀 있기도 했다.

"대비는 수렴청정을 하지 않는 상황인데도 계속 내수사의 환관들을 이용해 정치적 활동을 하니 두 개의 정부가 존재한다."

박한종의 막강한 권력은 명종 8년 실시한 궁궐 중건 사업의 책임자로 있으면서 시작된다.

박한종은 궁궐 중건 사업을 감독하다 화재로 많은 인명과 재산 피해를 입혔다. 그런데 공사 책임을 맡은 박한종을 삭탈관직시키라는 상소가 거의 1년 동안 빗발쳤지만 왕은 그 많은 상소를 모두 물리친 것이다. 그건 바로 왕 뒤에 버티고 있던 문정왕후의 적극적인 압력이 있었기 때문이다.

1567년(명종 22년) 3월, 실록의 기록을 보면 '요즘 궐내에서 임금이 왕자들과 부마들에게 술을 내릴 때 내시들 가운데 잔뜩 취한 자들이 더러 있어·사람들이 불쾌하게 생각했다' 라는 사관의 기록도 보인다. 명종은 후사 없이 숨을 거두었다. 왕이 죽기 불과 3개월 전에 이 실록 기록은 당시 내시들이 왕의 후계자를 선정하는데 상당 부분 입김이 작용했을 것으로 보여진다. 명종에게 후사가 없자 많은 공식적인 후궁 6명과 대궐의 많은 궁녀들이 명종의 후사를 위해 노력했지만 더 이상 자식을 낳지 못했다. 명종의 죽음은 지나친 정력 소비로 보는 사람도 있다.

하성군(선조)이 왕에 지명된 것은 명종이 승하하기 불과 얼마 전 일이었다. 그동안 왕은 조카들을 여럿 대궐에 불러들여 왕으로 자질이 있는지 테스트를 한 것이다. 그런 상황에서 내시들 역시 왕을 선택하는데 남다른 입김이 작용했을 것이다. 선조는 집권 후에 내시들을 많이 우대했다.

혁명을 꿈꾼 궁녀,
세상에 버림받은 궁녀

왕의 승은을 입지 못한 궁녀는 여자로는 불행했지만, 대궐이란 특수한 공간적 상황에서 항상 권력의 중심에 서 있게 된다. 어떤 여인은 스스로 권력의 중심에 있으려 노력했고, 어떤 여인은 시대가 그녀를 그렇게 만들기도 했다.

궁궐에서 궁녀의 신분이란 왕의 성적 만족을 위해 언제든 준비하고 있는 공식적인 성 파트너들인 셈이다. 그녀들은 일단 궁녀로 입적되면 죽을 때까지 왕 이외 다른 남자와 성관계를 할 수 없다. 하지만 대궐은 수백 명의 내시들과 별감들이 있었고, 종친들과 공신들이 자주 출입해서 언제든지 남녀 사이 정분이 일어날 수 있는 공간이었다.

하지만 그 모든 접촉들은 불륜이고 불법이었다. 오직 궁녀들의 사랑을 받아 줄 사람은 왕 혼자였다. 왕과 동침을 했다면 침실에서 나올 때는 치마를 뒤집어 입었다. 다른 사람들에게 나는 왕과 성관계를 했다고 과시하는 상징적인 표현이었다. 치마를 뒤집어 입는다는 의미는 하룻밤 왕에게 만족을 준 대가로 신분 상승을 꾀할 수 있다는 의미였다. 일단 왕의 사랑을 받은 궁녀는 바로 신분이 수직으로 상승하게 된다.

궁녀들에게 승은을 입는 것 말고 가장 되고 싶은 것은 바로 궁녀 가운데 으뜸인 제조상궁(提調尙宮)이다. 궁녀 가운데 단 한 명인 제조상궁은 인품과 학식을 동시에 수반하고 있어야 하며 리더십도 갖추어야 가능한 직책이다.

궁녀 가운데 제조상궁 다음 자리가 바로 부제조상궁이다. 각종 대궐 수라간의 물품 관리를 책임지고 있는 직책이다. 그리고 다음으로 권세를 누린 궁녀는 대령상궁, 일명 지밀상궁으로 불리는 궁녀로 왕의 가장 가까운 곳에 자리하고 어명을 전달받는다. 지밀상궁은 왕의 잠자리를 보살피는 상궁이니, 그야말로 궁녀 가운데 가장 승은을 입을 가능성이 높은 여인들이다.

또한 보모상궁이라 불리는 궁녀는 일명 '아지(阿只)'로 불리며 일종의 유모로 왕의 자손들을 돌보는 직책을 수행하였다. 궁녀 이외에 무수리, 비녀, 의녀 등이 궁궐 일을 도왔다. 무수리는 궁녀들을 돕는 직급으로 그야말로 세숫물을 떠다 바치고 불을 때는 막일을 하는 여자들이며 궁궐에서 살지 않고 출퇴근하며 급료를 받았다.

조선 21대 임금 영조의 어머니는 무수리 출신이었다. 무수리는 궁녀들의 종이나 마찬가지였다. 그런 최씨가 하룻밤 왕의 마음에 들어 잠자리를 같이 했는데, 덜컥 임신을 한 것이다. 그 아이가 바로 영조였다. 궁궐에서 의녀(醫女)는 태종 6년 부녀자들의 진맥을 위해 의녀를 양성하기 시작하며 생긴 직책으로 그들이 하는 일은 주로 왕비와 후궁들의 출산을 돕기도 하고, 여순경 역할도 했다.

그러나 의녀들도 원래 신분은 기생이라 궁궐 잔치가 열리면 무희로 돌아가 춤을 췄다.

방출된 궁녀를 건드려 탄핵을 당하는 공신이나 종친들 사례는 자주 실록에 언급되어 있다. 금단(禁斷)의 열매가 더 맛있다는 남자들의 성 의식에서 그런 일들이 벌어진 것으로 볼 수 있다. 그러나 방출된 궁녀 이외에도 대궐에서는 간혹 궁녀들과 별감, 혹은 궁궐 나인들 사이에 성 적인 접촉이 발생하곤 했다.

그러나 궁녀들은 다른 남자들과 불륜 관계뿐 아니라 궁녀들 사이에 동성애가 벌어지기도 했다. 궁녀들끼리 하는 동성애를 서로 마주보고 우정을 나눈다는 뜻의 교붕(交朋)이라 부르기도 하고, 서로 마주 보고 식사를 한다는 뜻의 대식(對食)이라 표현하기도 했으니 이름부터 야 했다.

궁녀들은 내시와 달리 신체적 불구자들도 아니며 다만 성욕이 거세 된 여자들이다. 하지만 그런 감정이 어디 막아서 될 문제인가.

궁녀들은 아주 어린 나이에 궁궐에 입궁하여 한창 어여쁜 스무 살 꽃 다운 나이에도 궁궐의 높은 담에 갇혀 지내야 했다. 그리고 죽기 직전 에야 대궐 뒷문으로 나온다. 대궐에서는 궁녀가 시체로 나오는 일은 없 다. 아파도 죽을 수는 없다.

죽음을 앞둔 병에 걸린 궁녀는 창덕궁 뒷문인 요금문으로 대기하고 있던 가마에 실려 비로소 바깥 세상에 나온다. 그러니까 궁녀들이 대궐 밖으로 나온다는 것은 죽음을 앞둔 마지막 길에서나 가능했다. 목숨이 경각에 달린 궁녀들은 남의 눈을 피해 가마에 태워 궁 밖으로 나와 궁 녀들이 사는 마을 궁말(오늘날 서대문구 갈현동)로 보내졌다.

거인 궁녀, 고대수라는 여인

조선의 궁녀 가운데 가장 극적인 삶을 산 여인은 누굴까? 궁녀들에 대한 기록은 한정적이고 단편적이다. 다음은 궁녀로 가장 극적인 삶을 산 두 명의 여인을 알아본다.

갑신정변의 주역 이우석(별명 고대수)이라는 여인을 알아보자. 그녀가 어떻게 궁에 들어왔는지는 알려진 바 없다. 다만 명성황후 민씨의 궁녀 나인인 송씨의 소개로 궁에 들어온 것이라고 한다. 갑신정변이 일어난 것은 1884년이고 그녀가 5년 전에 궁에 들어왔다고 하니 1879년의 일이다.

명성황후는 항상 신변의 위험에 노출된 자신을 보호하기 위해 우람한 체격의 여인 고대수를 자신의 가장 가까운 곳에서 보좌하는 경호 궁녀로 이용했다. 그런데 그녀가 갑신정변의 주역 김옥균의 첩자 역할을 10년 동안 활동했다는 기록을 보면 궁궐에 들어오기 이전부터 상당히 의식이 깨어 있던 여인이었음이 확실하다.

1884년 12월 4일 우정국에서 성대한 잔치가 벌어졌다. 새로운 시대의 상징인 우정국이 문을 연 것이다. 모두 그곳에 정신이 쏠린 상황에서 이우석이 창덕궁 문을 열어 주자 김옥균은 고종과 명성황후를 배알하고 지금 민란이 일어났으니 피해야 한다고 말했다. 그러나 고종은 김옥균의 말을 의심하고 있었다. 그런데 그때 갑자기 천지를 진동시키는 폭발 소리가 났다. 창덕궁 왕의 침전 근처에서 폭발물이 터진 것이다.

그 폭발을 일으킨 장본인이 바로 이우석이란 궁녀였다. 통명전(通明殿, 창덕궁과 연결되어 있는 창경궁의 내전)에서 불이 나는 것을 신호로 그녀가 대나무 통에 숨겨 두었던 폭약을 터트린 것이다. 그 폭발소리에 놀라 명성황후와 고종은 창덕궁을 떠나 지금의 현대그룹 사옥 뒤편 경우궁으로 옮겼다.

하지만 바로 그 다음날 고종와 명성황후는 경우궁이 너무 좁다는 이유로 다시 창덕궁으로 돌아갔고, 곧바로 청나라 군대 공격을 받아 갑신정변은 꼭 3일 만에 실패로 끝났다. 김옥균을 비롯한 개화파 핵심 세력들은 일본으로 망명을 했고, 미처 도망가지 못한 약 40명의 사람들은 죄인의 몸으로 형장이 마련된 곳으로 끌려갔다.

그 죄인들 행렬에 고대수도 있었다. 산발이 된 머리를 한 여인은 포졸 4명이 손발을 나눠 잡고 광화문 거리에서 끌려가고 있었다. 그 뒤를 행인들이 따라오며 손으로 할퀴고 머리채를 잡아채며 어떤 사람은 돌까지 던졌다. 그녀는 온몸이 피투성이였다. 바로 이 비극의 여인이 바로 갑신정변에서 혁명 주체인 김옥균과 내통하고 왕실의 작은 일까지 개화파에게 정보를 제공했던 이우석(李愚石)이라는 궁녀였다.

"키가 7척의 장신이요 힘이 장사여서 벼 두 섬을 겨드랑이에 끼고 유유히 걸어 다녔다고 합니다. 사람들은 그녀를 고대수(顧大嫂)라는 별명으로 부르기도 했어요. 그녀 이름 뜻이 얼굴이 흉하게 생겨 다시 한번 돌아보게 한다는 뜻이었지요."

조선의 마지막 상궁인 성옥염씨의 증언이다. 당시 고대수 나이 42세, 10년 동안 개화파의 첩자로 활동했다. 김옥균 일행이 궁에 들어가 고종의 이궁을 재촉했을 때 바로 왕이 있던 궁 근처에서 폭약을 터뜨려 왕이 서둘러 경우궁으로 대피하게 했던 갑신정변의 핵심 인물인 이우석이란 여인에 대해 대중들은 나라를 혼란에 빠트린 여인이라 돌을 던지고 손가락질하며 저주를 퍼부었다.

결국 그녀는 김옥균의 '3일 천하' 실패로 광화문에서 왕십리까지 명

패에 '대역죄인(大逆罪人)'이란 글을 걸고 종로통을 지나갔다. 성난 민중들은 그녀에게 돌을 던졌고, 수구문을 지날 때는 머리에서 피가 흘러 앞을 볼 수가 없었다. 결국 왕십리 부근을 지날 때 군중들이 빗발치듯 던진 돌멩이를 맞고 쓰러져 그 자리에서 숨을 거두었다.

쓰러진 그녀의 몸에 수많은 돌들이 다시 쏟아져 돌무더기가 되었다. 돌무더기 속에 그녀는 두어 번 꿈틀대다가 이내 잠잠해졌다. 그렇게 그녀의 시신은 돌무덤 속에 갇혔고 죽은 자의 원혼을 달랜다는 신당도 세워졌다고 하는데 지금은 흔적을 찾아볼 수 없다.

궁녀 계환의 슬픈 운명

궁녀 계환이 내수사 감옥에서 죽다. 나이 43세, 그녀는 소현세자빈의 궁녀였는데, 왕을 저주한 죄로 국문을 받다가 죄를 자복하지 않고 심한 고문으로 인해 죽었다.

궁녀 계환은 1604년에 태어났다. 그녀가 태어날 무렵 조선이란 나라는 임진왜란으로 민중들의 삶은 풀과 나무껍질에 연명하고 있었다. 계환의 나이 아홉 살, 아버지가 전염병으로 숨을 거두었다. 홀로 된 어머니와 아직도 어린 오빠 둘을 위해 그녀는 대궐 궁녀로 들어갈 것을 결심했다. 궁녀가 되면 매년 쌀 10가마가 집으로 보내지니 더 이상 가족들이 굶주림으로 고통 받지 않아도 된다고 생각한 계환은 어린 나이에 입궐을 했다. 그때가 1613년(광해군 5년)이었다.

그녀가 대궐에 입궁했을 때 광해군과 인목대비의 대립이 심각했다. 계환은 왕의 궁궐인 창덕궁에 있었다. 그러나 인목대비가 거처하던 경운궁(지금의 덕수궁) 궁녀들과 서로 저주를 퍼부으며 갖가지 민간에서 전해지는 이상한 주술 행동으로 대립을 하고 있었고 계환은 어려서 아무 것도 몰랐다. 1614년 영창대군이 죽었다. 그리고 1616년 인목대비도 폐비됐다. 아들이 어머니를 버린 이런 폐륜이 벌어진 이면에는 두 세력 간의 정치적 긴장 관계가 얼마나 첨예하게 대립했는지를 보여준다.

계환은 대궐의 세력다툼에서 머리가 똑똑하고 눈치 빠르게 일처리를 깔끔하게 잘해 상궁들에게는 자기편으로 삼고 싶은 궁녀였다. 그리고 1623년 계환의 나이 스무 살에 인조반정(광해군을 몰아내고 능양군(인조)을 왕으로 세운 사건)이 일어났다. 인조반정은 광해군 편에 섰던 계환에게는 몰락을 의미했다. 아니 죽음도 각오해야 했다. 그런데 계환을 아낀 인목대비 측 상궁 도움으로 목숨을 건지고 귀양을 갔다. 그리고 다시 세월이 흘렀다. 계환은 반정에 성공한 집권 세력들이 민심을 수습하기 위해 사면령을 내리자 귀양지에서 어머니가 혼자 계신 고향으로 돌아왔다.

고향에 있던 계환을 인조의 첫째 왕비였던 인렬왕후 한씨 상궁이 대궐로 불러들였다. 그렇게 해서 다시 계환은 대궐에 들어왔다. 그리고 인렬왕후가 1635년 죽자 세자빈 강씨의 궁녀가 됐다. 세자궁에서 일을 하면서 똑똑한 궁녀로 소현세자빈 강씨에게도 신임을 얻지만 그녀의 삶은 세자빈처럼 순탄하지 못했다.

세자빈의 수발을 들던 그녀는 1636년 병자호란을 겪게 되었다. 조선은 청나라에 치욕적인 패배를 당했고 전쟁 패배의 책임으로 계환이란 궁녀는 소현세자와 세자빈을 모시고 볼모가 되어 청나라로 떠나야 했다. 당시 일반 백성 50만 명도 함께 포로로 끌려갔다고 하니 조선의 병자호란의 패배 충격은 대단한 것이었다.

계환은 소현세자와 세자빈이 머물던 심양관에서 함께 있으면서 8년 동안 세자빈을 보필하였다. 그동안 세자빈은 청나라를 상대로 무역을 하였고, 땅을 일부 얻어 농사를 지어 큰 수익을 남겼다. 이런 세자빈의 활약에는 계환의 숨은 노력이 컸다.

그 사이 계환의 어머니는 아들 두 명을 병자호란 때 잃고 홀로 살다가 딸의 얼굴을 보지 못하고 죽는다. 1644년 계환의 나이도 마흔한 살이 되었다. 그해 2월 14일, 그토록 소망이었던 조국의 땅을 밟았다. 그때 소현세자와 세자빈이 배에서 내렸지만 마중을 나온 아버지 인조의 표정은 밝지가 않았다.

소현세자가 세자궁에 머물면서 아버지와 아들은 자주 의견 충돌이 일어났으며, 한때 아버지가 던진 벼루에 소현세자 이마가 찢어지는 일이 벌어지기도 했다. 주로 서양에 대해 바라보는 관점 차이였다. 소현세자는 서양의 문물들을 많이 배워 부국강병을 이루자는 주장이었고, 인조는 청나라에서 들여온 모든 서적들을 불태우고 서양의 학문은 아예 상대를 하지 말아야 한다고 아들에게 강요한 것이다.

그런 부자 사이 불편한 관계에서 귀국한 뒤 1년 조금 지난 1645년 4월 23일 소현세자는 독극물에 의해 숨진 사람 모습이 그렇듯이 얼굴이 시커멓게 그을려 죽었지만 누구도 독살설을 이야기하지 못했다. 소현세자의 죽음은 세자빈과 그 주위 사람들에게 불행의 시작이었다.

드디어 계환에게 위기가 닥친다. 1646년 정월, 왕의 수라에 누군가 독을 넣은 일이 발생했다. 대궐에서는 모두 강빈의 사람들 소행이라고 의심했다. 이미 아들을 죽이고 며느리가 마음에 들지 않은 인조는 "요즘 부쩍 몸이 아픈 것이 며느리가 저주를 퍼붓고 있어서 그런 것이다."며 강빈 처소 궁녀들을 잡아 독을 넣은 일을 추국하라고 지시했다.

이렇게 해서 계환은 붙들려 고문을 받기 시작했다. 하지도 않은 일을 했다고 자백하라니 말할 것이 없었다. 인조는 며느리 이름이 궁녀들 입에서 듣고 싶었을 것이다. 그러나 계환은 죽으면서도 끝내 주인의 이름을 발설하지 않았다.

계환이란 궁녀는 9살 어린 나이에 대궐에 들어와 광해군을 모시고 인조반정을 경험한 뒤 귀양을 갔고, 대궐로 복귀하여 병자호란으로 다시 청나라 볼모생활을 하고 소현세자의 죽음 이후 정치적 음모에 휘말려 43살의 나이로 숨을 거두었다.

요즘 역사를 공부하는 사람들은 소현세자를 아주 비중 있는 인물로 본다. 소현세자가 죽지 않고 인조에 이어 임금에 등극했다면 조선은 다른 나라가 되었을 것이란 이야기다. 인조 이후 조선 사회는 오히려 더욱 더 폐쇄적인 사회가 됐다. 상복 문제 하나로 당론이 갈리고, 논리적인 대립들은 감정싸움으로 변했고 독살로 의심받는 왕들까지 잇따라 나타났다. 그것은 소현세자를 대표하는 부국강병을 추구하는 현실 중시 세력들이 승리하지 못하고 명분론과 성리학적 이상론에 사로잡힌 세력들이 승리했기 때문이다.

역사는 지나고 나면 명확하게 드러나지만 현실에서는 어느 것이 옳은지 분간하기 힘들다. 사람의 인생처럼 한 나라 역사도 가지 않은 길에 대한 아쉬움은 여전히 후세들의 몫이다. 그래서 역사를 보고 현실의 우리 삶을 반추하는 것이 아닌가.

두 여인 모두 불행한 결말이지만 죽음까지 이르렀던 과정은 다르다. 한 여인은 주인에게 충성했던 궁녀들의 보편적인 삶의 모습을 잘 보여준다. 그래서 주인의 삶에 따라 공신이 되기도 하고 역적이 되기도 한다. 그렇지만 조선 최초의 여성 혁명가라는 이름으로 불리는 고대수라는 여인은 자기 삶에 대해 주체적인 결정으로 죽음까지 선택한 것이다. 그녀가 목숨을 버린 큰 뜻은 '신분차별'이었다. 그것은 봉건사회에서 근대사회로의 변화를 의미하며 고대수라는 여인을 혁명가로 보는 이유이기도 했다.

궁녀는 왕의 손길이 닿지 않아도 왕의 여자

궁녀는 왕의 여자이기 때문에 왕 이외 다른 사내의 손을 잡거나 술자리에 참석만 해도 안 된다. 세종 시절 궁녀 장미사건은 궁녀가 다른 사내와 육체적인 관계를 가진 것도 아닌데 그저 잔치에서 노래 부르고 술을 따랐다는 이유로 죽음을 당하게 되는데 일설에는 세종이 그녀를 좋아한 것이 아니냐는 말도 있었다.

1435년(세종 17년) 5월 14일, 실록의 기록에 따르면, 궁녀 장미(薔薇)가 병으로 친정에 요양하고 있을 때, 신의군 이인이 장미를 데리고 잔치를 벌이고 여러 날 그의 집에서 유숙을 하였으니 의금부는 신의군 이인과 장미의 일을 조사하여 보고하라는 왕의 지시가 있었다.

조선 시대 궁녀가 바깥에서 외간 남자를 만나 놀았다면 그것은 죽음이다. 꼭 무슨 성관계나 간통을 했다고 죽는 것이 아니라, 손이 잡혔거나, 아니면 술자리를 같이 했다고 해도 죽는다. 궁녀와 같이 놀아난 자역시 참형이 원칙이었다. 궁녀는 왕의 손길이 닿지 않았어도 왕의 여자라는 것이다.

세종은 궁녀 장미가 아프다고 해서 휴가를 주었는데, 그녀가 소문에 여러 사내들과 술자리를 함께하며 놀고 있다는 이야기를 들은 것이다. 누구에게 들은 것인지는 모른다. 왕은 그 내용을 비밀리에 확인하라고 지시했다. 그렇게 해서 장미라는 궁녀는 의금부에 붙들려 왔다. 그리고 조사를 벌인 결과 왕이 말한 내용이 사실로 확인되었다. 그러자 임금은 도승지와 좌승지를 불러 궁녀 장미와 관련된 일들을 의논했다.

사건은 그러니까 궁녀 장미가 왕의 총애를 얻고 몸이 아프다고 거짓으로 말해 휴가를 얻어 고향에서 머물고 있었는데 신의군 이인이 할머니 회갑잔치를 맞아 노래 잘하고 좌중을 잘 이끄는 장미를 초청한 것이다. 이날 잔치에 참여했던 신의군 이인과 양녕대군의 처남인 김경재와 그의 동생들이 모두 궁녀를 끼고 놀았다는 이유로 탄핵을 받았다. 잔치에서 장미에게 술을 받거나 따라준 자, 그리고 장미와 춤을 춘 자들은 모두 참형이었다.

잔치에는 이인의 매부 김경재도 함께 참석했는데 일설에는 김경재와 장미가 간통을 했다는 설도 있었다. 김경재의 아버지가 김한로다. 양녕의 장인이었고 경재는 종종 세자 양녕과 처남 매부 사이 기방 출입이 잦아 태종의 미움을 받았다.

의금부는 궁녀 장미를 포함한 그 잔치에 참여한 사람들 모두를 참형에 처해야 한다고 보고했다. 법에 따르면 궁녀와 잔치를 벌인 자들 모두 죄를 묻게 되어 있다.

문제는 궁녀 장미가 이들 남자들과 간통을 했는지가 가장 중요한 문제였다. 여러 정황들과 증인들의 조사를 놓고 볼 때 궁녀 장미는 이인의 옆방에서 벽을 사이에 두고 잠을 잔 것이 확인이 됐다. 벽을 사이에 둔 것이니 같은 방을 쓴 것도 아니지만 궁녀 신분에 외간 사내 집에서 외박을 했다는 것 자체가 참형감이라고 의금부에서는 보고있는 것이다.

　왕은 이인을 왕족의 지위를 빼앗고 폐서인하여 변방에 내치게 하고 장미를 비롯한 다른 잔치에 참여한 사람은 모두 먼 곳으로 유배를 보내라 지시했다. 그런데 연일 대간들이 법대로 처벌할 것을 주장했다. 그러자 왕은 만일 이인이 목숨을 잃으면 "익안대군의 제사는 누가 지내냐?"며 죽이고 싶지 않다는 뜻을 드러냈다. 익안대군은 이성계의 세 번째 아들 방의(芳毅)다. 성품이 온순하고 태종 이방원을 좋아했다. 2남 2녀를 슬하에 두고 있었는데, 신의군은 바로 그의 장남이었다.

　그렇게 해서 이 사건은 더 이상 확대되지 않았다. 그런데 9년 후인 1444년(세종 26년) 1월, 평안도 여연에서 왕족의 신분을 박탈당하고 평민 신분으로 살던 이인이 평안도 관찰사와 술을 먹으면서 9년 전 사건을 이야기하다가 문제의 발언을 하게 된다.

　"사실 그날 잔치에서 장미를 부른 것은 내가 아닙니다. 장미와 매부 김경재는 이전에도 서로 사귀는 사이라는 것을 알고 있었지요. 종종 두 사람은 서로 선물을 주고받으며 산에 올라가 놀기도 여러 차례였어요. 그런데 그날 국문장에서 이런 말을 하지 못하겠더라고요. 주상전하 앞에서 처남과 매부 사이 어차피 죽을 목숨인데 누가 먼저니 하며 다투기도 싫어 아무 말도 하지 않았는데, 요즘 생각해 보니 내가 매부보다 더 먼 곳으로 유배를 갔고 그래서 간혹 억울하다는 생각이 듭니다."

　평안도 관찰사는 치사한 자다. 술자리에서 한 이야기, 뭐 이미 지난 이야기이고 특별히 다른 것도 없는데, 왕에게 아부하고 싶은 마음에 장계를 보내 이런 사실을 알렸다. 사건이 다르다는 첩보를 받았으니 왕도 새로 조사를 지시할 수밖에 없었다. 그래서 이 문제를 가지고 6개월 동안 조정은 시끄러웠다.

그리고 밝혀진 내용은 이인의 취중 말이 모두 사실이란 것이다. 그런데 장미와 김경재 두 사람은 절대 함께 잔 적은 없고, 각각 따로따로 잤다면서 까무러치는 고문을 받으면서도 한결 같은 주장을 하였다. 1444년 5월 8일, 의금부는 최종 조사 결과와 형량을 올렸다. 이인과 김경재 및 그의 동서와 처남들 그리고 궁녀 장미 모두 참형해야 한다는 것이었다.

그렇지만 왕은 궁녀 이외에 사내들은 사형 말고 다른 벌을 내리라고 지시했다. 그래서 이인은 원래 귀양지였던 평안도 여연에 그냥 머물게 했고, 김경재는 처음에 내린 벌은 충청도 유배였지만 추가로 죄가 확인되자 남해 지역 변방 수군으로 충군하게 했다.

하지만 궁녀 장미는 참형을 선고받았다. 그러자 사헌부와 사간원 양사의 대간들이 들고 일어났다.

"같은 범죄자를 놓고 왜 다르게 처벌하십니까?"

직설적인 대간들은 세종에게 항의를 했다.

"이인이 태조의 후손이라고 이렇게 사형을 받을 자를 용서하십니까? 그럼 궁녀도 죽이지 마십시오."

그러자 왕은 참형에 처하는 이유를 설명했다.

"장미가 사형에 처해지는 것은 잔치에 참여해서 그런 것이 아니라, 아프지도 않은데 병이 있다고 거짓으로 말해 자기 집으로 내려간 것 때문이다."

왕에게 거짓말을 했다는 이유로 궁녀 장미는 참형이란 혹독한 처벌을 받은 것이다. 또한 분한 마음에 그녀의 집안 식구들이 갖고 있던 재산을 모두 몰수하고 부모와 형제들은 노비로 만들어 버렸다.

누구는 장미에 대한 왕의 지나친 처사는 평소 왕이 장미를 마음에 두고 있어 그렇게 혹독한 처벌을 내린 것이라고 생각하는 사람도 있었다.

단지 사랑을 속삭였을 뿐인데

장미 사건이 일어나기 꼭 10년 전, 역시 세종 시절 있었던 이야기다. 1425년(세종 7년) 12월 10일, 대궐에서 왕이 평소 아끼던 청옥관자(푸른빛이 나는 옥으로 만든 모자 장식)를 궁녀가 내시에게 씌워 준 일이 있어 시끄러웠다. 상의원 별자의 고발로 시작된 청옥관자 사건의 관련자 내시 손생과 궁녀 내은이가 불려와 조사를 받았다. 의금부의 혹독한 고문이 시작된 지 하루가 지났지만 두 사람은 결코 간통한 사이가 아니라고 극구 부인했다.

그리고 두 사람의 사랑 이야기가 외부에 알려졌다. 궁녀 내은이가 내시 손생을 안 것은 열여덟 살 무렵이었다. 동갑내기라는 것도 알고 궁에 들어온 지도 비슷한 두 사람은 궐에서 마주치면 가슴이 방망이질을 하는 서로가 좋아하는 사이였다.

고백을 하지 못하고 서로 바라만 보던 사이였지만 사랑이 표현하지 않는다고 모르나, 신분상 내시와 궁녀가 사랑을 나누면 안 되지만 서로를 애타게 그리워하는 사이가 되었다. 주변의 내시와 궁녀들도 두 사람이 서로 좋아한다는 것을 다 알고 있었다. 가끔 몰래 만난 두 사람은 미래의 좋은 날이 있을 거라는 희망을 안고 사랑이 변치 말자 약속을 했다.

사건이 벌어지던 날, 내시 손생은 궁녀 내은이가 근무하는 상의원에 무슨 심부름을 갔던 모양이다. 오랜만에 좋아하는 손생을 본 궁녀 내은이는 손생의 손을 잡고 대궐에서 왕이나 왕비가 쓰는 물건들을 보관하는 방으로 손생을 데리고 들어갔다.

그런데 두 사람이 은밀하게 상의원 으슥한 곳으로 사라지자 그것을 의심하고 있던 상의원 별좌가 미행을 했다. 내은이는 귀중품이 보관중인 그곳에서 왕이 평소 아끼던 청옥관자를 꺼내 갑자기 손생의 머리에 씌워 주었다. 내은이는 평소 손생의 머리에 이런 멋진 모자를 한번 씌어보고 싶었다. 그리고 내은이 머리에도 여러 개의 떨잠과 장식꽂이도 해 보았다.

두 사람은 정말 멋진 왕과 왕비의 모습이었다. 궁녀 내은이는 손생의 손을 잡으며 말했다.

"우리 다음 세상에서는 궁녀와 내시가 아닌 왕과 왕비로 태어나자"

그러자 내시 손생도 내은이를 보며 말했다.

"그래 그때도 난 너만을 사랑할 거야."

이 광경을 조금 떨어진 곳에서 상의원 관리 별좌가 바라보고 있었다. 결국 두 사람의 사랑 고백은 왕의 귀에까지 들어갔고, 단지 사랑을 속삭인 죄이지만 궁녀 내은이는 이미 왕의 여자로 입궐한 여자이니 육체적인 관계를 하지 않았다고 무사할 수는 없었다. 내시 손생도 역시 왕의 여자를 마음에 두었고 감히 왕의 물건을 머리에 썼다는 이유로 참형에 처하게 되었다.

단지 손을 잡고 사랑을 속삭였을 뿐인데, 훔친 것도 아니고 빼돌린 것도 아닌 그저 머리에 한번 써 보았을 뿐인데, 그것을 절도죄로 본 것이다. 궁녀와 내시들은 그런 것도 허용되지 않았다. 두 사람은 왕의 귀한 물건을 잠시 더럽혔다는 이유로 참형이란 잔인한 형벌로 죽음을 당한 것이다.

궁녀와 별감의
연애편지 사건

궁녀 가지와 소친시 함로가 별감 수부이와 간통할 목적으로 서로 언문 편지를 교환하고 궁중의 제물을 훔친 사건이 일어나 궁녀는 장 1백 대를 쳐 지방 관기로 보내고 별감 역시 장 1백 대를 치고 변방의 군사로 보냈다.

1453년(단종 1년) 5월 8일 실록에는 다음과 같이 궁녀와 별감의 간통 이야기를 서술하고 있다. 별감은 왕의 명령을 전달하는 자, 혹은 왕이 나들이 행차할 때, 왕의 가마 주위를 호위하는 자들로 그 모습이 화려하고 멋지다. 그런 자들이 대궐에서 궁녀들과 서로 눈이 맞아 간통 사건이 벌어진 사례가 종종 실록에 등장한다.

"의금부에 따르면 지난 3월, 궁녀 자금(者今)과 방자(房子), 그리고 중비(重非) 이렇게 세 명의 궁녀가 같은 궁녀 월계(月桂) 방에 모여 언문 편지를 써서 궁궐의 별감 수부이(須夫伊)와 별감 부귀(富貴), 함로(含老)에게 언문 편지를 전달하고 사랑을 속삭였습니다. 이들 궁녀들은 자기들이 글을 몰라 가장 믿고 있던 나인 월계에게 부탁해 한글로 편지를 썼고, 전달은 복덕(卜德)이란 방자가 맡았습니다."

사건의 대략 내용은 이렇다. 궁녀와 별감이 단체로 서로 좋아해 연애 편지질을 하고 남들 몰래 만남도 이루어진 것이다. 그 가운데 어떤 궁녀들은 자기가 좋아하는 별감에게 궁궐 물건을 빼돌린 것도 밝혀졌다. 궁궐에서 이들의 만남이 소문으로 돌자 궁녀들의 사생활을 감찰하던 감찰상궁이 자체 조사를 하여 왕에게까지 보고를 한 것이다.

왕은 의금부에 이 사건을 면밀히 조사하여 보고하게 했다. 의금부는 관련자들을 모두 잡아 이들이 간통을 저질렀는지 조사하기 시작했다. 조사 결과 궁녀들이 연애편지를 별감에게 건넨 것은 확인되었지만 아직 간통을 하고 그럴 사이는 아니었다는 것이 사건의 전말이었다.

이 사건을 접한 어린 단종 임금은 선왕 문종이 승하한 날이 꼭 1년 되는 날, 궁녀와 별감의 연애사건으로 대궐을 시끄럽게 하고 싶지 않았다. 왕의 나이 고작 열세 살이고, 왕비를 책봉하기 위해 전국적으로 간택령을 내린 시점인데, 선왕의 1년 제사를 앞두고 피를 보고 싶지 않은 왕은 이들 별감과 궁녀가 '간통한 현장을 발견하지 못하면 처벌할 수 없다'는 규정을 적용하여 별감 수부이와 함로는 장 1백 대를 친 뒤 함길도(지금의 함경도)의 관노(官奴)로 보내고, 궁녀 중비와 자금, 가지는 평안도 관비(官婢)로 보내기로 했다.

이 사건은 궐내에서 별감과 궁녀들이 서로 연애편지를 주고받다 들킨 사건으로 별감과 궁녀들의 간통을 방지하기 위해 이들이 직접 만나는 일이 없도록 조치들을 취하게 하고 그들이 서로 간통을 모의한 것만 인정하여 극형을 면하게 한 것이다.

이 사건처럼 신윤복의 '월야밀회(月夜密會)'라는 그림은 궁녀와 별감이 대궐 담장에서 연애를 하는 모습을 잘 표현한 작품이다. 제목만으로도 에로틱함이 물씬 풍긴다. 두 남녀가 밤중에 밀회를 즐기는 그 장면, 그 옆에서 이들 사랑놀이를 훔쳐보는 여자. 그 그림처럼 별감과 궁녀들의 연애도 궁궐 담벼락에서 종종 일어났을 법하다. 그림을 자세히 보면 두 남녀가 거의 입을 맞춘 듯하고 남자의 팔에 안긴 여자의 몸이 한껏 들떠 있다. 신윤복의 그림은 이처럼 생생하고 사실적이다. 또한 신윤복의 그림은 남자와 여자 모든 인물들이 살아서 숨을 쉬고 있다. 그래서 그의 그림은 그 시대 사람들의 마음까지 읽을 수 있다.

별감들의 거만함이 지나치다

별감들은 조선 후기로 넘어오면서 왕을 호위하는 임무에서 여러 가지 다양한 권한이 추가된다. 18세기로 넘어오면서 한양 유곽(기생집과 술집)을 관리하는 일도 했다.

조선 21대 영조 임금은 집권 기간이 가장 긴 왕이다. 그런데 영조는 술을 싫어했다. 그래서 장장 50년 이상 금주령을 내려 술을 좋아하는 애주가들에게 고통을 준 임금이다. 영조는 금주에 대한 단속권을 별감들에게 주었다. 그래서 이들 별감들이 주막과 기생집에 불시 단속하여 술이 있는지, 몰래 술을 담그는지를 확인하였다. 그 과정에서 뇌물로 돈을 챙긴다거나 돈 대신 기생 접대를 받는다거나 하여 물의를 일으키기도 했다.

1767년(영조 43년) 7월 29일, 대궐에서 야음(夜陰)을 틈타 별감들이 집단으로 의녀들 몇 명을 치마를 벗기고 억지로 강간을 시도하다 적발된 사건이 보고되었다. 이 사건은 별감들이 의녀들을 관리하며 행세를 부려 이런 일이 벌어진 것이다. 별감은 당시 왕과 왕비를 호위하는 의녀들을 감독하는 권한이 있었다. 그래서 별감과 의녀가 서로 섞이다가 이런 강간 사건이 벌어진 것이다.

사건의 조사 결과 강간을 시도한 것은 인정되었지만 실행하지는 않았다는 것이 확인돼 중형은 받지 않았다. 그런데 그들의 입에서 술 냄새가 났었다는 의녀들의 진술이 있어 그것을 확인했지만 이미 술기운이 가신 뒤라 확인할 수 없었다. 영조 51년 2월 25일에는 술집에서 포졸들과 별감들이 난투극이 벌어졌다. 이유는 주막에서 술에 취해 행패를 부리던 별감 한 명을 포졸들이 체포하여 압송하려 하자 이 소식을 들은 별감들이 무리를 지어 포졸들과 싸움이 벌어진 것이다. 이에 왕은 폭력의 원인이 되었던 별감을 감옥에 가두게 했다.

1709년(숙종 35년) 3월 25일, 사헌부 보고에 따르면 별감 송정희를 비롯한 여러 명의 별감들이 술, 고기를 차려 놓고 기녀의 집에 모여 술을 마시면서 거문고 소리에 맞추어 노래를 부르며 왁자하게 놀고 있었다. 노는 것이 너무 방자하고 시끄러워 신고가 들어갔고, 사헌부의 금리가 체포하려 하자 금리를 구타하고 도망가 나타나지 않았다는 사건 개요가 실록에 짧게 언급되어 있다.

그 사건이 일어나고 3년 뒤인 1712년(숙종 38년) 10월 20일, 형조판서 박권이 보고한 별감 김세명의 폭력 사건은 별감의 오만방자함이 극에 달한 것을 잘 보여주고 있다. 별감 김세명(金世明)은 왕의 능을 관리하는 임무를 맡고 있었다. 그런데 어느 날 왕족 이후(李煦)가 나타나자 인사를 했는데 받지 않자 욕을 했다고 한다. 그러자 이후는 그의 입에 오물을 집어넣고 구타하는 사건이 발생했다.

이에 화가 난 김세명은 동료 스무 명을 이끌고 이후 집에 찾아가 이후를 끌어내 묶은 뒤 구타를 하였다. 이 이야기를 전해들은 이후의 형 이경은 입궐하여 이 일을 말하려고 하자 별감들이 그의 대궐 진입을 막으며 구타를 하였다. 왕은 박권의 보고를 받고 별감 김세명을 변방의 군사로 보내버렸다. 별감의 권력 남용이 얼마나 막강했으면 종친들에게까지 폭행을 행사했을까?

1717년(숙종 43년) 2월 6일에도 별감들이 야간 통행금지를 어기고 밤에 나다니다가 포도청에 잡히자 별감들이 포졸들을 구타하고 갇힌 동료를 구출하는 사건도 일어났다.

이런 일련의 사건들로 보면 별감이 조선 후기로 넘어오면서 막강한 권력을 누리는 계층으로 발전하기에 이른다. 대궐 궁중 물품을 관리하고 한양의 기녀들을 관리하기도 했으며, 대궐의 의녀들을 관리하는 권한까지 있어 이런 일들이 벌어졌고 급기야 종친들조차 구타당하는 사태가 발생한 것이다. 하물며 포도청 관리들은 감히 그들을 가두거나 조사할 엄두도 내지 못했다.

한편 별감들의 복장을 보면 붉은 옷에 노란 모자를 쓰고 가죽신을 신은 그야말로 멋쟁이들이었다. 궁녀들 눈에는 이렇게 멋진 복장을 하고 대궐을 지키고 왕의 행차에 도심을 가로지르는 그들 모습에서 반하지 않을 궁녀가 없었을 것이고, 그래서 궁녀와 별감, 별감과 의녀들의 간통 사건이 줄을 이었다. 아무튼 그때나 지금이나 여자들은 제복 입은 남자들에게 약하다.

억울한 죽음,
고미와 막동의 사랑

궁녀 고미가 별사옹 막동이와 간통을 하여 참형에 처해지게 됐는데, 그녀가 임신을 했으므로 아이를 낳고 해산한 뒤 1백일이 지나서 죽였다. 그런데 그녀는 죽으면서 아이 아버지가 별사옹 막동이가 아니라고 주장했다.

　1422년(세종 4년) 7월 14일, 궁녀 가운데 임신한 여인이 있다는 첩보를 들은 감찰상궁은 대궐 모든 궁녀들을 불러 신체검사를 하다가 숙경옹주의 궁녀 고미의 배가 불러 있는 것을 발견했다. 그녀는 한사코 갑자기 살이 찐 것이라고 말을 했지만 감찰상궁의 날카로운 눈썰미로 보기에 그녀가 임신한 것이 확실했다. 감찰상궁은 그녀에게 치마를 내리라고 지시했다.

　하지만 고미가 감찰상궁의 지시에 머뭇거리자 주위에 있던 궁녀가 억지로 그녀의 치마를 끌렀다. 예상한 대로 궁녀 고미의 배는 억지로 끈을 잡아매었지만 해산달이 얼마 남지 않은 만삭의 몸이었다. 그래서 궁녀 고미의 간통 사건이 왕에게 보고됐다. 왕은 사건을 보고받고 불쾌한 표정을 지으며 잠시 생각에 잠겨 있다가 형조에 지시하여 사건 내막을 더 파악하게 했다.

"궁중의 진상품과 음식물을 관리하는 직책인 별사옹(別司饔) 막동이 숙경옹주(조선 태종의 9서녀)의 궁녀 고미와 궐내에서 서로 간통한 죄가 알려졌습니다. 고미는 이미 임신을 한 상태이고, 그래서 법률에 따라 해산을 한 뒤 1백 일이 지난 뒤 참형하는 것이 마땅합니다. 별사옹 막동이는 이미 세 번이나 조사를 마친 상태이니 참형에 처해야 합니다."

세종 임금은 아버지 태종이 돌아가신 지 채 두 달이 지나지 않아 경건한 마음으로 정사를 돌보고 있었는데 이런 불미스런 일이 일어나 매우 불쾌하게 생각하고 궁녀를 탐하고 임신시킨 것은 궁궐 재물을 도적질한 죄와 같으니 별사옹 막동을 먼저 참형시키고 궁녀 고미는 해산을 한 뒤 1백 일이 지나 참형에 처하라고 지시했다.

그렇게 해서 별사옹 막동은 바로 며칠 뒤 참형에 처해지고, 고미는 옥에 갇혀 있다가 아이를 출산한 것이다. 그런데 아이를 낳은 고미가 이상한 말을 하기 시작하였다.

"이 아이는 별사옹의 아이가 아닙니다."

이 말이 궁녀들의 입에서 입으로 전해져 제조상궁의 귀에 들어갔다. 제조상궁은 고미를 앞에 놓고 다그쳤다.

"네가 죽기가 싫으니 별 이상한 이야기들을 하고 있구나. 그럼 그 아이가 누구 아이냐?"

그러자 고미는 몸을 추스르며 대답했다.

"이 아이는 화천군의 아이입니다."

제조상궁은 깜짝 놀랐다. 화천군은 숙근옹주(태종의 서녀 12번째 딸)의 남편을 말하는 것이었다. 숙근옹주의 남편은 권공이다. 권공은 권복의 아들이며 태종 임금의 총애를 받던 장수다. 그래서 태종의 사위가 되고 화천군으로 봉해진 인물이었는데 물론 여자를 밝히는 사내라는 것은 대궐의 궁녀들은 다 아는 사실이었다.

제조상궁은 손가락을 꼽다가 고개를 끄덕였다. 고미가 수라간에서 수강궁으로 배치를 받은 것이 거의 1년이 넘었으니, 별사옹이 아이의 아빠라는 것은 셈이 맞지 않는 것이었다. 별사옹이나 궁녀 모두 자기 근무지를 벗어나 다른 궁궐을 출입할 수 있는 신분이 되지 못한 것도 제조상궁이 고개를 끄덕인 이유였다.

제조상궁은 우선 이 사실을 감찰상궁에게 알리고 중전에게 알리기 전에 사실 관계를 확인하라고 지시했다. 그리고 조사 결과 수강궁 궁녀들로부터 이미 권공이 고미를 여러 차례 건드렸다는 진술을 받아냈다. 조사가 잘못돼 억울한 막동이 참형을 당한 뒤였다. 잘못하면 제조상궁과 감찰상궁 모두 벌을 받을 수도 있는 사안이었다.

한편 고미와 막동은 궁녀들 사이에서는 사랑하는 사이로 다 알려진 관계였다. 하지만 두 사람은

애틋한 마음만 나누었을 뿐 단 한 번도 육체적인
사랑을 나눈 적이 없었다. 고미는 원하지도 않은
자의 아이를 임신하고 또한 그로 인해 사랑하는
별사옹 막동을 죽게 한 것에 스스로 자결하고 싶
었지만 감시가 심해 어떻게 할 도리가 없었다.

그녀는 아이를 해산하고 난 뒤 진실을 물을 수
는 없다며 왕의 사위라는 힘을 이용해 자기를 겁
탈한 권공을 응징하기로 마음먹는다. 고미는 자기
해산을 돕는 궁녀들에게도 이 억울한 사실을 알렸
고, 그렇게 해서 궁녀들 입을 통해 제조상궁 귀에
도 들어갔다.

제조상궁은 자기 선에서 덮어 둘 수 없는 일이
라 생각해 소헌왕후에게 이 사실을 고했다. 소헌
왕후는 이 일은 내명부의 일이라 판단하고 남편에
게 알리지 않고 조용히 권공을 불러 주의를 주었
다. 권공은 절대 자기 잘못을 인정하지 않았다.

"저는 그런 일이 결코 없습니다. 그것은 저를 모함
하려는 자들이 일부러 퍼트린 소문입니다."

"자네가 아무리 거짓말을 해도 자네와 고미가
한 방에 있었던 것을 본 궁녀가 한둘이 아니야. 내
이번 일은 없던 걸로 할 테니 차후로는 행동에 조
심하게."

그래서 이 일은 조용히 넘어가는 듯했다.

그런데 고미의 아이가 화천군 권공을 빼다 박았

다는 이야기가 파다하게 퍼졌고, 벌써 사헌부의 감찰실까지 들어갔다. 그러나 왕이 화천군 권공에 대해 신임을 하고 있는 상황에 사건을 다시 조사해야 한다고 나서는 자들이 없었다.

실록에서 사간은 이런 논평을 냈다.

"권공이 수강궁에 거처하며 살 때, 얼마 떨어지지 않은 곳 숙경옹주의 처소를 기웃거리다 궁녀 고미의 미모에 반해 그녀와 간통한 일이 있었고, 권공의 아이를 임신한 고미는 죽으면서까지 거짓을 말한 일이 없는데, 아무도 고미의 말을 듣지 않고 그 사실을 왕에게 직언하는 자도 없었다. 대간들도 모두 화천군을 신임하는 왕의 비위를 거스르지 않기 위해 입을 닫고 몸을 사렸다."

권공은 권복의 아들이며 무신(武臣)으로 화천군에 책봉된 인물이다. 강계절도사를 지냈으며 조선 초기 군정에 기여한 공로가 인정되어 왕의 총애를 받던 인물이었다. 그가 숙근옹주의 남편으로 집안이 가난해 결혼을 하고도 옹주와 함께 수강궁 대궐에서 함께 살고 있었는데, 대궐 출입을 하다 이런 일이 벌어진 것이다. 실록에서는 권공이 어떤 처벌을 받았다는 기록이 없다. 권공 때문에 별사옹 막동은 억울한 죽음을 당했지만 아무도 그의 억울한 죽음을 말하는 자가 없었다. 권공은 사건이 일어나고 40년을 더 살다 죽었다. 그가 죽던 해, 권공의 이름이 잠시 실록에 거론된다.

1462년 4월 14일 '왕이 권공의 집에 가서 막걸리를 마셨다'는 기록이 잠시 보인다. 이 기록으로 보면 괄괄한 무인의 기질을 갖고 있던 세조는 비슷한 기질의 권공을 무척이나 좋아했던 것으로 보여진다.

궁녀,
남장하고 간통하다

문승유는 태조의 정비 신의왕후와 아주 가까운 인척인데, 그가 궁녀들을 건드릴 때 궁녀에게 남장을 하게 하여 사람 출입이 뜸한 으슥한 방에서 간통을 하다 발각되었다.

1444년(세종 26년) 10월 10일, 수강궁에서 궁녀 효도라는 여인을 간통한 진무 문승유의 죄에 대한 처벌을 놓고 대궐이 시끄러웠다. 진무 문승유는 왕의 할머니인 신의왕후 한씨의 가까운 친척이라 왕이 아무 죄를 묻지 않아 대간들이 벌을 주어야 한다고 들고 일어난 것이다.

"진무(鎭撫) 문승유(文承宥)가 수강궁에 숙직하면서 효도(孝道)라는 여자에게 남자 옷을 입혀 숙직하던 곳에서 간통한 일이 발각되었습니다. 이들은 사람들에게 들키자 수강궁 담을 넘어 도망을 쳤는데, 이에 사헌부에 두 사람을 조사하여 죄를 확인해 보니 모두 사실임이 밝혀졌습니다. 그런데 전하께서는 어찌 효도라는 여인은 죄를 주면서 문승유

101

에게는 죄를 묻지 않습니까? 힘이 없는 여인보다는 자기 신분을 이용해 궁녀를 억지로 취한 자가 더 큰 죄인입니다. 서둘러 죄를 물어 주십시오."

'진무(鎭撫)'라는 직책은 무관직으로 정3품에 해당하며 의금부에서 왕명을 받들어 죄인을 조사하는 관직이다. 의금부 고위 관리가 연관된 간통 사건이므로 왕은 사헌부에서 이 일을 조사하였다. 그런데 왕은 두 사람이 모두 간통한 것이 사실로 드러났는데, 다른 사건과 달리 궁녀 효도는 멀리 북쪽 지방의 관청 노비로 조치시키고 상대 남자 문승유라는 자는 왕의 할머니와 가까운 친척이라 아무런 벌을 내리지 않았다.

분명 여타의 다른 사건과는 너무도 다른 관대한 조치였다. 그러자 대간들이 벌떼처럼 들고 일어났다.

"대궐에서 궁녀에게 남자 옷을 입혀 간통을 저질렀으니 참으로 음흉하고 대담한 행동입니다."

문승유가 왕의 여자를 대담하게 취했으니 극형에 처해야 한다고 주장했다. 그러나 왕은 아무 말 하지 않다가 조용히 이야기했다.

"문승유는 신의왕후(神懿王后, 태조 이성계의 첫째 부인)의 근친(近親)이니 어찌 극형에 처할 수 있겠는가. 형조로 하여금 세 번이나 그의 죄를 확인하고 죄를 주려고 하였는데, 나는 혹시 승유가 놀라 겁내어 자살할까 그것이 염려된다. 그래서 그의 직급을 하나 낮추는 것에서 처벌하려고 하니 너희들은 더 이상 떠들지 말라."

이에 대간들이 들고 일어났다.

"아니 죄를 지은 자를 전하께서 자살할까 두려워 처벌하지 못하겠다고 하시면 어떻게 하십니까? 궁녀를 간통한 자는 참형에 처해야 한다고 법에 나와 있는데, 아무런 죄를 주지 않음은 기강이 해이해질 우려가 있습니다."

그 가운데 어떤 대간은 직접적으로 왕에게 계속 집요하게 탄핵했다.

"승유의 죄가 특별한데 왕실의 연고로 죄를 덮으려 하니 신들은 통분함을 이기지 못하겠습니다. 남녀들이 섞이어 거처하면 색욕을 못 이기어 서로 사사로이 간통하는 것은 간혹 있는 일이지만, 승유 같은 자는 자신의 신분을 이용해 궁녀들을 간통함에 있어 그 수법이 너무 교활합니다. 남들 눈을 의식해서 남자 옷을 입혀 궐에서 상습적으로 왕의 여자를 간통했으니 그 죄가 너무 큽니다. 또 걸리자 담을 넘어 도망을 쳤는데, 알 만한 사람들은 다 아는데도 딱 잡아떼고 있습니다."

그러자 왕이 말하길 "너희들 말은 모두 옳다. 그러나 백만 번 이야기해도 들어줄 수 없다."고 하였다.

신의왕후 한씨는 이성계의 첫째 부인이다. 문승유가 신의왕후의 근친이라 처벌하지 않았으며 오히려 그가 자살할까 두렵다는 말을 왕이 하는 것으로 보아 궁녀를 간통한 자에 대한 왕의 배려가 이만저만이 아니었던 것으로 보여진다.

문승유의 간통 사건에서 흥미로운 것은 효도라는 궁녀를 간통하기 위해 문승유가 그녀에게 남자 옷을 입혀 숙직실에 데리고 가서 간통을 저질렀다는 내용이다. 대간들은 모두 들고 일어나 문승유가 이런 방법으로 간통한 궁녀가 한둘이 아니라고 국청을 열어 관련자 모두를 참형에 처해야 한다고 연일 상소를 올렸으나 왕은 침묵으로 일관했다.

문승유는 조사 결과 효도라는 궁녀 이외에도 여러 궁녀들을 이렇게 남장(男裝)시켜 궁궐에서 간통을 저질렀음이 궁녀들의 자백으로 밝혀졌다. 왕은 수강궁에 근무하는 궁녀들이 왕과 배다른 형제들에게 자주 남장을 하고 다른 사람들 눈을 피해 으슥한 곳에서 간통을 즐긴다는 말이 나왔지만 더 이상 조사를 하지 못하게 했다.

이 사건과 연관된 재미있는 실록의 기록이 있다.

태종실록 11년 10월 27일, 예조에서 상소한 내용 가운데 "가례(嘉禮) 때 나이 어린 시녀를 남장시켜 옷을 입혔는데 이것은 원나라 때 남은 제도입니다. 이것은 구제도이니 빨리 고치는 것이 좋은 것 같습니다. 궁녀들 사이에 남자 옷을 입히고 서로 이상한 짓을 한다는 이야기가 있습니다."라고 왕에게 궁녀들의 이상한 풍속을 지적했지만 왕은 "이 일은 내명부의 일이니 남자들이 나서는 것이 옳지 않다."며 논의를 중지시켰다고 한다.

이 기록으로 유추할 수 있는 것은 어린 궁녀를 입궁시킬 때 관습에 따라 궁녀 가운데 절반은 남자 옷을 입혀 남자 없는 혼인식을 위로했으며 이때 입은 남자 옷이 종종 궁녀들이 자주 행했던 동성애의 소품으로 이용되기도 하고, 대궐에서 궁녀와 외간 남자들 사이 간통을 은폐하기 위해 궁녀들이 자신의 모습을 감추기 위해 남자 옷을 입었다고 한다.

원나라에서는 궁녀들의 입궐 의식에서 신랑이 없는 혼인식을 치르는데, 다소 위안을 얻기 위해 왕 대신에 궁녀들끼리 남자 의복을 입게 하여 음양의 조화를 이루지 못한 결혼식을 위로하기 위한 것이라 풀이된다. 고려는 원나라의 이런 풍습을 따라 전통적으로 궁녀 입궐 의식을 치른 것이다.

그래서 고려 풍습이 조선에도 그대로 전해져 궁녀들 입궁 의식을 그렇게 남장을 입혀 치렀는데, 한 때 고려 말 퇴폐 문화가 극성일 때 일반 백성들 사이에서도 남자 복장을 한 창녀들이 민심을 어지럽혔다는 기록도 있다. 또한 고려 충렬왕(1236~1308)은 대궐에 지금으로 말하면 뮤지컬 공연 무대를 만들었는데, 그곳에서 전국에서 뽑은 기생들에게 남장을 시켜 음담패설과 음란한 춤을 공연하고 구경하는 것을 즐거움으로 삼은 적도 있었다고 한다. 그래서 이런 과거 음란한 풍습이 남아 있어 문승유의 간통 사건에도 영향을 미친 것이라 볼 수 있다.

궁녀들의
간통 사건 뒤 숨겨진 이야기

궁녀가 외간 남자와 궁궐에서 간통을 한 경우 즉시 참수형을 집행하지만, 그녀가 임신 중이라면 해산 후에 1백 일 있다가 참수형에 처하는 것이 그 동안의 관례였다.

1667년(현종 8년) 5월 20일, 형부와 간통한 궁녀 귀열을 참수시켰다. 귀열은 왕대비전의 궁녀로서 자기 형부인 내수사 서제(書題) 이홍윤 (李興允)과 몰래 간통하여 임신했는데, 일이 발각되자 왕이 의금부에 가두라고 명했다. 귀열은 형부 이홍윤과 간통한 내용을 실토했다.

귀열은 형부와 대궐에 들어오기 전부터 정분을 나눈 것으로 밝혀졌다. 그런데 이홍윤이 내수사 하급 관리 서제(書題)로 근무하면서 궁궐에서 일을 하는 처제를 내수사 소속 궁녀로 배치받을 수 있도록 청탁을 했으며, 물건을 빼돌리는 일까지 하였음이 밝혀졌다.

두 사람이 처음 간통을 한 것은 서제 이홍윤이 내수사에서 물품 재고 조사를 한다는 이유로 궁궐에 남으면서부터였다. 다른 사람이 모두 귀가한 뒤 홀로 남은 이홍윤은 처제 귀열을 유인하여 내수사 후미진 곳에서 간통을 저질렀다. 두 사람은 그 후로도 오랫동안 사람들 눈을 피해 불륜을 저지른 것이 조사로 확인되었다.

그러다가 사건이 발각되기 한 해 전, 귀열이 대비전 궁녀로 발탁되어 경덕궁(경희궁)에 배속되자, 두 사람이 음란한 짓을 할 기회가 없어져 버렸다. 그러다가 귀열이 아프다는 핑계로 휴가를 얻어 집에 와서 얼마 동안 머무는 동안에 가족들 몰래 형부와 통간을 저지르다 귀열의 부모에게 들킨 것이다.

얼마 뒤 궁녀 귀열이 형부의 아이를 임신해 점점 배가 불러오자 간통한 사실이 들통이 날까 노심초사하고 있다 결국 감찰상궁에게 걸린 것이다. 그래서 내수사에서 조사를 편 결과 형부 이홍윤과 간통한 일이 드러난 것이다. 귀열은 만삭의 몸으로 얼마 뒤 감옥에서 애를 낳았는데, 간부 이홍윤은 포졸들의 감시가 소홀한 틈을 타서 감옥을 빠져 나와 도망을 쳤다. 왕은 해산을 하고 1백 일이 지나야 죄인을 참수할 수 있는데 그것을 무시하고 얼마 뒤 귀열을 참수시켜 버렸다.

그런데 이 사건에서 현종은 귀열을 미워하는 마음이 평소보다 지나쳐 다른 사람들의 오해를 사기도 했다. 귀열의 형부를 사랑하는 마음은 그녀가 대궐을 들어오기 전부터였는데, 가정 형편이 좋지 않아 궁녀로 입궁했고, 이홍윤 역시 사랑하는 여인이 궁녀로 들어가자 낙담하여 그녀의 언니와 결혼을 했다고 한다.

그리고 이홍윤이 대궐에 출입하면서 자연스럽게 귀열을 만나게 되자 두 사람은 넘지 말아야 할 선을 넘은 것이다. 이런 전후 사정을 판단한 형조는 귀열에게 참수가 아닌 교수형을 내렸지만 왕이 역정을

내면서 참수형을 지시하고 해산한 뒤 1백 일도 지나지 않아 그녀는 참수당한 것이다.

한편 귀열의 아비 광찬(光燦)과 어미 숙지(淑只)도 귀열이 형부와 간통한 사실을 알고 있으면서도 이 사실을 알고도 관가에 알리지 않았다는 이유로 아울러 형벌을 받고 국경 지역으로 보내졌다.

현종은 조선의 국왕 가운데 일부일처제를 유일하게 실천한 왕이었다. 집권 15년 동안 현종은 명성왕후에게서 아들 한 명(숙종)을 낳았고, 딸 세 명을 낳았다. 그러니까 그렇게 다복한 편은 아니었고, 숙종이 몸이 허약하여 위태로운 상황이 종종 닥쳤지만 조정의 중신들이 후궁을 두어야 한다고 할 때도, 현종은 "나는 원래 여색을 그리 즐기지 않은 편인데, 후궁을 두어 무엇을 하겠으며 후궁을 두어서 잘 된 왕을 본 적이 없다. 다시는 그 문제를 거론하지 말라"고 일체 논의를 하지 못하게 했다.

현종은 부인 명성왕후 김씨가 성격이 강하고 질투가 심해 어떤 후궁을 두더라도 왕실이 조용하지 못할 것이란 것을 알고 아예 후궁 생각을 접어 버렸다. 하지만 후궁 생각은 접었지만 마음에 점지한 궁녀들은 있었을 것이고 그 가운데 귀열이 임금의 눈길을 받았던 여인이란 이야기가 조심스럽게 흘러나왔지만 이내 묻히고 말았다.

1701년(숙종 27년) 3월 27일에는 내시 이동설(李東卨)과 또 다른 내시 두 명이 궁녀들과 몰래 통간을 하다 적발된 일이 있었다. 그런데 이들은 모진 고문을 당하면서도 그들 죄를 자복하지 않았고, 왕은 결국 사형에서 등급을 낮춰 나라에서 가장 외진 섬으로 귀양 보내는 것으로 사건을 마무리했다.

내시 이동설이란 자는 인물이 준수하고 남자다운 풍모를 자랑하였고, 궁녀들 사이에선 인기가 많았던 내시였다. 처음 발각된 것은 이동설과 월금이었지만 조사 결과 다른 내시와 궁녀 이름도 같이 거론되었다. 이들 내시들과 관계를 가진 것으로 보이는 궁녀들은 정식 궁녀가 아닌 궁녀가 개인적으로 부리는 방자나인들이었다. 하지만 모두 간통 현장에서 발각된 것이 아니기 때문에 처벌을 하지 못했다.

당시 대궐에서는 인현왕후 편의 내시와 궁녀들, 그리고 장희빈 편의 내시와 궁녀들이 서로 상대를 모함하고 무고하는 일이 잦아 진실이 가

려지지 않았다. 왕은 정비 민씨와 희빈 장씨의 싸움으로 확대되는 것을 원치 않아 사건 관련자를 멀리 외딴 섬으로 귀양 보내는 선에서 서둘러 마무리한 것이다.

한편 인현왕후 민씨는 그 무렵 갑자기 시름시름 앓다가 그해 8월 14일 창경궁 경춘전에서 숨을 거두었다. 35세 나이에 자식 없이 죽은 것이다. 그런데 민씨의 죽음에 장희빈의 저주가 있었다는 고변으로 다시 장희빈은 그해 10월 사약을 마시고 죽음을 당하는 참극이 벌어진 것이다. 그러니까 내시 이동설의 간통 사건을 잘 들여다보면 당시 숙종을 두고 벌어진 당파세력들 간의 복잡한 세력다툼을 엿볼 수 있다.

궁녀들에게
무슨 형부가 그리 많냐?

남녀가 서로 사랑함은 자연의 이치인 것을, 젊은 여인들을 궁궐에 많이 두는 것은 음양의 조화를 깨는 일이라 하여 가뭄이나 흉년이 들면 궁녀들을 외부로 방출하였다. 한편 왕은 자수궁에 출입할 때 자기를 형부라고 하는 자들이 많은데 무슨 이유로 궁녀들에게는 형부들이 그렇게 많은지 알아보라 명했다.

　1414년(태종 14년) 6월 6일, 왕은 "지금 나라에 가뭄이 심하니 궁녀들을 대궐 밖으로 풀어 줘 음양의 조화를 맞추게 하라."고 지시했다. 태종은 더 언급하면서 "내가 지난 해 세자에게 양위를 선언하고 한가하게 음악을 오락삼아 놀고 싶어 처녀들을 골라 뽑았는데, 이것이 하늘에 대한 뜻이 아닌 듯하다. 그러니 그때 뽑은 궁녀들을 모두 다시 대궐 밖으로 돌려보내라."고 하였다.

　그러자 성석린(成石璘)이 대답하였다.

　"가뭄은 궁녀들 때문만은 아닙니다. 그러나 전하의 생각이 참으로 아름답습니다."

　그러나 이숙번은 반대의 뜻으로 말했다.

"신이 들으니, 중국의 천자는 궁녀가 3천 명이라 합니다. 전하의 존귀함으로 볼 때 이것이 어찌 많다고 하여 내보낼 수 있습니까? 비록 밖으로 내보낸다고 하더라도, 다시 가정을 가질 계책이 없으니 그 원한은 더욱 깊어질 것입니다."

그러나 왕은 "내 뜻은 이미 결정되었다."고 말하고 그대로 시행하게 했다.

중국의 명나라 왕조는 궁녀의 숫자가 9천 명을 헤아렸다고 한다. 그런데 궁녀가 많아지자 세금이 무거워 백성들의 민란을 자초한 측면이 있었다.

명나라의 뒤를 이은 청나라도 궁녀의 숫자를 엄격히 제한하였다. 조선의 궁녀 숫자(무수리 포함)는 조선 초기에는 대략 2백에서 3백 명 수준이었으며, 후기로 오면서 5백에서 6백 명으로 늘었다.

1419년(세종 1년) 5월 26일, 가뭄이 너무 심하자 궁녀들의 고향 집을 왕래하는 것을 허락했다. 임금(세종)은 세자 시절부터 가뭄에 대한 해결책으로 궁녀들의 숫자를 조절하는데 자주 신경을 썼다. 또한 세종 26년 7월 10일에는 경복궁의 강녕전 동쪽 건물 영생전(延生殿)에 벼락이 떨어져 궁녀가 죽자 궁녀 45명을 출궁 조치했다.

한편 궁녀들이 답답한 대궐에서 외로움을 달래다 목숨을 끊는 사례도 종종 발생했는데, 그 가운데 우물에 투신자살한 경우도 생겼다. 이에 왕은 그녀들의 원한이 혹 자연재해나 나라의 근심을 만들지 모른다는 판단 하에 궁녀들을 방출하기로 했다.

이렇게 궁궐에서 방출하는 궁녀들이 늘자 사대부 사내들은 궁녀들을 첩으로 삼거나 혹은 하룻밤 노리갯감으로 삼아 간통을 저질러 간통 사건이 줄 지어 일어나기도 했다.

1765년(영조 41년) 8월 8일, 우물에 몸을 던져 죽은 궁녀에게 은전을 베풀고 궁녀 30명을 풀어 주었다. 실록의 기록을 보자.

"당시 궁인으로서 조급하고 사나운 자가 하나 있었는데, 우물에 몸을 던져 죽으니, 왕이 그를 심히 측은히 여겨 휼전(恤典)을 베풀도록 명하고, 궁녀 30명을 풀어 주고 하교하기를, '당 태종은 궁녀를 풀어 준 것이 3천 명인데, 나는 30명뿐이 안 된다. 그리고 자수궁을 헐고 그 재목으로 비천당을 세웠으니 앞으로 궁녀가 친족들을 데리고 궁중에 함께 기거하는 자는 모두 적발하여 엄히 처벌하고 궁 안을 깨끗이 하고자 한다.'"

자수궁에는 무슨 형부들이 그렇게 많은가

자수궁은 광해군 때 만들어졌다고 한다. 풍수지리설을 잘 믿었던 임금은 인왕산 밑에 왕기가 서려 있다는 말을 믿고 지금 서울 종로구 옥인동 부근에 자수궁을 세운 것이다. 하지만 광해군이 쿠데타 세력들에게 억지로 폐위되어 물러난 원인 중의 하나가 도성에 궁궐을 너무 많이 지었다는 이유도 있었다. 그는 경덕궁, 인경궁, 자수궁 등을 건립하였다.

그런데 능양군(인조)이 자수궁 근방에서 살았으니까 풍수지리설은 맞은 셈이다. 인조는 즉위하자 곧바로 인경궁을 헐어 버렸다. 그리고 경덕궁은 경희궁으로 바꾸고, 자수궁은 역대 왕의 후궁들이 기거하던 곳으로 활용하였다.

그런데 영조 때는 자수궁에 외간 남자들의 출입이 잦아 늙은 궁녀들과 간통을 한다는 소문들이 끊이지 않았다. 그곳을 출입하는 자들은 자기들이 모두 궁녀의 형부라고 말하고 드나들며 나이 든 궁녀들을 간통하고 있다고 것이었다. 아무리 왕이라도 내명부의 일이고 선왕의 후궁들이 기거하는 곳을 함부로 할 수 없어 영조는 속으로 전전긍긍하였다.

하지만 영조는 자신을 낳아 준 어머니가 무수리 출신이었다는 이유 때문인지 어느 왕보다 궁녀들의 삶에 관심이 많았다. 그래서 영조는 궁녀들의 고단한 삶을 자주 위로하였다. 왕은 자수궁에서 좋지 않은 소문들이 자주 흘러나오자 결단을 내렸다. 왕은 나이 든 후궁들 가운데 자손이 없고, 혼자 외롭게 사는 여인들은 동대문 근처에 있는 정업원을 넓혀 그곳에서 살게 했다.

그리고 영조 임금은 자수궁이 오랫동안 궁녀들의 한이 서려 있다고 생각해 헐어 버렸다. 그리고 경희궁을 수리하여 후궁들을 그곳에 함께 거주하게 했다. 외로운 그들을 위해 정원을 아름답게 꾸미고 편안한 휴식처를 만드는데 공을 들였다. 그러나 어디 궁녀들이 건물을 아름답게 새롭게 꾸민다고 평생의 고독함을 달랠 수 있을 것인가.

이후에도 궁녀들이 외인들과 접촉하면서 좋지 않은 소문이 돌았다. 특히 새로 만든 정업원에 비구니들과 중들이 출입하면서 음란한 이야기들이 도성에 가득했다. 그래서 정업원에 좋지 않은 소문들의 진상을 요구하는 대간들의 탄핵 상소가 줄을 이었지만 왕은 이를 무시했다.

궁녀들이 연회를 벌이는 일을 금하다

1778년(정조 3년) 6월 13일, 왕은 오랜 구습으로 내려져 오던 궁녀들의 놀이 문화에 대해 언급하였다. 이 무렵 정조 임금의 첫 번째 후궁, 원빈 홍씨가 궁에 들어왔다. 홍국영의 누이동생으로 오라비의 권력을 등에 업어 그런지 모든 궁녀들이 그녀의 입궁을 기념으로 대궐 밖 나들이를 했나 보다. 왕은 실록에 기록된 것처럼 궁녀들의 화려한 바깥나들이에 불쾌한 생각을 표현했다.

"정치는 궁궐에서 시작된다. 내가 대신들에게 음주가무를 좀 삼가라는 명을 내렸지만 일부에서는 백성들이 모여 술 마시고 잔치하는 것은 태평성대를 보여주는 것인데 굳이 그걸 못하게 할 일이 있냐고 물었는데, 사회적 분위기가 좀 근엄해졌으면 하는 바람에서 그렇게 한 것이다. 그런데 오늘은 궁녀들이 기녀들을 끼고 풍악을 벌이는 일을 지적하고자 한다. 내가 세자 시절부터 그들이 연회를 하는 것을 가끔 보았는데 별감이란 자와 궁궐 노비들이 함께 어울려 꽃놀이와 뱃놀이를 1년에 몇 번 하던데, 노는 것이 참 가관이다. 궁녀와 별감들이 이렇게 몰려다니니 좋지 않은 일들이 벌어지는 것이다. 선왕 이전에도 궁녀와 별감들의 연애 사건이 많았는데 앞으로 궁녀들이 별감들과 함께 대궐 밖에서 잔치를 벌이는 일이 있으면 모두 귀양을 보낼 것이다."

정조의 이런 지적을 통해 살펴 볼 수 있는 것은 우선 궁녀들이 1년에 몇 번 야외에서 연회를 베풀었다는 것이 특이하다. 또한 기녀들을 대동하고 별감들의 호위를 받으며 한강 주변에서 뱃놀이를 하고 풍악을 울리며 놀고 술잔을 서로 기울였다는 대목도 나오는데 생각해 보면 그 호화로움이 대단했을 것 같다.

대궐의 많은 궁녀들이 커다란 가발을 머리에 이고, 얼굴엔 짙은 화장과 향수를 바르고 남색 치마에 옥색 저고리를 입고 무리를 지어 남대문 밖을 지나 걸어가는 모습을 상상해 보면 장관이다. 그 옆에는 별감들이 지키고 있다.

별감들의 복장을 보면 붉은 옷을 입고 노란 초립을 머리에 쓴 화려한 복장이다. 그리고 뒤에는 기녀들이 악기 하나씩 챙겨들고 따라간다. 이렇게 궁녀와 별감, 그리고 기녀들이 한강변에 자리 잡고 풍악을 울리며 노는 모습을 상상하면 정말 화려함이 대단했을 듯하다.

연산은 총애하던 기녀 월하매(月下梅)가 병사했을 때, 그녀를 위로한다며 후원에 크게 굿판을 벌였다.
그리고 비빈 등을 거느리고 신전에 나가 골백번 절을 하면서 무당의 축언을 경청했다.
그러다 연산군은 스스로 무당춤을 추며 폐비 윤씨의 신이 내린 듯 행동하여 사람들을 놀라게 했다.

제 2 부

왕실의 음탕함이

날로 심하다

빈께서 나를 대함이
보통과 다릅니다

봉씨가 소쌍을 몹시 사랑하여 잠시라도 그 곁을 떠나기만 하면 원망하고 성을 내면서 말
하기를, "나는 무척 너를 사랑하나, 너는 그다지 나를 사랑하지 않는구나." 하였고, 소쌍
도 다른 사람에게 말하기를, "빈께서 나를 사랑하기를 보통 대하는 것과 매우 다르게 하
므로, 나는 무섭다." 하였다.

세자빈 봉씨 동성애 사건

1436년(세종 18년) 10월 26일, 세종은 아침부터 침통하게 조회를 시
작했다. 전날 벌어진 왕실에서의 불미스러운 사건 때문이었다. 왕은 며
느리 봉씨를 퇴출시키기로 마음을 먹었다. 그녀의 음란한 행실은 이미
알만한 자들은 다 아는 비밀이 되어 버린 것이다.

실록 기록을 보면 이날 왕은 세자빈 봉씨에 대한 범죄 사실을 아주
소상하고 일목요연하게 신하들에게 설명하고 있었다.

첫째 며느리는 압승술(壓勝術)이란 짓을 하다 폐출되다.
세자(문종)의 첫째 부인 김씨는 압승술이란 이상한 짓을 자주 하다

폐위되었다. 압승술은 남자에게 사랑을 받기 위해 쓰는 민간 술법인데, 김씨는 세자의 사랑을 받는 궁녀의 신발을 조금 베어 불에 태워 가루로 만들어 그것을 음식에 넣어 몰래 세자에게 먹이려다 들켜 어른들에게 심한 꾸지람을 받은 적이 있다.

그러나 이런 노력에도 불구하고 세자의 사랑을 받지 못하자 이번에는 두 뱀이 교접하여 흘린 정액을 수건으로 닦아서 차고 있으면 남자가 정신을 차리지 못하고 달려든다는 술법을 사용하다 그 일이 대궐에서 은연중 퍼져 왕의 귀에까지 들어가 결국 폐위된 것이다.

그후 새로운 세자빈을 간택하여 들인 것이 순빈 봉씨였다. 그러나 순빈 봉씨는 투기가 심하여 세자가 멀리하자 여러 가지 사건을 일으켰다.

세종은 이 사건에 대해 신하들에게 그동안 있었던 일을 아주 소상히 밝혔다.

"나는 세자가 며느리를 멀리하는 것을 무척 안타깝게 생각했다. 그러나 다 큰 자식을 놓고 침실의 일까지 일일이 다 가르칠 수 없는 일이라 속으로 애만 끓였다. 무엇보다 왕실의 안녕을 위해 원손을 얻는 일이 중요해 후궁을 세 명 들였다. 그 가운데 권씨(단종의 어머니)가 임신을 하여 아이를 낳자 봉씨의 질투가 자못 심하였다. 세자빈은 또 세자의 의복과 신발 등을 몰래 친정아버지에게 보내고 여자 의복 등을 만들어 그 어머니에게 보냈다. 이 일을 알고 나는 친정 부모를 생각하는 마음은 가상하지만 세자빈에게 세자의 옷을 보내는 것은 옳은 일이 아니라 하였다.

그런 어느 날 갑자기 세자빈 봉씨는 중전에게 '태기가 있다.' 하여 대

궐에서는 경사가 났다. 그런데 얼마 뒤 봉씨가 갑자기 중전에게 다시 '단단한 물건이 형체를 이루어 나왔는데 지금 이불 속에 있습니다.' 고 하므로 늙은 궁녀에게 확인하니 이불 속에는 아무것도 없었다. 아마도 임신에 대한 집착이 강해 상상으로 임신한 듯하다.

지난 해 세자가 병이 있어 거처를 옮길 때, 봉씨가 시녀들의 변소에 가서 벽 틈으로부터 외간 사람을 엿보았었다. 또 항상 궁궐 여종에게 남자를 사모하는 노래를 부르게 하고, 또 궁중에 쓰는 물건과 음식물은 그 나머지를 덜어서 그 어머니 집에 보내자고 청하였다가, 세자가 옳지 않다고 하자 자기가 먹다가 남은 음식을 그 어버이에게 보내므로 이를 금지시켰더니, 그 후에는 내시들을 몰래 경계하여 세자에게 절대로 아뢰지 말고 보내게 하였다.

봉씨가 궁궐의 여종 소쌍(召雙)과 음란한 짓을 하며 항상 그 곁을 떠나지 못하게 하니, 궁인들이 혹 서로 수군거리기를, '빈께서 소쌍과 항상 잠자리를 같이 한다.' 고 하였다. 어느 날 소쌍이 궁궐 안에서 청소를 하고 있는데, 세자가 갑자기 묻기를, '네가 정말 빈과 같이 잤느냐.' 고 하니, 소쌍이 깜짝 놀라서 대답하기를, '그러하옵니다.' 하였다.

그 후에도 자주 듣건대, 봉씨가 소쌍을 몹시 사랑하여 잠시라도 그 곁을 떠나기만 하면 원망하고 성을 내면서 말하길, '나는 너를 매우 사랑하나, 너는 그다지 나를 사랑하지 않는구나.' 하였고, 소쌍도 다른 사람에게 늘 말하기를, "빈께서 나를 사랑하기를 보통보다 다르므로, 나는 매우 무섭다." 하였다. 소쌍이 또 권씨의 여종 단지(端之)와 서로 좋아하여 간혹 함께 자기도 하였는데, 봉씨가 여종 석가이(石加伊)를 시켜 항상 그 뒤를 따라다니게 하여 단지와 함께 놀지 못하게 하였다.

한편 봉씨는 새벽에 일어나면 항상 시중드는 여종들로 하여금 이불과 베개를 거두게 했는데, 자기가 소쌍과 함께 동침하고 자리를 같이 한 이후로는 시중드는 여종을 시키지 아니하고 자기가 이불과 베개를 거두었으며, 몰래 소쌍에게 이불을 세탁하게 하였다.

이러한 봉씨의 음행이 궁중에서 자못 떠들썩하여 내가 중전과 더불어 소쌍을 불러 그 진상을 물으니, 소쌍이 말하기를, '지난 해 동짓날에 빈께서 저를 불러 내전으로 들어오게 하셨는데, 다른 여종들은 모두 지게문 밖에 있었습니다. 저에게 같이 자기를 요구하므로 저는 이를 사양했으나, 빈께서 윽박질러 마지못하여 옷을 한 반쯤 벗고 병풍 속에 들어갔더니, 빈께서 저의 나머지 옷을 벗기고 강제로 눕게 하여 남자와 교합하는 모습으로 서로 희롱하였습니다.' 고 실토하였다."

세종은 그렇게 봉씨의 음란한 행동들을 아침 조회시간에 신하들에게 소상하게 설명하고 그녀가 친정으로 쫓겨날 수밖에 없었던 그간 사정을 이야기하였다.

"내가 보니 궁궐에서 시녀와 종비(從婢) 등이 사사로이 서로 좋아하여 동침하고 자리를 같이 하므로, 이를 몹시 미워하여 궁궐에서 이런 행동을 하는 궁녀를 엄히 다스리고, 범하는 자 있으면 곤장 70대를 집행하게 하였다.

그래도 능히 금지하지 못하면 곤장 1백 대를 더 집행하기도 하였다. 그런 후에야 그 풍습이 조금 그쳐지게 되었다. 내가 이러한 풍습이 있음을 미워하는 것은 아마 하늘에서 내 마음을 인도하여 그리 된 것이리라.

어찌 세자빈이 이러한 음탕한 풍습을 한단 말인가 생각하고 빈을 불러서 그 사실을 물으니, 대답하기를, '소쌍이 단지와 더불어 항상 사랑하고 좋아하여, 밤에만 같이 잘 뿐아니라 낮에도 목을 맞대고 혓바닥을 빨았습니다. 이것은 곧 저희들의 하는 짓이오며 저는 처음부터 동숙한 일이 없었습니다.' 라고 발뺌했지만 여러 가지 증거가 매우 명백하니 어찌 끝까지 숨길 수 있겠는가. 또 계집종들이 목을 맞대고 혓바닥을 빨았던 일을 또한 어찌 빈이 알 수 있었겠는가. 이는 항상 그 일을 보고 부러워하게 되면 그 형세가 반드시 본받아 이를 하게 되는 것은 더욱 의심할 여지가 없다. 그 나머지 시중드는 여종들로 하여금 노래를 부르게 한 것과 벽 틈으로 엿본 따위의 일은 모두 다 자복하였다. 그러나 그런 일들은 모두 큰 죄가 아니라 그냥 덮어두고 싶지만 소쌍의 자백이 신경이 쓰여 도저히 그녀를 며느리로 인정하고 싶지 않다. 내 뜻은 단연코 폐하고자 한다."

세종은 안평(安平)과 임영(臨瀛) 두 대군과 영의정 황희 · 우의정 노한 · 찬성 신개를 불러서 세자빈 봉씨의 문제를 의논하였는데, 모두 '당연히 폐하여야 한다.' 는 의견이 많았다. 왕은 이들 의견을 듣고 "공자도 아내를 내쫓았으며, 옛날에 어떤 성인은 어버이 앞에서 개를 꾸짖었다 하여 아내를 내쫓은 일도 있으니, 진실로 소중히 여기는 것이 있기 때문이다."라며 봉씨를 폐할 뜻을 굳혔다.

한편 봉씨가 세자빈에 책봉되자 시아버지인 세종은 그녀에게 '열녀전' 을 가르치게 했는데, 봉씨는 배운 지 며칠 만에 책을 뜰에 내던지며 "내가 이것대로 산다면 어떻게 살 수 있겠는가!" 하며 배우기를 거부했다는 일화도 있는 것으로 보면 봉씨의 성격 또한 과격한 듯하다. 그녀는 문종의 사랑을 받지 못하자 매일 밤 외로움으로 술을 즐겨 마셨으며 아주 큰 그릇으로 술을 마셔 만취한 상태도 여러 번 있었다고 한다. 그리고 혹 술이 모자라면 친정집에서 가져와 마시기도 했다.

세자는 봉씨의 음주가 너무 잦다는 이유로 그녀에게 금주를 권했지만 "술도 마시지 못하게 억압하십니까?" 하고 대들었다.

봉씨의 동성애 사건이 알려지자 조정에서는 그녀를 죽여야 한다는 극언까지 나왔지만 결국 봉씨는 폐세자빈이 되어 궁에서 쫓겨나고 말았다.

한편 폐세자빈 봉씨가 친정집에 다다르자 그의 아버지 봉여(奉礪)는 자기 딸을 도저히 용서할 수 없어 자기 허리띠를 풀어 딸의 목을 감아 죽이고 자신도 자결하였다. 세종이 이 소식을 듣고 봉여의 영혼을 위로한다며 아버지 봉여의 관직을 그대로 두게 했다.

세자빈 봉씨는 왕을 대신하여 정사에 몰두하던 세자로 인해 독수공방 혼자 지내는 날이 많았고, 그로 인한 외로움을 몸종인 궁녀와 동성애를 나눔으로써 해소하려고 했던 것이다. 봉씨 사건 이전에도 세종은 첫 번째 며느리 휘빈(徽嬪) 김씨를 사가로 내쫓았다. 그녀 역시도 남편(문종)의 사랑을 받지 못하자 여러 가지 이상한 행동들을 해서 결국 대궐에서 쫓겨난 것이다. 휘빈 김씨는 세자빈이 된 지 불과 3개월 만인 1429년(세종 11년) 10월 15일 쫓겨났고, 다시 7년 뒤 며느리 봉씨가 대궐에서 쫓겨난 것이다.

이 사건을 보면서, 짐작할 수 있는 것은 당시 대궐에서는 궁녀들 사이 동성애가 아주 흔했던 것으로 판단된다. 세종 임금이 이미 궁녀들의 동성애가 만연하여 심히 걱정된다고 언급하였을 뿐아니라 그런 좋지 않은 풍습을 없애기 위해 여러 조치들을 취했지만 그렇게 큰 효과를 얻지는 못했다.

궁궐에서 궁녀들은 끓어오르는 애욕을 풀 길이 없자 서로 도움을 주고 받았고(?) 그래서 동성애를 표현하는 말도 음란하게 대식(對食-마주 앉아 먹음)이라고 말하지 않았을까? 세자빈 봉씨의 폐출 이야기는 조선왕조실록 1436년(세종 18년) 10월 26일자에 자세히 기록돼 있어 보는 사람들을 흥미롭게 한다.

동성애 소문에
시달렸던 미망인들

제안대군과 부인 박씨가 한 집에서 살면서도 함께 잠을 자지 않고 별거하자 좋지 않은
소문이 퍼졌다. 동성애를 즐긴다는 소문이다. 남편과 사별한 여인들은 지금도 그렇지만
과거에도 여러 이상한 추문들로 시달려야 했다. 월산대군 부인 박씨의 연산군과의 소문
은 정말일까? 아니면 그녀의 남동생이 정치적 목적으로 이용한 것일까?

　　과거에도 그렇고 지금도 그렇고 남편에게 버림받은 여인, 혹은 남편
을 일찍 잃은 여인들의 삶은 일반 사람들에게 호기심의 대상이다. 특히
옛날 사람들은 왕실에서 일어난 일에 대해 시시콜콜 호기심이 발동했
으며, 특히 남편을 잃고 일찍 과부가 된 여인들은 항상 이상한 소문들
이 따라다녔다.

　　성종 시절, 왕위 계승에서 정치적 이해 득실로 왕위에 오르지 못한
월산대군과 제안대군에 대한 대중들의 관심은 그 정도가 지나쳤다. 월
산대군의 부인 박씨는 성종 20년에 과부가 되자 시중에서 그녀가 여종
들과 동성애를 한다는 소문이 돌기도 했다. 이 이야기는 나중에 다시
언급하자.

1482년(성종 13년) 6월 16일, 성종은 내관 안중경과 서경생을 처소에 은밀히 불러 제안대군의 아내 박씨와 관련된 이상한 소문을 확인하게 했다. 왕은 왕실의 가족이라는 이유로 세상에 떠도는 이상한 소문에 관한 진상을 알고 싶어 했다. 왕의 지시로 사건 조사가 은밀히 진행되자 제안대군의 부인 박씨는 세상 사람들이 자기에게 쏟는 의혹과 소문들에 대해 왕에게 억울함을 호소하는 글을 올렸다. 다음은 그녀가 올린 서신의 전문이다.

"어느 날 오지 않는 잠을 기다리고 있는데 여종 둔가미가 갑자기 문을 빠끔히 열고 들어와 함께 자리를 청하였습니다. '내가 비록 청상과부이지만 명색이 이 집의 주인인데, 어찌 동침을 요구하느냐.' 하니 둔가미가 물러나서 같은 여종 금음덕과 이상하게 함께 잠을 자는 것을 보았습니다. 또 어떤 날은 밤에 내은금이 찾아와 같이 자고자 하므로 내가 꾸짖어 물리치니 평상 밑에 앉았다가 내가 잠들기를 기다려 가만히 내가 누운 자리로 들어왔는데, 이번에는 금음물과 녹덕을 함께 데리고 등불을 밝히고 들어와 내가 즉시 깨어 놀라 야단을 치니, "양반이 무슨 저 모양인가. 더럽다. 더러워!" 하여 나는 아무 대답도 하지 않았습니다. 그때 내가 생각하길, 날이 밝았는데도 일찍 일어나지 않아 그렇게 말하는 줄 알았습니다. 또 하루는 금은덕이 내 베개에 기대면서 내 입을 맞추려고 하기에 내가 말하길, '종과 주인 사이인데, 감히 이런 일이 어디 있느냐?'고 꾸짖어도 오히려 그치지 않고 억지로 입을 맞추며 말하길, '부인의 젖이 매우 좋습니다.' 하면서 문지르고 만지기를 억지로 하여 나는 그 손을 뿌리치고 그 자리를 피했습니다."

소문은 제안대군과 그의 부인 박씨가 금슬이 좋지 않아 매일 밤 잠자리를 따로 했는데 박씨가 여종들과 동성애를 즐긴다는 소문이 도성에 퍼지자 이에 왕은 내시 안중경에게 은밀히 사건 전후 사정을 파악하게 하였다. 결국 이 사건을 조사한 성종은 제안대군의 부인 박씨가 종들의 음탕함을 논하여 그들에게 벌을 내리고 박씨는 그들에게 모함된 것으로 치부하고 더 이상 사건을 확대하지 않았다.

제안대군은 원래 김수말의 딸과 혼인을 하지만 그녀가 아이를 낳지 못하자 어머니 안순왕후에 의해 김씨 부인이 쫓겨나면서 다시 월산대군의 장인인 박중선(한명회의 심복)의 다른 딸과 14세에 혼인을 했다. 하지만 제안대군은 김씨 부인을 잊지 못하고 계속 방황을 했다. 계속 제안대군이 박씨 부인과 잠자리를 같이 하지 않자, 남편의 마음을 얻지 못한 부인이 여종들과 동성애를 즐긴다는 소문이 장안에 파다하게 퍼져 있었다.

왕은 서둘러 내시 두 명을 시켜 확인하고 사실이 아님이 밝혀지자, 제안대군에게 이것을 알려 두 사람의 이혼을 막으려고 했다. 하지만 이미 제안대군과 박씨 사이에는 부부 사이 애틋한 마음이 전혀 없었고, 왕은 제안대군의 계속적인 이혼 요구를 허락해 1485년 김씨와 다시 재결합시켜 주었다.

제안대군이 누구인가? 1466년 예종과 안순왕후 한씨 사이에 태어난 그는 예종의 외아들로 원자로 있었고, 예종이 죽은 뒤 바로 왕위에 올랐어야 할 인물이었지만 정희왕후가 너무 어리다는 이유로 왕위에서 밀려나 살았다. 그리고 혹시 모를 정쟁의 화근을 제거하기 위해 대비 정희왕후는 아예 제안대군을 세종의 7번째 아들로 입적을 시켜 버렸다.

한편 제안대군에 대한 소문은 종종 야사에 자주 등장하는데, 그가 원체 여자들을 멀리하여 어머니 안순왕후는 몰래 여인을 대군의 침소에 투입시켜 합궁을 시도했지만 대군이 더럽다고 펄펄 뛰고 난리를 피웠다는 이야기가 전해진다. 이처럼 여자를 멀리한 제안대군은 자식이 없었다.

연산군은 제안대군을 특별히 좋아했다. 제안대군은 예술적 취향도 깊었고, 특히 사죽관현(絲竹管絃) 연주가 뛰어났다고 한다. 연산군은 제안대군에게 여자를 품는 맛을 알려 주려 노력했지만 번번이 실패한 것이 야사에 등장한다. 『패관잡기』에서는 "그는 다른 사람에게는 어리석은 것처럼 보였지만 그것은 자신의 몸을 지키기 위한 것이었다."며 제안대군의 이런 보신책 덕택에 자신에게 주어진 수명을 다 누리고 숨을 거두었다. 연산군은 이런 제안대군을 좋아했으며 두 사람 사이는 당숙과 조카사위를 뛰어 넘는 각별한 애정으로 서로를 아끼었다.

월산대군 부인 박씨에 대한 좋지 않은 소문

1506년(연산군 12년) 6월 9일, 이 날 실록은 '연산군은 월산대군 박씨에게 정려문을 내려주었다'고 적혀 있다. 그리고 월산대군 부인에게 승평부부인(昇平府夫人)이란 당호를 지어주었고, 문신에게 그녀에 관한 책을 지어 올리게 했다. 그러자 사관은 그날 연산이 박씨 부인과 간통을 했다고 적고 있다. 시중에 떠도는 유언비어를 사실로 본 것이다.

이날 실록에는 사관의 개인적인 의견이 좀 길게 기록되어 있었다.

"월산대군 부인 박씨(朴氏)는 수십 년을 과부로 지내며 불교를 받들고 믿어 남편의 묘 곁에 흥복사(興福寺)를 세우고, 따라서 명복을 비느라 자주 그 절에 가자, 부인이 절의 중과 바람이 났다는 소문이 도성에 파다하게 퍼졌다."

사관은 세상에 떠도는 소문을 굳이 기록한 이유는 무엇일까? 유교가 국시였던 조선, 그런 나라에서 불교를 신봉한 월산대군의 부인 박씨는 좋은 평가를 받지 못했다. 월산대군 부인 박씨에 대해 알아보자. 우선 부인에 대한 실록의 기록들을 살펴보기 전에『연산군일기』가 과연 다른 어떤 실록보다 공정하게 기록됐다고 보기는 어려운 점이 있다. 당시 분위기는 실록을 쓸 사람이 선뜻 나서지 않았다.

중종 2년 일기청에서『연산군일기』편찬 지침이 마련되었고 사초들을 제출하라는 왕의 명령이 떨어졌지만 아무도 나서는 사람이 없었다. 나중에 왕은 실록청 편찬관에게 어떤 정치적 불이익도 주지 않겠다고 했지만 그래도 나서는 사람이 없자, 편찬관의 이름을 비밀로 하겠다고 하고서야 겨우 일이 진행될 수 있었다.

그래서 이런 정치적 부담 때문에『연산군일기』가 아주 객관적으로 집필되었다고 볼 수 없는 것이다. 집필한 사관의 시각은 철저히 반정 세력의 입맛에 맞게 기술될 수밖에 없었고, 잘한 일보다는 못한 일을 크게 다루었다. 특히 월산대군 부인 박씨에 대한 기록들은 사실에 근거한 이야기보다는 소문들이 많았다.

월산대군이 누구인가? 세조의 큰아들 의경세자의 맏아들이었다. 월산대군은 성종의 형으로 문장과 시(詩)가 뛰어났다. 월산대군은 동생이 왕으로 있는 동안 정치에는 전혀 관심을 두지 않고 문객들과 어울려 풍류를 즐겼다. 성종은 월산대군의 사저였던 덕수궁(당시는 연경궁)을 자주 방문해 형제끼리 우의를 다졌다. 월산대군은 경기도 고양의 북촌(北村)에도 별장을 짓고 한양의 정치적 소용돌이에서 철저히 자신을 숨겼다. 월산대군은 건강이 좋지 못해 결국 36세 젊은 나이로 숨을 거두었다.

월산대군의 부인 박씨는 미모가 출중했던 것으로 알려져 있다. 그래서 종종 그녀와 관련된 추문들이 따라다녔는데, 남편이 죽자 여종과 동성애를 즐긴다는 소문도 있어 임금 성종은 그 소문을 확인하게 하기도 했다. 독실한 불교신자였던 그녀는 남편이 죽은 뒤 남편의 명복을 빌기 위해 흥복사를 짓기도 했다. 성종 임금은 조정 대신들의 반대에도 불구하고 형수의 불사 건립에 도움을 주었다.

월산대군 부인 박씨에 대한 유신들의 반대는 그녀에 대한 이상한 소문으로 변질되어 혼자 사는 여인의 마음에 상처를 입혔다. 연산군은 어린 시절 병이 나면 사가로 피접을 갔는데, 그곳이 바로 월산대군의 집인 덕수궁이었다. 잔병치레가 많았던 연산군은 어린 시절 대부분을 월산대군의 집에서 보냈다. 그래서 월산대군 부인 박씨는 어머니가 없는 연산군에게는 어머니 같은 존재였다.

연산군은 왕위에 오른 후에도 박씨 집에 세자를 보내 양육하게 했다. 그리고 세자가 장성하여 경복궁에 들어오자 함께 들어오게 하여 세자를 보살피게 했다. 소문에는 연산이 박씨에게 궐 내 방 한 칸을 주어 살게 한 다음 자주 처소를 방문하여 간통을 하였다고 한다. 그리고 그녀에 대한 고마움으로 겉표지가 은(銀)으로 싸인 책을 제작해서 주었다고 한다.

하지만 폭군에게도 죄책감은 있었는지 박씨와 함께 자다가 꿈에 월산대군 이정이 보인다고 내관을 시켜 이정의 묘 가운데 긴 창을 꽂게 하였는데 그 때 천둥과 번개가 대궐 주위를 시끄럽게 했다고 실록은 적고 있다. 다분히 폭군에 대한 비난의 글인 동시에 사실이 확인되지 않은 소문에 불과한 글이지만 연산군 폭정과 도덕성에 흠집을 내기에는 아주 좋은 이야기인 셈이다.

연산군을 몰아내고 반정에 성공한 박원종이 연산군과 누이의 불륜을 조작하여 자신의 행위를 정치적으로 정당화하기 위해 소문을 퍼트렸다는 이야기도 있다. 실제로 월산대군 박씨의 나이는 오십을 훨씬 넘겼기 때문에 그녀가 연산군에게 몸을 더럽히고 임신을 한 뒤 그 부끄러움 때문에 목을 매달았다는 것은 어딘지 앞뒤가 잘 맞지 않는 억지 이야기인 듯하다. 그렇지만 어디 연산군이 또 상식적인 인간인가? 그래서 확실한 것은 아무 것도 없다.

왕의 음탕함이
날로 심하다

후궁들을 모아 왕이 친히 잔을 들어서 마시게 하며, 마음에 드는 사람이 있으면 문득 내
시들을 시켜 누구의 아내인지를 비밀리에 알아보게 하여 외워 두었다가 이어 궁중에 묵
게 하여 밤에 강제로 간음하며 낮에도 그랬다.

동성 팔촌, 이성 육촌까지 모두 들게 하라!

연산군은 음탕함이 날로 심해지면서 윤리와 강상이 땅에 떨어졌다.
1505년 2월부터는 아예 왕과 신하가 한 자리에 모여 올바른 정치를 위
한 토론의 장인 경연이란 모임을 폐지시켰다.

1505년(연산군일기 11년) 4월 12일, 경복궁 경회루가 새롭게 단장된
기념으로 연산군은 대궐에서 며칠 동안 연회를 계속 열었다. 연산군은
정희왕후 등을 모셔다 잔치를 벌였다. 왕은 "정희왕후와 안순왕후 그리
고 소혜왕후를 비롯한 모든 대비전과 중궁전의 식구들은 이번 단옷날
에 경회루에 들어와 잔치를 열자"고 하였다. 하지만 많은 사람들의 얼

굴빛이 어두웠다.

1505년 4월 12일, 사관은 왕이 종친들의 여인들을 간통한 사실들을 적고 있다.

"왕이 음탕함이 날로 심하여, 매양 족친(族親) 및 선왕(先王)의 후궁을 모아 왕이 친히 잔을 들어서 마시게 하며, 마음에 드는 여인이 있으면 내관을 시켜 누구의 아내인지를 비밀리에 알아보게 하여 외워 두었다가 이어 궁중에 묵게 하여 밤에 강제로 간음하고, 낮에도 그랬다. 이때 왕의 부름으로 궁에 들어와 4, 5일 되어도 나가지 못한 사람으로서, 좌의정 박숭질의 아내, 남천군 이쟁의 아내, 봉사 변성의 아내, 총곡수의 아내, 참의 권인손의 아내, 승지 윤순의 아내, 생원 권필의 아내, 중추 홍백경의 아내 같은 이들이 다 추문이 있었다. 특히 홍백경은 왕에게 고종 사촌형인데 그가 죽자 왕이 그의 부인을 건드린 것이다."

연산군과 이복형제들 관계

성종은 20남 13녀의 자식을 낳았다. 3명의 정비와 9명의 후궁에게서 그렇게 많은 자식들을 낳았다. 하지만 너무 많은 자식들도 다복한 것하고는 거리가 멀었다. 폐비 윤씨가 후궁들의 질투와 시기로 그렇게 폐비가 되고 결국 사약을 마신 것은 잘 알려진 이야기다. 그래서 그런지 연산군은 어머니 폐비 윤씨에게 나쁘게 굴었던 후궁 엄씨나 정씨를 죽여 버렸고, 그 자식들도 죽이거나 못살게 굴었다.

1505년(연산군 11년) 5월 7일, 흥청 일소류가 계성군 이순과 간통한 일로 국문을 받게 하였다.

성종의 서장자 계성군 이순(李恂)은 숙의 하씨 소생이다. 계성군은 거만하고 포악했으며 시중잡배들과 어울려 못된 짓을 일삼았다. 그는 기생들과 자주 어울렸는데, 연산군의 흥청 일소류를 비롯한 여러 기생들과 간통을 하였다. 당시 계성군과 간통을 벌인 흥청은 7명이나 되었다. 이 일로 연산군은 기생들을 국문하였다. 그러나 연산군은 계성군에게 종친의 기강을 바로 하는 종부시 제조로 임명, 그의 옳지 못한 행동이 여러 번 문제가 되었지만 연산군은 오히려 계성군을 비호하였다. 그는 연산군 10년(1504년)에 죽었다. 계성군에게는 후사가 없어 계림군 이유로 하여금 제사를 지내게 했다.

또한 성종의 서차남 안양군 이항은 귀인 정씨 소생이다. 그는 정씨가 연산군의 어머니인 윤비 폐출에 가담했다는 이유로 연산군의 미움을 받아 살해되었다. 안양군 이항도 이때 그의 어머니와 함께 죽였는데 나이 스물다섯 살이었다. 완원군(성종의 서자 3남) 이수는 숙의 홍씨가 낳았다. 완원군은 연산군 10년 대궐에서 일어난 연산군의 성종 후궁들 타살 사건을 바깥에 알렸다고 미움을 받았다. 그래서 결국 유배되었다.

회산군(성종의 서자 4남) 이염은 숙의 홍씨 소생이다. 회산군은 욕심이 많고 시장 상권을 강제로 장악하여 탄핵을 받기도 했다. 연산군은 숙의 홍씨 소생들을 별로 좋아하지 않았다. 봉안군(성종의 서자 5남) 이봉도 귀인 정씨의 소생, 그도 연산군의 미움을 받아 안양군과 함께 죽었다. 서자 6남 진성군 이돈은 숙의 홍씨 소생인데 연산군에게 총애를 받아 가까이했다.

한편 연산군은 성종의 후실 소생 서녀(庶女)들과 염문을 남겼는데 혜숙옹주는 성종의 서장녀로 숙의 홍씨 소생인데 연산군이 그녀와 간통했던 것으로 알려졌다. 휘숙옹주는 성종의 서차녀로 남편은 임숭재이다. 그녀는 연산군과 자주 관계를 가졌고, 그럴 때마다 많은 땅과 노비들을 받았다. 그의 남편은 그런 아내를 오히려 장려했고, 연산군에게 여러 차례 다른 사람들의 여자들을 잡아다 바쳤다.

공신옹주는 귀인 엄씨 소생으로 남편은 한명회의 손자 한경침에게 출가했다. 어머니가 폐비 윤씨를 죽게 했다는 이유로 그녀는 아산으로 유배되어 귀양살이했다. 이처럼 연산군은 폐비 윤씨와 원한을 맺은 이복형제들은 철저하게 탄압하였고, 관계가 비교적 좋은 여자 형제들과는 간통하는 관계였다. 연산군의 이런 폐륜은 아버지에 대한 복수심 때문이었다.

박정승은 늙었으니 그 아내를 내가 취한다

1505년(연산군 11년) 8월 25일, 대궐 잔치에서 왕은 여자들이 자신들의 이름을 쓴 단자를 앞에 놓게 하고 누구의 아내라는 명찰을 달게 하였다. 그리고 마음에 드는 여자가 있으면 바로 다른 방으로 데리고 가서 간통을 했다. 사관이 적은 그 날의 기록은 이렇다.

박숭질(朴崇質)의 아내 정씨가 나이 젊고 얼굴이 아름다워서 왕이 특별하게 아끼었다. 정씨는 본디 족친이 아닌데도 자주 궁에 들어가 열흘이 지나서야 나오곤 했다. 왕이 이르기를 "박정승은 늙어 쇠약하므로 그 아내를 내가 취하고자 하는데, 그녀도 나를 사모한다."고 자랑했다. 정씨는 고명을 받은 뒤로는 날마다 남편이 자는 방에 들어가지 않고, 매일 대궐 쪽을 바라보며 크게 한숨을 쉬었다고 한다. 이런 아내 모습을 보고 박정승은 화가 났지만 왕에게 감히 대들지 못했다.

사관은, "연산은 왕위에 오른 지 10년이 지나자 갑자기 기행이 더욱 잦아지는데 공신들의 여자는 물론 내외 종친들까지도 가리지 않았다. 그래서 나중에 왕실의 여자들도 그의 엽색 행각에 동원되었고, 상하의 구분이 전혀 없었다."고 기록했다.

혜신옹주를 간통하다

연산군일기 11년 11월 1일, 사관의 논평은 이렇다.

"임숭재는 임사홍의 아들로서 성종의 딸 혜신옹주에게 장가들었다. 흉하고 교활하기가 그 아비보다 심하였다. 왕은 임숭재 집 주변 인가 40여 채를 헐어내고 창덕궁의 담도 맞닿게 하였다. 왕은 또한 그 곳에서 자주 술을 마시고 노래하면서 밤을 새웠는데, 숭재의 누이동생이며 문성정의 처를 시침하게 하였으며 왕은 혜신옹주까지 아울러 간통하였다. 임숭재는 노래와 춤이 능했으며 춤출 때 몸을 움츠리면 아이들처럼 노랫소리가 일품이며 춤을 추는 재주가 있고, 특히 처용무를 잘했다. 또한 활쏘기, 말타기도 왕과 자주 하였는데 연산은 임숭재와 함께 나가는 날이면 항상 무슨 일을 저질렀다. 그는 왕의 눈치를 살피며 여자들을 갖다 바쳤는데, 아내도 그렇게 했다.

왕은 임숭재가 병들어 괴로워한다는 말을 듣고, 왕명을 전달하는 내시 중사(中使)를 보내서 할 말이 무엇인가를 물으니, 대답하기를 '죽어도 여한이 없으나, 다만 미인을 바치지 못한 것이 한스럽습니다.' 라고 하였다. 그가 죽자 왕은 몹시 슬퍼하며 승지 윤순을 보내 조문하게 하고 부의를 특별히 후하게 주었다. 빈소를 차린 후에 왕은 그 처를 간통한 일이 알려질까 두려워 중사(中使)를 보내어 임숭재의 관(棺)을 열고 무쇠 조각으로 시체의 입에 물려 진압시켰다고 한다."

연산군일기 11년 6월 18일, 사관의 글을 보면, 연산은 방을 많이 두어 음탕한 놀이 하는 곳으로 삼았는데 왕은 일반인들 출입이 제한된 대궐 주변의 땅에 방(房)을 많이 두어 음탕한 놀이를 즐겨 하였다. 왕은 길을 가다가도 흥청(興淸), 전국에서 모은 기생 조직과 음탕한 놀이를 하고 싶으면, 문득 이 곳에 들어가 간음을 하였고, 그런 방은 이름을 붙여 '거사(擧舍)'라 하였다. 사람들은 이렇게 '거사'라고 붙인 집은 '왕이 일을 치른 집'이라 손가락질했다.

연산, 아마도 빙애 걸렸는지도 모른다

점차 연산군은 이상한 행동들을 계속 하기 시작했다. 우선 연산군 11년 9월에 보면 "왕은 두어 해 전부터 이상한 병을 얻어 한 밤에 소리를 치며 일어나 후원을 달렸고 또 굿을 하면 기뻐하며 스스로 무당이 되어 춤을 추고 노래하니 폐비 원혼이 붙은 형상이라 대궐에서 수군거리는 소리가 들렸다."라고 사관은 기록하고 있다.

연산은 총애하던 기녀 월하매(月下梅)가 병사했을 때, 그녀를 위로한다며 후원에 크게 굿판을 벌였다. 그리고 비빈 등을 거느리고 신전에 나가 골백번 절을 하면서 무당의 축언을 경청했다. 그러다 연산군은 스스로 무당춤을 추며 폐비 윤씨의 신이 내린 듯 행동하여 사람들을 놀라게 했다.

연산군일기 12년 1월 2일, 실록에 이런 글이 적혀 있다.

왕은 풍두무(처용무를 이렇게 불렀다)를 잘 추는 무녀 다섯 명을 선발하여 함께 풍두무를 추었다. 또한 궁중에서 스스로 가면을 쓰고 희롱하고 춤추기를 좋아하였는데, 사랑하는 계집 중에도 사내 무당놀이를 잘하는 자가 있었으므로, 모든 총애하는 계집들을 데리고, 야외 큰 공터에서 놀이 공연을 즐기었다. 왕이 이 놀이에 열중하여 항상 죽은 자의 말을 하며 계집들 손을 잡고 무녀들의 춤을 감상하였다.

1506년(연산군 12년) 8월, 폐비 윤씨의 기일에도 왕은 나인들과 음란 행위를 하였다. 왕은 발가벗고 교합(交合)하기를 즐겨 비록 많은 사람이 있는데도 숨기고 피하려 하지 않았다.

한편 당시 일반 백성들도 굿을 즐겨 했는데, 특히 낭중(郎中)이란 남자 무당을 부르는 것이 유행이었다. 그런데 이런 낭중이 사대부 부녀자들에게 인기가 높아 자주 추문을 일으키기도 했다. 이들은 필요하면 남자와 여자 복장을 자주 바꾸었고, 아녀자들을 수시로 간통하여 사회 문제가 되기도 했다. 명종 3년의 임성구지 사건은 모두 연산군 때 나온 좋지 않은 풍습 때문이었다. 백성들은 부모가 죽으면 없는 살림에서 돈을 마련하여 손님들을 불러 밤새워 술 먹고 떠들며 소란스럽게 하였다. 그것이 초상이 난 집에 대한 예의라고 생각했다.

연산은 뚱뚱한 여자를 좋아했다

중종실록 15년 4월 12일, 문성정의 어미가 폐주(廢主)에게 간음 당했으므로, 대간들이 그녀를 도성 밖으로 내치고 나라에서 준 직첩을 거둬 달라 청하자 이를 받아들였다. 그런데 문성정이 상소를 올리며 억울함을 호소하자 왕이 이 일을 사헌부에 내려 조사하게 했다.

사신의 논평에 따르면, 문성정의 어미는 곧 남천군의 아내인데, 연산 때 궁궐에 드나들며 폭군과 염문을 뿌렸다. 연산이 폐주가 되자 대간들의 요청에 따라 그녀를 도성에서 내쫓고 직첩을 빼앗았는데, 이에 문성정이 상소를 하여 억울함을 호소하였다.

그는 "우리 어미는 몸이 매우 뚱뚱하고 나이도 늙었는데 어찌 폭군이 좋아했겠습니까?"라며 자신의 어미에 대한 나쁜 소문은 거짓이라 말했지만 그의 말이 왕에게 받아들여지지 않았다. 문성정은 특별히 무슨 답을 듣지 못하고 나가자 뒤이어 승지가 왕에게 말하기를 "원래 쫓겨난 왕은 몸이 뚱뚱한 여자를 좋아했습니다."라고 말했다. 연산은 문성정의 어미는 물론 문성정의 아내까지 간통한 것이다.

한편 남천군 이쟁은 세종의 아들인 광평대군의 손자다. 남천군 형제 사이에 재산 다툼이 일어나자, 남천군의 처 최씨는 머리를 써서 연산군의 애첩 장녹수에게 뇌물을 주었고, 연산군을 가까이 할 수 있는 계기가 되어 왕과 통간을 하였다. 최씨는 본성이 음탕하여 서족인 홍준과도 통간했으며 사람들 사이에는 문성정이 남천군의 아들이 아니라 홍준의 아들이라는 소문이 돌았다.

중종반정 이후 연산군과 통간했다는 사대부 아내들의 명단이 발표되고 대간들은 그 집안에 내려진 모든 관직들을 회수하고 사대문 밖으로 쫓아내자 남천군의 아들 문성정이 이에 억울함을 호소하였던 것이다.

중종의 집권 초반 연산군과 연루된 이런 스캔들은 꼬리에 꼬리를 물고 이어졌고, 정치적으로 상대를 완전히 제거하기 위해 스캔들을 이용하기도 했다. 그래서 중종실록에는 연산군 시절 왕과 통간한 아녀자들과 그 집안에 대한 탄핵 상소들이 종종 등장하였다.

특히 중종 12년 왕은 연산군 시절 높은 벼슬을 했던 윤순의 조카인 윤지임의 딸을 왕비 문정왕후로 맞이했다. 이에 사림 세력들은 윤순의 여러 추문들을 들춰내면서 윤순의 아내 구씨가 연산군과 그렇고 그런 사이였고 그 아내가 몸을 팔아 남편의 벼슬을 높였다는 상소들을 쏟아 내기 시작했다.

왕비 책봉 문제로 불거진 연산군 시절 사대부 아녀자들의 정조 문제가 다시 도마 위에 오른 것이다. 이에 윤순은 스스로 사직을 청하였다. 이때 추문에 등장한 이름들은 참의 권인손의 아내, 승지의 윤순의 아내, 생원 권필의 아내 등이었다. 이런 사림세력의 집중포화를 받고 등장한 문정왕후 윤씨는 아들(명종)이 어리다는 이유로 수렴청정을 하면서 을사사화를 일으켜 사림들을 복수하였다.

못생긴 옹주보다
예쁜 몸종이 더 좋다

부마라는 것은 왕의 사위다. 하지만 어느 때부터 왕의 사위로 살아가기가 힘들어졌다. 일반 사대부들은 마음대로 첩을 들였지만 왕의 사위는 행실이 바르지 않으면 항상 대간들의 탄핵 표적이 되었다.

1544년(중종 39년) 2월 19일, 왕의 사위가 후궁의 딸인 옹주를 박대해서 숨지게 한 일이 벌어졌다. 처음에는 단순히 아이를 낳고 몸조리를 하지 못해 죽은 것으로 알려졌지만 나중에 알고 보니 남편의 학대로 인해 여의(女醫)의 치료도 제대로 받지 못해 그렇게 된 것으로 알려져 왕의 마음을 아프게 했다.

사건은 이렇다. 중종은 자신의 후궁인 숙원 이씨의 딸 효정옹주를 조의정에게 시집보냈다. 숙원 이씨는 바로 드라마 대장금에서는 '연생'이로 나오는데 여자다. 숙원 이씨의 사위 조의정은 성품이 못된 것으로 소문이 자자하였다. 그는 틈만 나면 주변 사람들에게 "왕의 사위이면 높은 벼슬이 내릴 줄 알았는데, 먹고 살기도 힘들다."고 불평을 늘어놓고 다니는 것이 왕의 귀에까지 들어 갈 정도였다.

그런 조의정은 어느 날 술을 먹고 집으로 와서 옹주의 몸종을 간통하고 다음 날부터 옹주의 몸종 풍가이(豊伽伊)를 첩으로 삼았다. 그리고 그때부터 아내를 학대하고 몸종은 중하게 여겨 마을 사람들로부터 손가락질을 당했다. 조의정이 옹주를 학대한다는 소문은 대궐에까지도 들어갔다.

왕은 이런 보고를 받고 아무도 모르게 은밀히 사건 경위를 내수사에 조사하도록 지시했다. 조사 결과 정말 조의정은 옹주의 몸종 풍가이를 첩으로 삼고 오히려 옹주를 머슴들이 사는 골방으로 내친 것이 드러났다. 이에 왕은 주인 대신 안방마님 행세를 한 몸종 풍가이를 곤장 1백대를 치고 먼 남쪽 지방의 관기로 보내고, 또한 효정옹주의 남편 조의정도 곤장 1백대를 치고 함흥으로 유배를 보내 버렸다.

그렇지만 너무나 마음씨 착한 효정옹주는 눈물로 아버지에게 남편은 죄가 없다고 호소했다. 그러기를 몇 차례, 왕은 "여자가 투기가 많아도 문제이지만 저렇게 남편을 빼앗기고도 투기를 할 줄 모르는 것도 문제다."며 안타까워했다. 그리고 함흥에 유배를 살던 사위를 불러들여 함께 살게 했다.

그리고 얼마 뒤 효정옹주가 임신을 하였다는 이야기를 들은 왕은 효정옹주의 청을 받아들여 유배를 갔던 몸종 풍가이를 불러들여 옹주의 곁을 지키게 했다. 사람들은 한사코 반대했지만 효정옹주는 마음이 너무 비단결같이 고와 과거 동거 동락했던 몸종 풍가이가 너무 고생한다는 소문을 듣고 그렇게 조치를 한 것이다.

효정옹주의 출산이 임박하자 조의정은 왕에게 옹주의 몸이 좋지 않으니 의녀를 보내달라고 하고는 막상 의녀가 집에 도착하자 곧바로 들여보내지 않아 옹주의 몸을 상하게 했다. 그런 이유 때문인지 효정옹주는 아이를 낳고 며칠 만에 숨을 거두었다.

그런데 3개월 뒤 실록에는 다시 '풍가이'라는 여인의 이름이 다시 등장한다.

"은대라는 여인이 내수사의 종 다섯 명을 시켜 풍가이를 방에 가둔 뒤 때려 죽게 했다."

이렇게 해서 중종 39년 6월 4일 풍가이 살인사건이 일어난 것이다.

풍가이는 효정옹주의 보살핌으로 남쪽 지방에서 돌아와 다시 주인을 모셨는데, 예전처럼 주인의 남편과 간통을 하고 그러다 효정옹주가 아이를 낳고 죽은 뒤 3개월 만에 풍가이도 아이를 낳은 것이다. 이에 은대라는 궁녀가 화를 참지 못하고 종 다섯 명을 시켜 풍가이를 방에 가둔 뒤 때려 숨지게 한 것이다. 그리고 어미 옆에서 우는 아이도 밟아 죽여 버린 것이다.

은대라는 여인은 정순옹주 남편 여성위(礪城尉) 송인하고 여자 종이 간통을 하여 아이를 낳았을 때도 그 여종을 죽이고 아이까지 죽인 일이 있었다. 그러니까 왕실 사위들이 불미스런 일을 저지르면 그와 간통한 여인들을 처벌하는 해결사 노릇을 했던 모양이다.

중종 임금은 은대를 상궁이란 직첩을 거두고 궁궐 바깥으로 내치는 선에서 그 일을 마무리했다.

그러나 두 번이나 법률에 의거하지 않고 살인을, 그것도 모두 4명이나 죽인 여인을 그냥 두는 것은 옳지 않다고 대간들이 들고 일어났다. 하지만 왕은 오히려 그렇게 떠드는 관리들을 내쫓아버렸다. 두 달 뒤 왕은 한 발 물러나 은대를 도성에서 내쫓아 경기도 장단으로 보냈다가 그것도 부당하다고 항의하는 신하들 때문에 대구로 귀양을 보냈다. 하지만 중종이 죽고 인종이 급사하고 명종이 즉위하자 문정왕후는 평소 아끼던 궁녀 은대를 곧바로 사면시켜 궁궐에 복귀시켰다.

한편 송인의 아버지는 송지한이고 그의 할아버지는 송질이다. 송질에게는 딸이 셋 있었는데, 딸들 모두 남편을 학대하여 다시 실록에 그 집안 이야기가 등장한다. 이 책은 뒤에 '남편에게 함부로 하는 여인들 어찌할꼬?' 에서 그 이야기를 실었다.

물건이 변변치 않아
큰일이다

세자 나이 열 살에 세자빈을 간택했지만 아직 아이를 낳을 나이도 아닌데, 왕비는 세자가 어서 불쑥 아이 하나를 생산해야 한다는 강박관념에 사로잡혀 있었다. 그래서 세자빈 이외에도 수시로 궁녀 가운데 아이를 잘 낳을 것 같은 여자들을 매일 밤 세자궁에 들이게 되는데, 별 소득은 없었다.

"세자의 나이가 조금 장성하였으나 음경이 오이처럼 드리워져 발기가 되는 때가 없었다. 소변도 그대로 흘러버려 항시 앉은 자리를 적셨는데 하루에 한 번쯤은 요를 바꾸거나 바지를 두 번씩 바꾸기도 하였다. 혼사를 치를 나이가 되었지만 물건이 변변치 않았다. 하루는 왕비가 궁녀에게 부탁하여 세자에게 성교하는 것을 가르쳐 주도록 하고 자신은 문 밖에서 큰 소리로 '되냐? 안 되냐?' 하고 물었으니 그 궁녀가 '안됩니다'라고 말하자 왕비는 크게 두 번 한숨을 쉬고 가슴을 쳤다."

이것은 현종의 정비 명성왕후가 아들 숙종의 세자 시절 성교육을 시키기 위해 궁녀들을 방에 넣고 성관계가 잘 이루어지나 현장을 확인하는 장면이다. 재미있는 것은 왕비가 아들 거시기를 관찰하면서 이 물건이 과연 아이를 낳을 수 있을까 노심초사하는 장면이다.

야사에 실린 글이니 확실한 이야기는 아니라도 손이 귀한 왕실에 대한 명성황후의 초조한 심정을 잘 나타낸 글이기도 하다. 남편 현종은 성생활을 좋아하지 않았다.

그래서 후궁도 없고 오직 명성왕후와 한 이불을 덮고 살았다. 그렇다고 그 일도 그리 자주 하는 편도 아니고, 그러니 숙종이 허약하여 무슨 일이 나면 왕실의 손이 끊기는 최악의 사태가 발생하는 것이었다.

그래서 명성왕후는 숙종의 세자 시절 세자빈을 들이고도 마음을 놓지 못했다. 세자빈은 세자와 동갑이었다. 동갑내기들의 부부금슬이 좋다는 이야기로 세자빈을 같은 나이 소녀를 들였지만 두 사람은 영 밤에 해야 하는 일을 제대로 알지 못하는 듯했다.

속이 탄 숙종의 어머니 명성왕후는 세자 나이 열세 살 무렵에는 궁녀들을 침실로 들이고 세자의 성교육을 현장 감독했다.

남자 아이들은 빠르면 열두서너 살에 아침에 일어나면 고추가 빳빳하니 제법 튼실한 물건을 보여준다. 그래서 명성왕후는 장가를 간 아들의 아랫도리를 매일 점검하였다. 하지만 숙종의 세자 시절 아랫도리는 다른 아이들보다 성장이 늦었다. 오히려 어미 눈에는 남자 구실하기 힘들 정도로 아들의 그것이 너무 약해 보였다.

조급한 마음에 명성왕후는 대궐 궁녀들 가운데 아들을 잘 낳을 것 같은 여인들을 선발하여 종종 세자궁에 들여 보냈는데, 결과는 별로 나아질 것이 없었다.

실록에 보면 여자를 잘 낳는 관상이 따로 있다고 하는데 그런 모습을 한 번 알아본다.

"눈매가 길고 눈 끝이 젖지 말아야 하고, 눈썹이 길고 이마가 오뚝해야 한다. 피부 빛이 광택이 나고 향기가 나야 한다. 어깨가 모나지 않고 등이 두터워야 하며, 손바닥의 혈색이 붉어야 한다. 유두가 검고 굵어야 한다. 그리고 가장 중요한 것은 엉덩이가 편편하고 배가 커야 한다."

세자빈으로 간택되고 이런 시어머니의 이상한 남편 성교육 때문에 마음 고생을 한 인경왕후 김씨는 스무 살을 넘기지 못하고 천연두로 숨을 거두었다. 물론 아이 하나도 낳지 못한 왕비였다.

명성왕후의 두 번째 며느리는 인현왕후 민씨, 시어머니는 새 며느리를 선발하기 위해 혼신의 힘을 기울였다. 씨가 좋지 않으면 밭이라도 좋아야 한다.

아들의 그것이 변변치 못하다는 것을 아는 어머니는 숙종보다 여섯 살 연하인 인현왕후 민씨를 간택했다. 열다섯 나이이면 막 초경을 하는 나이이고 여자의 몸은 물이 막 차기 시작하는 가장 파릇한 나이인 것이다. 왕의 나이도 스물한 살이니 가장 정기 왕성한 나이였다. 그렇지만 숙종은 이 여인에게서도 아이를 낳지 못했다. 그 무렵 숙종은 다른 여자에게 정신이 팔려 있었다. 어머니 처소의 궁녀 장옥정이 은근하게 숙종의 마음을 움직이고 있었다. 그녀는 왕보다 두 살이나 위였고, 너무 어린 왕비하고는 차원이 다른 잠자리를 제공해 주었다.

그녀는 늦은 나이인 스물두 살에 궁에 들어왔고, 얼마 뒤 왕의 눈에 들어 종종 왕과 잠자리를 함께했다. 어머니 명성왕후야 아들 하나만 낳으면 그것이 왕비에서 나온 것이든 궁녀의 배에서 나온 것이든 상관없는 처지였다.

그러다가 1688년 궁녀 장옥정이 왕의 나이 스물여덟 살에 왕자를 탄생시킨 것이다. 얼마나 학수고대한 일인가. 그토록 어린 세자를 성교육시켜가며 손자의 얼굴을 보고 싶어 했던 명성왕후는 살아 있지 않았지만 이렇게 해서 숙종과 장희빈, 그리고 인현왕후 민씨를 둘러싼 애정다툼은 남인과 서인의 당파싸움으로 번져 조선의 역사를 피로 물들였다.

조선의 역사가 숙종 이후 당파싸움으로 서로 죽고 죽이는 피의 역사가 전개된 것은, 그 시작의 단초가 숙종의 부실한 물건 탓일 수도 있고, 명성왕후의 집요한 자식사랑과 대를 빨리 이어야 한다는 노심초사로 시작한 이른 성교육이 원인일 수도 있었다.

"성욕이란 식욕과 같은 것인데,
어린 시절 정을 잊지 않고 행한 죄를 죽음으로 몬 것은 내 지나친 처사다."
세종 임금은 간통 사건이 일어날 때마다 이런 말을 하며 후회했다고 한다.

| 제 3 부 |

조선의 자유부인들

누가 무엇을 하는지
다 안다

공신들 대부분이 전쟁이나 정변에 시달린 탓으로 거친 자들이 많았고, 변방을 주로 떠돌아 관기 등을 접하며 바람을 피우는 것이 예삿일이라 그들에게 간통 사건은 큰 흠이 못되었다. 아내들 역시 오랜 세월 남편 없는 시간 동안 성 파트너들을 서로 공유하기도 했는데, 그래서 공신 부인들은 누구 부인이 누구와 어떻게 바람을 피웠는지 훤히 알고 있었다.

김인찬 아내의 이씨, 공신 아내들의 성추문 폭로 사건

1399년(정종 1년) 6월 15일, 며칠 동안 내린 장맛비로 농작물 피해가 속출한 가운데, 대궐에서는 갑자기 고위층 인사들의 아내들을 둘러싼 음란한 성추문으로 오랫동안 시끄러웠다.

죽은 참찬문하부사 김인찬(金仁贊)의 처 이씨는 자신의 불륜 사실이 알려지자 자기하고 함께 남자들과 바람을 피웠던 고위 공직자 부인들의 이름을 실명으로 거론하면서 한동안 도성 안팎을 시끄럽게 했다. 사헌부에서는 일단 김인찬의 처 이씨를 잡아들이고 그녀와 관련된 사내들을 조사하기 시작했다.

죽은 참찬문하부사 김인찬은 태조 이성계의 젊은 시절 막역한 친구였다. 그는 조선의 개국 공신들 가운데 전쟁터에서 혁혁한 공을 세운 무인으로 조선이 개국한 그 해 숨을 거두었다. 김인찬은 늦은 나이에 젊은 아내 이씨를 맞이했는데, 그가 죽자 위로를 한답시고 접근한 사내들과 바람을 피우길 여러 차례, 그녀의 추문들이 도성에 널리 퍼졌다.

김인찬의 처를 처음 건드린 자는 역시 조선 초기 공신들 추문에 이름을 매번 올렸던 곽충보였다. 곽충보는 남편이 없는 김인찬의 아내 이씨를 보살펴 준다고 자주 출입하다 서로 통간을 하였다. 그리고 사람들에게는 가까운 친척 사이라고 속여 왕래를 빈번히 하였다.

그런데 이씨가 간통했다는 이유로 옥에 갇히자, "간통을 한 것은 나만 아니고, 검교 중추원 부사 이원경(李元景)의 처 권씨도 함께하였습니다."라고 한 명을 더 엮으니 권씨도 잡혀 들어왔다.

문제의 인물 곽충보가 실록에 자주 등장하는데 그가 누구인지 알아보자. 곽충보는 1383년 병마사로 왜구를 격파하고 이듬해 예조판서로 임명됐다. 1388년 이성계를 따라 위화도 회군하여 개성에서 최영의 군대를 격파하였고 최영을 붙잡아 유배시켰다.

또한 우왕을 폐위시키고 창왕을 옹립하는 데 공을 세웠다. 그 뒤 폐위된 우왕이 전(前) 대호군 김저, 전(前) 부령 정득후와 함께 이성계를 암살할 것을 부탁하자 도리어 이성계에게 밀고하여 김저의 옥사(獄事)가 일어났다. 이처럼 어려운 고비마다 이성계를 도운 공이 인정되어 1392년 조선이 건국되고 개국원종공신이 되었다.

곽충보는 이성계가 신임하는 개국공신 가운데 최고의 공신이었다.

그는 개국 초기 강원도 관찰사로 있었는데 자신의 권세를 이용하여 백성들을 괴롭히고 반반한 양가 규수들을 마음대로 취해 민심이 소란스러워 한양으로 소환되었다. 강원도 사람들은 "차라리 왜구를 만나면 만났지, 곽충보를 만나지 않겠다."는 말까지 떠돌았다.

그런 그가 한양으로 올라와 활보하고 다니면서 여러 아녀자들을 건드리고 간통하는 바람에 그를 탄핵하는 상소가 줄을 이었다. 김인찬의 처와 간통한 사실도 이미 널리 퍼져 있었다. 사람들은 "곽충보와 김인찬의 처 이씨는 남들 앞에서는 친척처럼 행동했지만 아무도 없을 때는 부부처럼 지냈다."는 말들이 자자했다. 또 곽충보는 그런 소문을 내는 자들을 스스로 조사하여 입에 똥을 넣는 등 만행을 저질렀다.

"먼저 김인찬의 처 이씨는 원래 남편이 강세손(姜世孫)이었고, 강세손이 죽자, 강세손의 사촌 형제, 대장군 강승평과 그의 형 강대평과도 통간을 하였습니다. 또한 이원경의 처 권씨 역시 처음에는 안전에게 시집갔다 다시 안소에게 재가하였고, 또 이원경에게 시집가니, 사람들이 모두 그녀들을 음부라고 손가락질하였습니다. 또한 권씨는 승려 지경, 상문 등과도 간통하였습니다.

사헌부로부터 보고를 받은 왕은 이 일을 어떻게 처리해야 할지 고민했다. 여자를 두고 형제 혹은 숙부와 조카가 서로 나눠 갖기도 하는 등 성 문란함이 극에 달해 왕도 어리둥절하였다. 사건 당사자들은 모두 사면 이전의 일이라 죄를 용서받았다. 하지만 이원경의 처 권씨 혼자 괘씸죄로 처벌하여, 곤장 90대를 맞았고 그녀와 간통을 했다는 승려 지경은 수군에 편입됐다. 간통을 한 자들이 종종 수군으로 편입되는 일은 수군에 종사하는 일이 그만큼 힘들었다는 이야기다. 그녀와 간통한 또 다른 중 상문은 도망을 쳐 잡지 못했다.

김인찬의 처 이씨의 추문 폭로 사건 이후, 이번에는 남궁서의 아들이 자신의 억울함을 호소하는 글을 올렸다. 사헌부는 즉각 남궁서 아들의 상소를 근거로 조사를 하여 장사정의 비리 내용을 확인해 왕에게 보고했다. 장사정은 곽충보와 함께 조선 초기 가장 문제를 많이 일으킨 공신이다. 이들은 마을 양민들을 멋대로 부리고 수령들을 힘들게 했으며 농사철에 임금 행차처럼 돌아다니며 민폐를 끼쳐 원한이 자자했다. 그런데 이번에는 장사정이 판서의 아내를 죽인 일이 발생했다. 억울한 그녀의 아들이 사헌부에 장사정의 죄를 처벌해 달라고 고소하니 조사가 시작됐다.

"지난 5월 개국 정사공신 장사정(張思靖)은 술에 취해 전 판서 남궁서의 아내를 붙잡아 귀를 자르고 때려죽인 일이 있었습니다. 두 사람은 내연의 관계였고, 남궁서의 아내가 다른 사내와 바람이 났다는 이유로 장사정이 사람을 죽였습니다."

그러나 왕은 "이 모든 일들이 사실이라 보기 어렵다. 가뜩이나 지금 하늘에서 많은 비가 내려 백성들은 홍수로 농사를 망쳐 살기 더욱 힘든데, 조정의 중신들이 매일 국사를 의논하지 않고, 공신들 안방 은밀한 이야기를 가지고 탄핵을 일삼으니 참으로 통탄스럽다. 사헌부의 조사 내용 모두를 믿기 어려우니, 이 일은 모두 없던 일로 하자."고 비답을 내렸다. 장사정 뒤에 이방원이 버티고 있어 그를 중형에 처하지 못하고 있었는데, 대간들과 많은 신료들이 연일 그의 죄를 탄핵하는 상소가 빗발치자 그를 황주로 유배 보내는 선에서 마무리했다. 장사정은 조사를 더 하니 이웃마을 임신한 여인들을 발로 걷어차 유산시킨 일들도 터져나왔지만 더 이상 죄를 묻지 않았다.

무인들이 세운 나라는 윤리가 없다

조선 개국 이후 개국공신들 가운데 무인들은 자기 공을 내세워 여러 여인들을 취했는데, 얼굴이 반반한 여인들을 서로 취하고 하여 공신들의 윤리 문제가 큰 화두로 등장했다. 조선 태조부터 성종까지 모두 8차례 공신 책봉이 있었다. 이 공신 책봉은 승리자들에게는 패배자들의 여자와 토지를 모두 빼앗아 나눠 갖는다. 세조 2년 9월 11일자 실록을 보면 사육신들이 역적으로 몰려 할아버지에서 손자까지 남자들은 처참하게 모두 죽임을 당하고 여자들은 정난공신들에게 배분되는 일을 상세하게 기록되었다. 야사에는 신숙주가 단종의 왕비 송씨까지 탐을 했다는 이야기도 있어 사람들을 경악케 했다.

조선시대 공신들이 모여 잔치를 하는 것을 '회맹(會盟)'이라 불렀다. 그들은 친목을 다지고 형제자매와 여자들도 서로 나눠 갖는다는 의미를 갖고 있어 이런 패륜(悖倫)들이 벌어진 것이다. 공신이란 이유로 일반 형사범죄에 수사를 받지 않을 뿐이나라 사람을 죽여도 사형에 처하지 않는다.

백성들은 공신들이 이 같은 만행은 공신이 법 위에 존재하는 자들이라 그렇다고 조선 왕실을 비난하면서 힘으로 세운 나라는 힘을 망하게 되어 있다는 말이 떠돌아 다녔다. 한편 고위 관료들의 아내들과 관련된

추잡한 이야기들이 계속 흘러나왔는데, 이제 추한 소문은 전(前) 중추
원 참의 조화의 아내 김씨에게 옮겨가고 있었다.

끝없이 일어나는
성욕을 어이하랴

전 중추원 참의 조화의 아내이자 태조 이성계의 동생 이지의 후처인 김씨는 김인찬의 아내 이씨의 성추문에도 이름이 오르내리다가 드디어 남편의 음낭을 잡아 당겨 죽게 한 죄로 도성에서 쫓겨나게 됐다. 남편을 죽인 여자를 이렇게 가벼운 죄로 다스린 것은 법의 형평성 이전에 그녀의 탁월한 능력 때문인 것 같다.

1427년(세종 9년) 1월 3일, 영돈녕부사(領敦寧府事) 이지(李枝)가 죽었다. 이지는 태조 이성계의 사촌 동생이다. 이지는 어린 나이에 부모를 여의고 외숙부인 익양군 왕기의 집에서 자랐는데, 태조 이성계가 그를 자기 휘하에 두고 어려운 일을 많이 시켰지만 충직한 마음으로 일을 잘 처리했다.

이성계는 그를 좋아하는 마음이 깊어 그를 친 아우처럼 아끼고 좋아했다. 위화도 회군으로 이성계가 개경을 함락시킬 때 오히려 이성계의 사저를 지키고 그의 가족들을 보호해 이성계가 혁명을 성공시킬 수 있게 했다.

고아처럼 거친 전쟁터에서 태조 측근으로 평생을 보냈던 이지는 효성이 깊어 섣달 그믐날은 어머니 제사이고 아버지 기일은 정월 초하루인데, 항상 연말이면 죽은 부모들을 위해 절에 가서 제사를 올리며 정성을 다해 부모님의 기일을 챙겼다. 이지가 죽기 전에도 향림사(香林寺)에 가서 부처에게 공양하였다가, 하룻밤 사이에 갑자기 죽으니, 나이 79세였다.

왕은 그의 부음 소식을 듣고 조회를 3일 동안 정지하고, 대궐 앞마당에서 장례를 지르게 했다.

그런데 그의 죽음에 관련되어 이상한 소문들이 도성을 떠돌아 다녔다. 이지는 1415년(태종 15년) 11월, 전 중추원 참의 조화의 아내 김씨와 재혼을 했다. 이미 앞서 언급한 것처럼 김씨는 여러 차례 실록에 음란한 행동들로 물의를 일으킨 여인이라 이지의 가족들 모두 그 결혼을 반대했다.

당시 김씨의 나이는 서른 후반이었을 것이고, 이지의 나이 67세였다. 두 사람은 주위 반대를 무릅쓰고 결혼을 하였고, 한때 이지의 자식들은 결혼을 반대하여 그녀를 집으로 들이지 않아 소란이 나기도 했다.

그녀가 입을 열면 고관 부인들의 치부가 드러나

1409년(태종 9년) 8월 5일, 김씨는 다시 실록에 이름이 등장한다. 이날 실록의 기록은 '궁중의 은밀한 일을 누설한 혐의로 조화 아내 김씨를 충주로 귀양 보내다.' 라는 짤막한 구절이 기록돼 있다.

그리고 사관의 짤막한 논평이 기록돼 있는데 그것은 '김씨가 정총의 아내 김씨와 자주 궁궐의 일을 여기저기 말하고 다니다 귀양을 가게 된 것이다.' 라고 그날 일을 덧붙여 설명했다.

그 무렵 대궐에서 궁녀들이 동성애를 즐긴다는 소문이 도성 안팎으로 떠돌아 다녀 민심이 흉흉해지고 있었다. 감찰상궁은 은밀히 궁녀들의 교붕(交朋) 행위를 조사하여 10여 명 내외의 궁녀들을 밝혀내, 그들을 모두 죽지 않을 만큼 곤장을 쳐서 대궐 밖으로 내쳤다. 이 일은 모두 극비리에 이루어진 일로 아는 사람이 없었다.

그런데 그 일이 일어나고 얼마 뒤 궁녀들이 동성애를 즐기다 출궁 당했다는 소문이 도성에 널리 퍼지기 시작했고, 왕은 사헌부에 소문의 진원지를 파악하여 보고하라는 조사를 지시했다. 수사를 맡은 사헌부의 장령들은 얼마 뒤 전 중추원 참의 조화의 아내 김씨를 유력한 용의자로 왕에게 보고했다.

그러자 김씨는 자신에게로 좁혀 오는 수사망을 눈치 채고 당시 왕의 총애를 한 몸에 받고 있던 사위, 총제 이종무를 대궐로 급히 입궐케 하여 왕에게 자신의 죄를 모두 실토하게 한 뒤 용서를 구했다. 이에 왕은 이종무의 얼굴을 봐서 충주에 있는 그녀의 딸네 집에 잠시 가 있게 명했다.

그녀가 얼마나 오랫동안 한양을 벗어나 충주에 있었는지는 모른다. 그러나 그녀의 이름이 다시 실록에 등장한다. 그것이 바로 이지의 후처로 결혼하는 1415년 11월의 일이었으니 그녀가 한양에 등장한 것은 훨씬 전일 것이다.

불미스런 일에 매번 이름을 올렸던 그녀였지만 충주에 귀양을 간 뒤 얼마 있다 한양으로 올라와 태종의 여러 후궁들의 정보통 역할을 했다. 이런 능력 때문에 공신들이나 고위층 부인들에게는 가장 은밀한 정보들을 그녀를 통해 얻었기 때문에 주위에 항상 사람들이 따랐다. 그녀는 머리가 뛰어났고 돌아가는 정세 판단이 빨랐다.

이지의 후처 김씨가 죽자 양안(良安)이란 시호를 조정에서 받았는데, 그 시호가 재미있다. 양(良)이라 함은 즐거워 할 자이고, 안(安)이라 함은 화합하고 다투지 않음을 뜻하여, 이런 시호를 내린 것에 사람들은 그녀가 주로 공신 내외 모두 친하게 지내다 남자들과 간통 사건을 자주 일으켜서 그런 시호를 받았다고 수군댔다.

다시 이지가 죽은 이야기로 돌아가자. 이지의 죽음을 놓고 들리는 흉흉한 소문을 들은 왕은 은밀히 조사하게 지시했다.

1426년 연말을 맞아 이지는 매년 하던 행사로 부모님의 기일을 절에서 보내기 위해 향림사에 머물러 있었는데, 밤만 되면 김씨는 중들과 통간(通姦)하여 절 밖으로 소문이 자자했다. 이에 분노한 이지가 간통하는 장소에서 김씨를 붙잡아 꾸짖고 구타하니, 김씨가 이지의 불알을 끌어당겨 남편을 죽게 한 것으로 밝혀진 것이다. 그런 사실은 모두 김씨의 노비들만 알고 있어 이를 숨겼고, 외부 사람들은 알 수 없었으나 조사 결과 밝혀진 것이다.

이지의 전처 아들 절제사(節制使) 이상흥(李尙興)이 충청도에서 아비의 부고 소식을 듣고 달려왔는데 이런 사실을 듣고 "사실을 모두 형조에게 알릴 것입니다." 하니 사고를 친 김씨가 어찌할 바를 모르고 발광하여 완전 바보처럼 되었으니 드디어 일이 잠잠해졌다. 마을 사람들이 말하기를, "관청에 알려서 시체를 검사하면 원통함을 씻을 수 있을 것이다."고 했으나, 아들 이상흥은 사건을 들추지 않고 덮어 두기에 급급했다.

왕은 그 일의 전모가 밝혀지자 이 사건을 어떻게 처리할지를 두고 오랫동안 고민했다. 그 사이 김씨를 죽여야 한다는 상소문들이 줄을 이어 올라오자 왕은 그녀의 전 남편 조화의 아들 조복초를 불렀다.

"내 그대의 어머니를 도성 10리 밖으로 방출을 할 것이며, 도성 출입을 하지 못하게 할 것이다."

이 소식을 들은 김씨가 아들 말을 듣기도 전에 자기 정보통으로부터 듣고 곧바로 통진현(현재 경기도 김포군)으로 도망을 쳤다. 그곳은 전 남편 조화의 농장이 있어 그녀가 그곳으로 귀양을 자청한 것이다.

이에 지신사 정흠지는 "남편을 죽인 여인이 전 남편의 집에 거주하는 것은 의롭지 못한 처사입니다. 그녀를 멀리 귀양 보내는 것이 옳을 듯합니다."라고 주장하였지만 왕은 "그것은 담당 수령의 재량이다."라고 더 이상 언급을 하지 말 것을 명령했다.

그녀의 과거 죄가 다 들어나다

한편 남편의 음낭을 잡아 당겨 죽게 한 김씨에 대한 좋지 않은 일들이 모두 낱낱이 밝혀졌다.

처음에 김씨는 조화의 아내로 있으면서, 조화가 일찍이 김씨의 어머니(장모)와 간통하니 김씨가 이를 알고 김씨도 또한 허해와 몰래 간통하였다. 하루는 조화가 첩을 데리고 외박을 하자, 김씨도 허해를 끌어들여 통간을 하고 함께 잠을 잔 뒤 새벽에 허해가 자기 옷 대신에 조화의 옷을 입고 돌아가 버렸다.

조화가 새벽에 안방에 들어와서 자기 옷이 아닌 다른 사내 옷이 걸려 있는 것을 보고 간통한 자를 물으니, 김씨가 대답하길, "오늘 밤에 허해가 와서 함께 잤는데 옷을 잘못 입고 갔습니다."고 당당히 밝혀 남편을 놀라게 하였다고 한다.

이에 조화가 화를 내며 꾸짖자, 김씨가 오히려 큰 소리를 쳤다.

"당신은 다른 여자와 바람을 피는데, 나는 다른 사내와 바람을 피우면 안 된다는 법이 어디 있습니까. 관가에 나를 고발하십시오. 하지만 내가 죄인의 수레에 오르면 당신도 마찬가지로 수레에 오르게 될 것입니다."

이에 조화가 더럽다며 그의 아내에게 침을 뱉었다.

이후 김씨는 더욱 음란함이 심해 자기 집의 남자 종 박송(朴松)이란 자와 간통하였다. 남편은 남자 종을 집에서 내보냈고, 얼마 후 김씨가 병이 들어 집안에서는 무당을 불러 굿을 하게 되었다.

"다른 귀신이 아니라 남자 종 박송에게 몸이 달아 그런 것이다."

무당의 입에서 이런 말이 나오자 여러 며느리들이 부끄러워 얼굴을 들지 못했다.

왕은 그녀가 도성 출입을 하지 못하게 할 뿐아니라 그동안 있었던 여러 불륜 사건들을 열거하며 행실이 좋지 못한 여인들을 적어둔 '자녀안(恣女案, 양반집 여자로 품행이 바르지 않거나 3번 이상 다시 결혼한 사람의 소행을 기록한 책)'에 그녀의 이름을 올리게 했다.

세종은 그녀를 죽이고
평생 죄책감에 시달렸다

"내가 요즘 들어 생각해 보면 남녀 사이 일어나는 성욕이란 것이 음식을 탐하는 것과 조금도 다를 것이 없는데, 간통과 간음을 했다고 다 죽이면 대체 몇 명이나 살아서 생활할 수 있겠느냐?" 이렇게 이야기하던 세종은 집권 초반 지신사 조서로 간통 사건에 여인 유씨를 죽인 것에 오랫동안 죄책감을 갖고 있었다.

　실록에서 유난히 간통 사건을 다룬 기록이 많이 있는 이유는 대개 두 가지다. 한 가지 이유는 성범죄에 대해 엄격했으며, 그로 인해 사형 선고가 떨어지면 왕에게 반드시 보고하게 되어 있다. 그리고 세 번이나 사실을 확인한 뒤 죄인을 처형한 것이다. 그러니까 오백 년 조선왕조의 역사를 자세하게 기록한 실록에서 간통 사건이 많은 것은 성범죄에 대한 엄격한 잣대와 함께, 간통 사건이 자주 정치적으로 이용되기도 한 것에서 그 원인을 찾을 수 있었다. 일단 간통을 저지른 정치인은 치명적인 상처를 당하기 때문이다.

　1423년(세종 5년) 9월 25일, 사헌부 수장 대사헌 하연이 왕에게 조심스럽게 주변 사람을 물려 달라고 청했다. 처음에는 독대를 신청했지만 독대는 법률로 금지된 일이고 지금으로 말하면 검찰총장인 대사헌이 왕과 독대를 한다는 것은 무슨 정치적 흥정이 있을 것이란 판단으로 정치적 부담을 느낀 세종은 좌의정을 남겨 둔 채 모두 물리쳤고, 그렇게 하자 대사헌 하연이 조심스럽게 입을 열었다.

그가 왕에게 보고한 내용은 전 관찰사 이귀산의 아내 유씨와 왕명의 출납을 담당하는 지신사 조서로가 간통을 했다는 보고였다. 왕은 왕의 비서실장에 관한 간통 사건이라 이것이 무슨 정치적 모략이나 음모가 있지 않을까 내심 의심했지만 그것은 아니고 정상을 참작해야 할 두 사람의 애틋한 사랑 이야기가 있어 왕을 고민스럽게 했다.

이귀산의 아내 유씨는 일찍 아버지를 여의고 여승이 되어 지신사 조서로의 어머니 집에 자주 출입하게 되었다. 그러면서 유씨와 조서로는 서로를 알게 된 것이다. 그런데 조서로가 사춘기 나이로 접어들면서 유씨를 좋아하게 됐고, 두 사람이 정분이 난 것이다.

두 사람의 은밀한 애정 표현은 조서로의 어머니에게 발각됐고, 여승을 좋아한 아들을 혼내고 유씨는 다시는 조서로의 집에 드나들지 못하게 했다. 한참 달아 오른 청춘 남녀의 애정이 끊기자 유씨는 부처님 말씀이 귀에 들어오지도 않고 결국 환속을 하였다. 그리고 어찌하다 이귀산의 후처로 시집을 간 것이다.

이귀산은 나이는 많았지만 젊은 유씨를 극진히 사랑했고, 유씨 역시 남편의 사랑을 받으며 잘 지내고 있었다. 그러나 젊은 시절 첫사랑 조서로를 잊지 못한 그녀는 종을 시켜 조서로에 연락을 취해, 두 사람은 다시 재회를 한 것이다. 많은 사람들의 시선을 의식한 조서로와 유씨는 사람들에게 먼 친척이라고 이야기하였고, 유씨는 남편 이귀산에게도 조서로를 그렇게 소개했다.

이귀산은 조서로 집안이 공신의 집안이라 아내 친척 중에 그런 사람이 있다는 것이 기뻤고, 두 사람의 만남을 오히려 장려하였다. 그러다가 두 사람의 애정 행각이 대담해져 조서로는 바둑을 둔다며 이귀산의 집을 찾았지만 그가 병중이라 상대할 수 없자 유씨의 안방까지 바둑판을 들고 쳐 들어갔다. 이귀산의 아내 유씨는 바둑을 잘 두었는데, 다른 사람 눈을 의식해서 바둑을 두는 것처럼 하면서 서로의 애정을 확인하는 편지들을 주고받기도 했다.

유씨 안방에서 두 사람은 음란한 짓을 하다가

걸린 적도 있는데, 그들 소지품에서 이런 쪽지도 발견됐다.

"목복(木卜)의 집에서 만나 못다 한 정을 풀기 바란다."

이 암호 같은 쪽지 내용은 조서로의 누이동생의 아들인 박(朴)동문의 집에서 만나자는 언약이었다.

대사헌 하연의 이야기를 다 듣고 세종은 고개를 끄덕였다. 대사헌이 독대를 청한 이유를 알 것 같았다. 지신사는 지금으로 말하면 청와대 비서실장이고 왕의 최측근 사람이라 많은 사람들 앞에서 사건을 이야기할 수 없었다. 세종은 고개를 끄덕이다 말고 물었다.

"그런데 무엇이 문제냐? 법대로 처결하면 되지."

그러자 하연은 이렇게 덧붙였다.

"조서로가 공신의 자손입니다. 비록 불륜을 저지른 두 사람이지만 어린 시절 첫사랑이었고, 애틋함이 지극하여 이렇게 된 것이니 어떻게 벌을 내려야 할지 모르겠습니다."

왕은 다시 하연에게 물었다.

"두 사람이 간통하는 것을 목격한 자가 있느냐?"

"그런 자는 없으나 소문이 무성합니다."

왕은 즉시 국청을 열고 죄인들을 심문하게 했다. 그리고 관련자들을 모두 잡아 문초한 결과 죄들이 모두 사실로 드러났다. 왕은 다음과 같이 지시했다.

"우리나라 풍속으로 상감오륜이 엄연한데, 지신사라는 직분을 가진 자가 사대부의 행실에 모범을 보여주어야 마땅한데도 어린 시절 정분을 나눈 여인을 잊지 못하고 음탕한 일을 저질렀으니, 죄를 주어야 마땅하지만, 그가 공신의 맏아들이며 맏손자이라 어찌 무거운 죄를 줄 수 있는가. 그러나 유씨는 가만 둘 수 없으니 그를 죽여 뒷사람들의 경계로 삼을 것이다."

이렇게 해서 유씨는 음탕한 여자 명단인 '자녀안'에 올랐으며 저자 거리에 3일 동안 세웠다가 마침내 목을 베어 버렸다. 그리고 조서로는 관직을 박탈하고 영일로 귀양 보냈다. 이귀산은 이 사건이 일어나고 9개월 뒤 죽었다. 그런데 세종 임금은 집권 기간 내내 유씨를 너무 가혹하게 처리했다는 죄책감에 시달려 뒤에 터지는 '어리가 사건'이나 '유감동 사건'을 법률보다 관대하게 처리하며 자신의 잘못을 뉘우쳤다.

"성욕이란 식욕과 같은 것인데, 어린 시절 정을 잊지 않고 행한 죄를 죽음으로 몬 것은 내 지나친 처사다."

세종 임금은 간통 사건이 일어날 때마다 이런 말을 하며 후회했다고 한다.

사헌부에서 음부(淫婦) 유감동(俞甘同)을 서둘러 잡아 가뒀다고 보고하였다. 왕이 묻기를, "그와 간통한 남자가 몇이나 되며 본 남편은 누구이고 어느 집 여자인가"를 물었다. 그의 간통 이야기가 이미 백성들 사이에 널리 퍼진 상태에서 왕이 관심을 보인 것이다.

유감동 사건, 밝혀진 남자만 39명

1427년(세종 9년) 8월 17일, 조선의 역사에게 가장 많은 남자와 바람을 핀 유감동 사건이 실록에 등장한다. 왕은 이날 사헌부의 감찰 내용을 보고받고 그만 깜짝 놀랐다. 그녀와 관계한 사람이 무려 39명이었으며 그 가운데 고위 관료들 이름이 올라와 있어 더욱 왕의 마음을 심란하게 했다. 사헌부 감찰 내용을 토대로 유감동이란 여인을 알아보자.

그녀의 남편은 평강현감 최중기(崔仲基)이다. 최중기가 무안 군수(務安郡守)가 되었을 때 아내와 함께 부임했는데 그녀가 병을 핑계하고 먼저 한양에 와서는 다른 사내와 눈이 맞아 통간을 하자, 남편 최중기가 그녀를 버렸다. 유감동의 아비는 검한성(檢漢城, 명예 한성판윤) 유귀수(兪龜壽)이니 명문가 자손이다.

이렇게 해서 유감동의 간통 사건은 어을우동 간통 사건과 함께 조선시대 최고의 성 스캔들 사건으로 기록되었다. 실록에서 유감동 사건을 기록한 내용을 보면 사건 내막을 자세히 소개하고 있어 흥미롭다. 조선왕조실록에서 유감동 사건과 어을우동 사건이 영화의 소재로 자주 등장하는 이유는 실록 자체가 아주 상세하고 상황 묘사가 상세한 것이 그 이유다.

다양한 신분 계층의 남자들과 관계를 갖다

사건이 처음 보고된 것은 세종 9년(1427) 8월 17일의 일이었다. 당초 이 사건이 크게 확대될 것이라고 누구도 예상하지 못했다. 그러나 사건을 조사하자 유감동 입에서는 알만한 고위층 인사들과 그의 자제들 이름이 계속해서 나오기 시작했다.

게다가 그녀와 관계를 가진 인물들이 당상관 이상의 고위층 자제들뿐 아니라 한창 촉망받던 젊은 관료, 그리고 신분적으로 중간 계층인 사직·부사직·찰방 등 중간 관리들도 보였고, 수공업 기술자인 공장·수정장·안자장·은장이 등의 이름까지 나오면서 "감동의 배 위에서는 신분 차별이 없었다."는 말이 도성에 자자했다.

왕이 더 놀란 것은 유감동을 놓고 숙부와 조카가 가리지 않고 취했다는 것이다. 이효량은 유감동의 남편 최중기의 매형이었고, 또한 이조판서 정효문은 숙부 영의정 정탁이 이미 유감동과 사통한 사이라는 것을 알면서 그와 성관계를 가진 것이다. 정효문은 무거운 처벌이 두려워 끝까지 숙부와 유감동의 사이를 모른다고 시치미를 뗐지만 사헌부가 사건 조사한 것을 보면 정효문의 변명은 신빙성이 없어 보였다. 사헌부에서는 정효문과 유감동의 대질신문을 벌였는데, 유감동의 이야기가 전후사정이 명백해 사실로 인정되었다.

그녀는 사헌부 조사관이 정효문과 관계했다는 것을 확인할 수 있는 증거를 대라고 하자 정효문의 배꼽 아래 검은 반점을 지적했는데 그것이 정확했다고 한다. 그녀는 "판서대감이 옷고름을 풀기에 얼마 전 영상 대감과 관계를 가졌다고 하자 대감은 숙부와 조카 사이 서로 통하는 것도 나쁘지는 않다."며 몸을 취하지 않았느냐고 얼굴을 똑바로 들고 이조판서 정효문을 쳐다보니 그가 얼굴을 들지 못했다고 한다.

그래서 백성들 사이에서는 "지체 높은 양반들은 상하좌우 모두 구분이 없이 놀기를 좋아한다."는 비아냥거림도 들렸다. 이 사건은 두 달 동안 조선 사회를 들썩이게 했다. 지도층들은 이제 유감동의 입을 서둘러 막고 빨리 사건을 종결시키고자 했다. 하지만 문제는 유감동이란 여인의 신분이었다. 그녀는 이미 남편이 버린 여자로 스스로 창기(娼妓) 행세를 하였지만 관리들이 창기와 간통을 하고 다닌 것은 창기에게 죄가 있는 것이 아니라, 관리들에게 죄가 있다는 주장이 설득력을 얻고 있었다.

유감동이 원래 창기는 아니었고, 유감동이 최중기와 부부의 연을 맺고 있을 때 그녀를 최초로 건드린 김여달이란 사내 때문에 몸을 아무렇게나 버린 것이다. 김여달이 유감동을 길에서 만나 유감동의 용모에 반해 수작을 걸다가, 몸수색을 한다는 핑계로 그녀를 으슥한 곳으로 끌고 가 옷을 벗기고 강제로 강간을 하였다.

김여달에게 몸을 버린 유감동은 스스로 창기처럼 행동하면서 오히려 사내들을 건드리고 다녔다. 정조를 빼앗긴 유감동은 스스로 몸이 달아, 밤에 잠자리에서 남편과 함께 자다가 소변을 본다는 핑계로 방을 빠져 나와 김여달에게 달려가 욕정을 풀었다.

김여달로 인해 후끈 달아오른 유감동은 계속해서 일어나는 성욕을 참지 않고 여러 남자들을 만나 해소한다. 다음은 유감동과 관계한 사내들의 명단이다. 공조판서 성달생, 간관 유승유, 행수 이견수, 이곡과 그의 장인 최문수 등은 의금부에서 모두 유감동과 한 차례 이상 간통한 사실을 털어 놓은 자들이다.

또한 호군 전유정, 행사직 주진자, 진해현감 김이정, 급사 이효례, 부령 이수동, 별시위 송복리, 길주판관 안위 등은 간부의 집이 아닌 길거리나 혹은 날짜를 정해 산 속에서 유감동을 만나 성욕을 채웠다. 황치신 같은 인물은 관청 앞으로 지나가는 유감동을 불러 사람이 덜 다니는 길가로 유인하여 간통하였는데 나중에 그녀의 신분을 알면서도 계속 사통하는 사이가 되었다.

그런데 간통한 자들이 자꾸 밝혀지자 그들을 처벌하는 수위도 고민이었다. 그녀가 창기였다면 창기와 잠을 잔 것은 보통 사람은 처벌 대상이 아니지만 관리는 장(杖) 60대를 맞게 돼 있다. 그런데 유감동은 이혼을 당한 명문가 자녀였다. 최중기에게 공식적으로 이혼을 당한 여자였기에 유감동을 창녀로 보는 사람들이 많았다. 만약 유감동을 창녀가 아닌 양반가 자손으로 본다면 그녀와 간통을 저지른 사내들은 그 죄가 무척 무거워진다.

'양반가 여자를 유혹하여 간통을 하거나 강간을 한 자는 장 1백 대,

강간을 했을 때는 교형에 처해진다.'

그런데 도성에서는 유감동을 연민의 눈으로 바라보는 백성들이 많았다. 못된 사내에게 강간을 당해 남편에게 버림받은 여자가 살아 갈 수 있는 유일한 길은 스스로 음부(淫婦)의 길을 택한 것이니 그녀의 미모에 반해 친족 간 부끄러움도 모르고 간통을 한 사내들이 더 문제라는 시각들이 백성들 사이에 널리 형성되었다.

짐승 같은 사내들이 더 문제다

변상동이란 자는 이승이 유감동을 첩으로 거느리고 살 때 몰래 훔쳐 간통하였고 이돈은 이승의 아들인데 그도 자주 그의 아버지 집에 드나들면서도 그녀와 간통하였다. 그러므로 이승과 이돈은 부자간에 예의가 말이 아니었다. 또한 이곡과 최문수도 역시 장인과 사위 사이인데 유감동을 함께 취한 인간 이하의 행동들을 했다.

또한 이효량은 친척이라 하지만 처남의 처를 간통했으니 그것이 사람이 할 짓이 아니었다. 이효량은 이화영의 아들이며 일찍이 최식의 사위가 되었는데, 최식의 아들 최중기가 바로 유감동의 남편이다. 유감동이 음란하여 이효량과 사통하였는데 이효량은 나중에 아내 양씨가 첩을 너무 투기한다 하여 길가에서 구타하여 사람들이 비난받았다. 권격은 고모부인 이효례가 일찍 간통하고 있는 것을 알면서도 서로 간통하고 있었다.

판결을 어떻게 해야 할지 왕은 오랫동안 고민을 했다. 그리고 일단 유감동과 관계를 가진 신분이 가장 낮은 자들은 모두 곤장 40대에서 60대로 서둘러 마무리했으나 친족 간 한 여인을 놓고 간통을 저지른 관리들이 문제였다.

논란은 대개 두 가지였다. 길거리에서 몸을 파는 창기를 누가 언제 건드렸는지 어떻게 아느냐. 그러니까 부자간에 혹은 숙질간의 간통이라도 그것은 피치 못할 잘못이니 처벌하지 말자는 주장이 있었고, 다른 한편에서는 비록 거리에서 몸을 파는 여인이라도 삼강오륜이 엄연히 서 있는 사대부가 중심인 나라에서는 도덕을 최우선 가치로 삼아야 한다며 모두 죄를 엄하게 줘야 한다는 주장이 팽팽히 맞섰다.

사건의 주인공 유감동도 참형을 해야 한다는 것과 김여달에 의해 억지로 몸을 버린 뒤 창기로 변해 스스로 몸을 함부로 굴린 것이라 유감동을 극형에 처하는 대신 변방 고을의 관기로 삼아야 한다는 주장이 팽팽했다. 우선 왕은 딸을 잘못 키운 죄를 물어 감동의 아버지 유귀수를 고향으로 부처하고 이돈과 이효량, 전수생, 변상동 등은 공신의 후손이므로 맡은 관직을 모두 거두고 외지로 귀양을 보내고 나라에서 받는 여러 녹봉을 없애게 했다.

그리고 주인공 유감동에게는 억지로 몸을 빼앗겨 창기로 살 수밖에 없었던 여러 상황들을 정상 참작하여 목숨은 살려주되 장(杖) 1백 대를 치고 가장 먼 3천리 지역으로 유배를 보내게 했다. 사실 우리나라에서 땅의 넓이로 3천리나 되는 거리는 없다. 그만큼 먼 곳으로 보내라는 지시인 것으로 보아 그녀가 유배 간 곳은 아마도 남해 끝자락은 되지 않았을까?

당시 부녀자들을 겁탈하여 자살하는 사례 많아

유감동 사건을 일단락 지었지만 연일 그 사건에 대해 더 강한 처벌을 요구하는 상소들이 줄을 이었다. 상소를 올리는 사람들은 지금 도성에서 부녀자들이 몸을 더럽혔다는 이유로 목숨을 끊었다는 사건들이 많은데, 이 간통 사건을 가볍게 처리하면 또 다른 유감동이란 여자들을 만들 수 있다는 게 대개 내용들이었다.

또한 어떤 사람은 "낮에는 도덕과 윤리를 강조하던 사대부들이 밤이 되면 다른 문화를 만들었던 것이고 마음에 드는 첩이 있으면 서로 가지려 싸움박질 했던 양반 문화를 반성하자."는 이야기도 있었다. 당시 유감동 사건에서 볼 수 있듯이 "도성에 반반한 창녀가 있어 먼저 취한 자가 임자이다."라는 소문이 돌아 저 밑바닥 수공업자에서부터 영의정과 그들 자제들까지 걸신들린 자들처럼 유감동을 취해 이런 일이 벌어졌다고 지도층들의 도덕성을 비난하는 이야기들이 백성들 사이에서 널리 퍼졌다.

또한 유감동 사건에서 정조를 빼앗기고 남편에게 버림받은 여인을 어떻게 할 것인가도 문제였다. 실록에 보면 세종 연간 간통 사건은 그 수에 있어 다른 어느 시대보다 많았다. 강간 사건은 보고조차 되지 않고 묻히는 경우가 많았다. 유감동이 창부로 살아간 것은 먹고 살기 위해 어쩔 수 없었던 선택이었다. 그래서 그녀를 죽이지 않고 먼 지방으로 유배를 보낸 것이다.

사회적으로 도덕적 잣대가 엄중해지면서 간통은 남성들보다 여자들의 책임으로 생각하는 경향이 강해지기 시작했다. 실록에 보면 세종 13년 7월, 대사헌 신개는 성대한 행사가 있을 때 부녀자들이 거리낌 없이 거리를 나다니는 것을 막아 달라는 상소를 올렸다. 이로 미루어 당시 여성들은 바깥출입이 자유로웠으며 남편 이외에 다른 남자를 만날 수 있는 상황이 자주 연출된 듯하다.

다른 기록을 살펴보면, 세종 31년, 사간원 상소 중에 이런 내용도 있었다.

　"부인들은 바깥에서 할 일이 없는데 술과 고기를 준비하고 공공연하게 모여 유희를 즐기며 풍속(風俗)을 어지럽히고 있습니다. 이를 금하게 하는 법을 만들어야 합니다."

　성종 연간에 완성된 경국대전에는 '사족(양반)의 부녀자가 산간이나 물가에서 놀이잔치를 하거나 유흥을 즐기면 장 1백 대에 처한다.'는 법조문을 만들어 여성들의 외부 출입을 억제하였다. 이렇게 해서 조선의 여인들은 중국 여인들처럼 도망을 가지 못하게 전족을 신기게 한 것처럼 법으로 완전히 여자들을 구속한 것이다.

스와핑을 하던 자매,
누구의 자식인가?

한 집안에서 자란 언니와 동생이 서로 파트너를 바꾸며 성 스캔들을 일으킨 것으로 보아 '어리가 사건'은 당시 지배층의 성적 문란함이 어느 수준인지 짐작하기에 충분했다.

1433년(세종 15년) 12월 4일, 의금부에서 올라온 보고서 한 장이 왕의 심기를 어지럽혔다.

"유감동을 전하의 넓으신 아량으로 살려주니 그와 비슷한 사건이 지금 도성을 어지럽히고 있습니다. 양반가 아녀자인 어리가(於理加)라는 여인이 남편이 죽은 뒤에 상복을 입고 거리를 마음대로 다니며 여러 사내들과 음탕한 짓을 하고 있으니 엄히 다스려야 할 듯합니다."

왕은 즉시 사실을 확인하게 하였고, 조사 결과 어리가는 별시위 이진문의 아내임이 밝혀졌다. 그녀는 병조참판 이춘생의 딸로 상중에 상복을 착용하고 도성을 무시로 드나들며 함부로 음란한 행동을 하고 많은 사내들을 희롱한 죄가 인정된다는 것이었다.

다음 날 사간원에서는 고위 관료의 딸 문제이지만 풍속을 해치는 것이 위중하여 어리가를 엄중하게 다스려야 한다는 상소가 올라왔다. 사간원의 상소는 다음과 같다.

"이제 법이 엄히 중해 남녀 유별함이 뚜렷한데, 어리가 여인은 이런 풍속을 해치고 있습니다. 작금의 현실은 양반 부녀자들이 출입을 할 때도 얼굴을 가리며, 포장 없는 가마를 타지 못하게 하였는데, 대낮에 여러 남자들과 음란한 행위를 하여 나라의 기강이 말이 아니니 그녀를 잡아 엄히 다스려야 합니다."

유감동 사건 이후 확실히 여인들의 바깥출입을 엄격히 제한하는 조치들이 취해졌는데, 그런 사회 분위기를 비웃듯 병조참판 이춘생의 딸, 어리가는 남편과 사별한 뒤 부사정 이의산, 일반백성 허파회와 통간을 했고, 또 그녀의 동생은 정거효의 아내인데, 그녀도 문사란 자와 통간을 한 사실이 드러났다는 것이다.

사간원의 주장은 6년 전 유감동 사건에서 양반가 여자가 사대부 사내들을 희롱하여 세상을 떠들썩하게 했는데, 그때 유감동을 살려주고 지방 관기로 보낸 것이 너무 약한 처벌이라 이런 일이 또 일어났다는 지적이었다. 충격적인 것은 두 자매가 서로 파트너를 교체하면서 성관계를 가졌다는 사실이다. 사건을 자세히 조사하니 먼저 남편을 잃은 정거효의 아내가 사대부 사내들에게 창기처럼 몸을 팔았는데, 이어 언니 어리가가 남편이 죽자, 상복을 입고 동생과 함께 여러 사내들에게 몸을 주었다는 것이다.

그런데 문제는 조사를 하면 할수록 유감동의 사건처럼 꼬리에 꼬리를 물고 사대부 이름이 자주 거론되었다. 왕은 어리가를 해진에 안치시키고 허파회를 영북진에 보내 군사로 충원하게 하고 이의산을 기장에 안치시키게 했다. 정거효의 아내와 문사라는 자의 간통 사실은 확인된 바 없다고 결론을 내렸다.

그러나 3일 뒤 사간원에서는 상소 한 장이 접수되었다. 내용은 어리가를 사형에, 이의산을 지방에 내쫓아야 한다는 주장이었다. 상소자의 주장은 이랬다.

"어리가 문제는 유감동을 가볍게 처리해서 일어난 일로 지금 사대부 여인들이 남편을 잃으면 아무 사내에게 몸을 주고 하는 일이 너무 자주 벌어지니 엄하게 처벌을 해서 다시는 유감동과 같은 여인이 생기지 않도록 해야 합니다."

또한 이의산과 허파회 모두 간부이며 동일한 범죄자인데, 허파회은 장형을 맞고 먼 지방으로 보냈지만 이의산은 왕실 친척이란 이유로 매 한 대 맞지 않고 그저 아비의 병이 중하다 하여 그냥 한양에 있는 것은 법을 적용함이 공평하지 않음이라 이를 바로 잡아달라는 지적이었다.

왕은 다음 날 황희, 맹사성 등 대신들과 도승지 안숭선을 불러 교지를 전달했다.

"최근 일련의 간통 사건들은 관료들의 정신적 해이함에서 오는 것이다. 그렇지만 어리가 여인과 관계된 자를 모두 잡아다 국문을 열면 나라는 다시 유감동 때처럼 더러운 이야기들로 시끄러울 수 있으니 이 정도로 끝냈으면 한다."

왕의 이 전교를 받고 생각해 볼 수 있는 내용은 어리가 자매의 성 스캔들이 다시 유감동 사건만큼이나 조정을 시끄럽게 하고 있음을 알 수

있다. 어리가 자매는 남편이 죽고 과부가 된 몸으로 왕실 사내들은 물론 평민의 사내들과 통정을 하면서 간음을 일삼았다는 것이 사건의 내용이었다.

왕은 더 이상 이 문제가 다시 시끄럽게 확산되는 것을 원하지 않았다.

"남녀 간의 넘쳐나는 애욕을 꼭 때려서 잡을 일이 아니고 교화로 이를 막을 방안을 마련해야 한다. 지금 나라 안의 성 풍속의 문란함은 혹독한 벌로 다스릴 것이 아니라 교화로 풍속을 순화시켜야 한다."

세종실록을 찬찬히 살펴보면 700건 이상의 간통 사건을 왕이 관계한다. 세종 집권 31년 6개월 동안 계속해서 터져 나오는 간통과 강간 사건은 어느 시대보다 넘쳐났다.

왕의 전교를 받고 황희는 정거효의 아내도 법대로 처리해 달라고 하였으나 왕은 아무런 반응을 보이지 않았다. 왕은 정거효의 아내의 불륜은 "증거가 불충분하고 다른 사람에게 모함을 받은 것 같다."며 그에 대한 죄를 불문에 부쳤다.

세종 임금은 이런 반복되는 간통 사건의 처리 때문에 골머리를 앓았다. 유감동 사건 이후, 금동과 동자가 사촌 오빠와 간통을 저지른 일, 안영의 부인이 고종사촌과 간통한 일, 소근소사라는 여인이 양아들 변득해와 간통을 해서 임신케 한 일, 이 모든 일들이 근친상간이란 중형의 범죄를 저질렀다. 하지만 왕은 관대하게 처벌을 내렸다.

어리가 사건 2년 전에 일어났던 소근소사 여인의 간통 사건은 이 여인이 양아들 변득해와 간통을 한 일인데, 왕은 간음 현장에서 걸리지 않은 사내는 그 증거를 명확히 할 수 없으니 처벌할 수 없다고 했다. 그러나 여자는 임신한 것이 있으니 그 증거로 삼을 만하다며 여인에 대해서 중형을 구형했다.

특히 당시 근친 간의 간통 사건은 근친이라는 이유로 한 가정에서 남녀가 함께 기거한 것도 이유였고, 고려시대 근친혼의 구습이 남아 있어 그런 것이라고 왕은 판단하고 있었다. 왕은 사건이 점차 크게 번지자 더 이상 확대하지 않고 밝혀진 인물들만 가볍게 처리하려 하였다.

어리가 사건에서 왕은 양반의 윤리 교과서 『소학』에 있는 내용을 언급하면서 남녀의 접촉은 되도록 금해야 한다고 주장했다.

"남자와 여자는 제사나 상사가 아니면 그릇을 주고받지도 않았다. 만약 피치 못해 서로 그릇을 건네야 하는 경우에는 남자가 땅에 그릇을 놓은 뒤에 여자가 가져갔다. 절대 직접 건네서도 안 된다고 가르치고 있다. 이는 바로 남자와 여자의 접촉이 정욕의 씨앗을 낳기 때문에 그런 것이다. 그래서 선왕은 여자들이 외출을 할 때는 장옷을 걸치고, 길을 걸을 때는 반드시 남녀가 서로 다른 길을 가라고 하였다."

사관의 논평이 재미있다.
"하지만 세상의 절반은 남자이고 세상의 절반은 여자인 사회에서 절반을 어떻게 감출 수 있는가."

남자에게 혹(惑)하는 것이
좀 심할 뿐입니다

사람들이 자못 어을우동의 어미 정씨(鄭氏)도 음행(淫行)이 있을 것을 의심하였는데, 그 어미가 일찍이 말하기를, "사람이 누군들 정욕(情慾)이 없겠는가? 내 딸이 남자에게 혹(惑)하는 것이 다만 너무 심할 뿐이다." 하였다.

　　1480년(성종 11년) 6월 13일, 왕은 태강수(효령대군의 손자) 이동(李소)이 버린 박씨를 방산수(세종대왕의 손자) 이난(李灡)이 간통한 것이 사실인지를 확인해서 보고하라고 지시했다. 이렇게 해서 그 유명한 어을우동 사건의 전모가 밝혀지기 시작한 것이다.

　　당시 도성에서는 어을우동에 대한 소문이 파다하게 퍼져 있었다. 그녀는 본시 양갓집 자녀로 성은 박씨요, 왕족 태강수의 아내였으나 소박을 맞은 뒤 수십 명의 고위 관료들과 어울려 난잡한 성관계를 가졌으며 관계한 남자들의 몸에 문신을 새겼다. 왕도 그녀와 관계를 가져 폐비 윤씨가 왕의 얼굴에 상처까지 입힌 것이다.

어을우동 사건은 성종의 정비 윤씨가 폐비된 사건과 맞물려 이상한 소문까지 부풀려 왕에게 보고가 되었다. 왕의 지시를 받은 도승지는 곧바로 의금부에 국청을 열고 관련자 모두를 잡아들였다.

며칠 뒤 좌승지 김계창이 어을우동을 잡아 문초한 그간의 내용을 보고했다. 그는 어을우동이란 여인은 어떤 여인이고, 그가 어떤 자들과 간통을 벌였는지를 상세하게 보고했다.

"어을우동 박씨가 처음에는 은장이와 간통하여 남편의 버림을 받았습니다. 남편이 지방에 출타 중인 사이 은그릇을 팔러 왔던 은장이가 박씨와 눈이 맞아 부엌에서 그 일을 하였고, 남편이 없는 사이 그 자를 끌어들여 간통을 저지르다 남편에게 들켜 쫓겨난 것입니다. 그런데 소문에는 그 어미 역시 노복과 간통하여 남편에게 버림받은 사살이 있다고 합니다."

왕은 어을우동이 누구의 딸이냐고 물었다. 그러자 좌승지가 보고했다.

"어을우동(於乙宇同)은 바로 승문원 지사 박윤창의 딸입니다. 처음에는 태강수 이동에게 시집갔습니다."

왕은 처음 불륜을 저지를 때 두 사람은 화간을 한 것이냐고 물었다. 그러자 좌승지 김계창이 대답했다.

"은기를 만드는 은장이가 평소 박씨의 미모에 반해 흠모를 하다 두 사람이 뜻이 맞아 화간을 한 것입니다."

"그럼 그들은 어떤 식으로 간통을 저질렀나?"

"남편이 없는 날에 박씨는 은장이에게 계집 옷을 입혀 남편이 없는 방에 들여 옆에 끼고 놀았으며 그러다 남편에게 발각되었다고 합니다."

그 뒤의 일을 좌승지 김계창은 줄줄이 이어서 보고했다.

"친정으로 쫓겨 온 어을우동은 홀로 앉아 탄식하고 있는데 계집종이 위로하면서 '사람이 살면 얼마나 사신다고 이렇게 탄식만 하고 있습니까? 젊음을 즐겨야지요. 마님의 미모로는 충분히 사내들에게 사랑을 듬뿍 받을 것입니다. 도성에서 잘생기고 멋진 사내 오종년과 사귀어 봄이 어떨는지요?' 라고 꼬드겼답니다. 여종은 '오종년은 사헌부 관리로 용모도 수려하고 태강수 영감마님보다 월등히 나아요. 신분도 그만하면 아씨와 잘 어울릴 사람이니 어떻게 제가 다리를 한 번 놓아 볼까요?' 라고 했답니다. 그렇게 해서 오종년을 알게 된 박씨는 그를 통해 다른 사대부 자제들을 알게 되었으며 서로 트고 지낸 것입니다."

왕은 왕실 사람들은 어떻게 트고 지냈냐고 물었다.

"방산수 이난과 정을 통한 것은 전후 사정으로 보아 박씨의 의도된 행동인 듯합니다. 박씨가 어느 날, 화려한 기녀 복장이 아닌 평범한 아낙네들의 옷을 입고 방산수 이난의 집을 나타났습니다. 마침 그때 방산수 이난이 그녀 앞을 지나자 그의 눈을 마주보고 미소를 날렸답니다. 이에 정신이 나간 이난은 박씨를 쫓아 그녀의 집까지 왔고, 그 날 바로 통간을 했다고 합니다. 그리고 욕정을 푼 이난의 팔뚝에 박씨는 '어을우동(於乙宇同)' 이란 네 글자를 남겼답니다. 이때부터 그녀의 이름이 어을우동으로 한양에 소문이 나기 시작했습니다."

"그럼 그년하고 간통한 자들은 모두 팔뚝에 그 글이 있단 말이냐?"

"아닙니다. 이난은 팔뚝이지만 어느 사내는 엉덩이에 또 어느 사내는 등에 그런 은밀한 징표를 문신으로 새겼다고 합니다. 문신을 새기고 그녀는 '이것은 우리의 사랑을 나타내는 징표입니다.' 라고 했다 합니다."

단옷날 그네를 뛰며 사내들을 유혹하다

한 번 사내의 몸을 알게 된 어을우동은 본격적으로 사내 사냥에 나섰다. 우선 그녀는 왕실의 남자들을 자기 남자로 만들었다. 태강수 이동에 대한 복수였을까? 방산수 이난을 계획적으로 유혹했던 것을 보면 어을우동 마음에는 왕실 남자들에 대한 복수심이 자리한 듯하다.

봄바람이 살랑대던 단옷날 어을우동은 화장을 짙게 하고 도성 서쪽에서 그네를 타고 있었다. 열여덟 성춘향도 아닌 박씨가 자극적인 분을 바르고 그네를 뛰면서 낚시에 걸려들 남자들만 기다리고 있던 그 시각 어을우동에게 드디어 수산수(守山守) 이기(李驥)가 걸려들었다.

궁금한 점은 우연한 것이었을까, 아니면 이기를 유혹하기 위한 계획적인 접근이었을까 하는 점이다. 다음 진행 상황을 보면 그녀가 계획적으로 접근했다는 추측이 신빙성이 있어 보인다. 수산수 이기는 단번에 어을우동의 자태에 반해 그네를 타던 어을우동 옆에 있던 계집종에게 묻기를, "뉘 집 여자냐?"라고 묻자 "내금위(內禁衛)의 첩(妾)입니다."라고 대답하였다.

이에 수산수 이기는 이 여종에게 "아무 일 아무 곳에서 만나자."고 약속을 하였다. 방산수 이난과 수산수 이기는 어을우동에게는 시아주버니뻘 되는 종친들인데, 어떻게 이 일이 가능했을까? 추측컨대, 위 대사는 사실 방산수 이난과 수산수 이기가 서로 모르는 가운데서 어을우동을 취했다는 알리바이를 만들기 위해 꾸며낸 이야기인 듯하다.

그때 내금위 구전(具詮)과 어을우동은 담장을 사이에 두고 살았는데, 하루는 어을우동이 집 정원에 있는 것을 보고, 성욕이 발동한 구전이 담을 뛰어넘어 어을우동을 취한 것이다. 내금위는 세종 때부터는 5품 이하의 자재들 가운데 무술이 뛰어나고 용모가 단정하고 키가 큰 자를 뽑아 조직했다는 것으로 봐 구전의 용모는 수려했을 것으로 보인다.

성균관 학생들도 유혹하다

어을우동은 조정의 전도유망한 젊은 관리들에게 유혹의 손길을 내밀기 시작했다. 우선 대궐의 의료 행정 전반을 관장하던 전의감 생도 박강창이 어을우동 집에 들러 그녀와 종을 파는 일을 의논하다가 그녀의 미모에 반해 대화를 나누다가 간통을 하였고, 일이 끝나자 어을우동은 이 사내에게 역시 팔뚝에 자신의 이름 '어을우동(於乙宇同)'을 새겼다.

생원 이승언도 일찍이 집 앞에 있다가 어을우동이 걸어가는 것을 보고, 그 계집종에게 묻기를, "지방에서 뽑아 올린 새 기생이냐?"라고 하니 계집종이 "그렇습니다."라고 하였다. 이승언이 뒤를 따라가며 희롱도 하고 말도 붙이며 그 집에 이르러서, 방(房)에 들어가 비파를 보고 가져다가 탔다. 어을우동이 이름을 묻자 대답하기를, "이생원이다."라고 하였다 한다.

어을우동이 말하길 "장안에 이생원이 어디 한 둘입니까?"라고 하자 이승언이 대답하길 "춘양군의 사위 이생원을 모르느냐?"라고 하자 곧바로 어을우동이 사내를 침실로 끌어들이고 곧바로 교합을 가졌다고 한다. 춘양군(春陽君)은 바로 효령대군의 손자였기에 그녀가 서둘러 관계를 가진 것이다.

그녀의 왕실에 대한 깊은 원한을 아주 잘 보여주는 대사다. 밀성군(세종의 후궁 신빈 김씨 아들)의 종 지거비도 어을우동을 취했는데, 어을우동 말로는 자기가 당했다고 고하지만 여러 정황으로 보아 밀성군을 유혹하려다 실패하자 그 집 노비 가운데 가장 잘 생긴 종을 취한 듯하다.

어을우동은 어느 날 새벽 어디를 가려고 집을 나섰는데, 지거비가 갑자기 나타나 "부인께선 어찌하여 밤을 틈타 나가시오? 당신의 음행을 내가 떠들면 큰 옥사(獄事)가 일어날 것이오." 하여 스스로 그의 입을 막으려고 집으로 끌고 들어와 몸을 주었다고 고백했다.

이후 지거비는 어을우동이 원하지도 않는 시간에 불쑥불쑥 나타나 그녀 몸을 취하곤 했다 한다.

성균관의 유생 대표 학록(學錄) 홍찬(洪璨)도 성균관 입학이 확정되어 지방에 올라와 한양 이곳저곳을 구경하다 길에서 우연히 어을우동을 만났는데, 홍찬의 말로는 그녀가 자기를 유혹하려고 옷소매로 슬쩍 얼굴을 건드렸다고 한다. 이에 정신을 잃은 그가 며칠 뒤 그녀의 집을 알아 두었다가 스스로 찾아와 간통을 하게 되었다고 실토했다.

이근지(李謹之)란 자는 어을우동과 이웃한 평범한 백성인데 어을우동이 음행(淫行)을 좋아한다는 소문을 듣고 간통하려고 하여 직접 그의 문에 가서 거짓으로 방산수가 심부름 보낸 사람이라고 말하니, 어을우동이 나와서 이근지를 보고 문득 붙잡고서 통간을 하였다. 이건 이근지의 주장이고 어을우동은 그가 강제로 강간을 했다고 주장하였다.

왕까지도 연루되었다는
소문 돌아

어을우동 사건은 조선 최대 성 스캔들 사건이다. 야사에서는 성종 임금도 어을우동과 연애를 즐겼다고 하는데, 밤마다 도성의 유곽을 돌며 연회를 즐겼던 성종, 그래서 아내에게 손톱으로 얼굴을 할큄을 당하기까지 했던 그가 어을우동과 무슨 관계가 있지는 않았을까?

조사가 진행되면서 왕은 판결에 영향을 줄 수 있는 발언들을 쏟아냈다.

"어유소는 방산수 무고에 의해 나온 것이니 국문할 수 없다."

어유소가 누구인데 왕이 그를 두둔했을까? 어유소는 어득해의 아들로 공신의 자제다. 이시애 반란을 진압하여 어득해 집안에 대한 왕실의 깊은 애정이 있었다.

어유소는 이때 어을우동의 스캔들에 연루되었지만 왕이 그를 아끼는 마음에 연루 의혹을 직접 부인하고 나섰다. 나중에 그는 이조판서까지 오른다. 어을우동의 진술로 보면 어유소는 어을우동과 함께 자고 나서 기쁜 마음에 정표를 남기기 위해 그녀에게 자신이 갖고 있던 옥가락지를 주었다.

　"김칭과 김휘 역시 방산수의 무고에 의해서 이름이 나온 것이니 국문할 수 없다. 방산수는 종친이니 당연히 심문할 수 없다."

　왕은 이미 이 사건이 넘지 말아야 할 선을 넘고 있다고 판단했다. 어을우동의 진술에서 보면 금부도사 김휘는 사직동 길에서 어을우동이 지나가는 것을 보고 반해서 그녀를 끌고 길가 민가에서 방을 하나 빌려 회포를 풀었다. 왕은 김휘 일도 사실이 아니라고 했지만 백성들의 입에서 입으로 전해진 이야기는 모두가 진실이었다.

　방산수 이난은 옥에 있으면서 어을우동에게 "과거 감동이 많은 간부를 끌어들였지만 오히려 중죄를 당하지 아니하였으니 너도 그동안 관계한 사내들을 모두 끌어들이면 중한 죄를 면할 수 있을 것이다."고 말해 그녀는 기억에 있는 남자들 전부를 열거했다. 필요한 경우에는 어을우동의 여종의 기억까지 끌어들였다.

　어을우동은 똑똑한 여인이었다. 자기와 간통을 한 사내의 이름과 특징, 그리고 그의 소속, 그가 어떤 말을 했고, 어떤 과정을 걸쳐 서로 간통을 저질렀는지 아주 소상하게 진술했다. 오히려 너무 자세한 묘사로 사건 기록을 보는 사람들은 마치 야한 책을 읽는 듯했다.

　노공필(盧公弼) 역시 나중에 도승지와 대사헌까지 오른 인물인데, 그의 이름이 어을우동 입에서 나왔다. 노공필의 아버지는 노사신(盧思愼)이다. 세종과는 이종사촌지간이며 경국대전과 동문선, 그리고 동국통감 등을 저술한 훌륭한 학자 출신이다. 노공필은 당시 직제학이란 벼슬을 하고 있었다. 아버지 노사신이 45세에 대제학을 지낸 것처럼 노공필 역시 초고속 승진을 하고 있던 전도유망한 인물이었다. 왕은 그런 노공필 이름이 올라오자 명단에서 그의 이름을 뺐다.

어을우동 사건 이후 대사헌으로 임명되자 다시 대간들의 탄핵을 받았지만 왕은 탄핵을 받아들이지 않았다. 그는 1504년 갑자사화 때 연산군에게 미움을 받아 물러났다가 중종반정에 다시 복귀됐다. 왕은 붉은 옷을 입은 당상관 고위직 인사들이 그녀의 진술로 명단에 오르자, 모두 증거가 불충분하다는 이유로 무혐의 처분을 내렸다. 의금부에서는 대략 사건 관련자들의 형량을 간단히 보고하였다.

의금부에서는 처음에 이들 어을우동 사건에 관련된 자들을 모두 장(杖)형으로 다스리려 했다. 그리고 심한 자들은 유배를 보내려고 했으나 왕은 생각이 달랐다. 왕은 그녀가 살아 있으면 후에 무슨 일이 다시 터질지 모른다고 생각했다. 왕은 어을우동 박씨가 왕실에 갖고 있던 증오심을 눈치채고 있었다.

또 다른 이유는 어을우동 사건이 폐비 윤씨 사건과 백성들이 하나로 보고 있다는 것에 왕은 부담감을 갖고 있었다. 폐비 윤씨가 왕의 얼굴에 상처를 입힌 것은 왕이 대궐을 몰래 빠져나와 어을우동과 잠자리를 한 것 때문이고, 윤씨가 이를 알고 화가 난 나머지 얼굴에 상처를 입힌 것이라고 백성들은 믿고 있었다.

당시 어을우동 사건이 터지기 1년 전에 폐비 윤씨가 친정으로 쫓겨갔으니 시간적으로 딱 맞는 말이다. 백성들은 그때 폐비 윤씨는 임신 중이었는데, 왕이 수시로 사가의 여자들과 바람을 피우다 스트레스를 받아 아이가 낙태되었고 임신 우울증으로 그런 난폭한 행동을 왕에게 했다고 믿고 있었다. 백성들은 폐비 윤씨에 대해 여전히 우호적이고 동정적인 마음들을 갖고 있었다. 실록에는 그 무렵 폐비 윤씨를 다시 궁궐로 입궐시켜야 한다는 소리가 종종 뜻있는 자들의 상소로 나타나고 있었다.

이 사건의 희생자는 오직 어을우동 혼자였다

만약 왕이 어을우동 사건에 연루되었다면, 아니 몸을 섞은 사이가 아니라도 술자리를 함께했을 정도라고 하더라도 나라의 기강을 흔드는 사건임에 틀림없었다. 또한 어을우동이 왕실과 당상관 이상 고위 관료들에서부터 저 밑으로 평민과 종까지 몸을 준 여인이니, 풍속의 문제뿐아니라 양반사회의 자존심을 완전 땅에 떨어뜨린 사건이기도 한 것이다.

사건이 보고되고 거의 4개월 만에 의금부에서는 어을우동을 비롯한 사건 관련자들의 죄질과 형량 등을 논의하였다. 그만큼 이 사건과 관련하여 논란이 심했으며 어을우동은 자신과 관계된 지위고하의 남자들을 모두 실토하는 바람에 사건 처리가 늦어진 것이다.

그런데 유감동의 간통 사건이 일어날 무렵에는 강간을 당한 부녀자들이 목숨을 끊는 사례가 많아 유감동에게 동정심을 유발한 것에 비해 어을우동 사건이 일어날 무렵에는 오히려 한양 사대부 아녀자들이 절간에서 중들과 음행을 저지르던 일들이 자꾸 발생해 어을우동에게 좋지 않은 분위기였다. 마치 시범적 차원에서도 엄벌에 처해야 할 분위기였던 것이다. 왕은 어을우동에게 중형을 내림으로 해서 도덕성이 흔들리고 있던 사회 분위기에 경종을 울릴 희생양이 필요했던 것이다.

처음 의금부에서 올라온 어을우동의 형량은 '장(杖) 100대에, 2천 리 먼 곳으로 부처한다.'는 것이었는데 왕은 법에서 정한 형벌을 무시하고 "죽이지 않고는 날로 풍속이 문란한 현실을 고칠 수 없다."고 주장하였다. 그리고 곧바로 교수형을 명했다.

그러자 사헌부 승지들은 주장하였다.

"태형이나 장형 정도가 옳지 그녀를 죽이는 것은 법률과는 거리가 먼 판결입니다. 아무리 죄가 무겁다 하더라도 죄 이상의 형벌을 내리는 것은 옳지 못한 것입니다."

왕은 서둘러 어을우동을 죽여야 하는 이유를 설명했다.

"지금 풍속이 아름답지 못하여 여자들이 음행을 하는 일들이 자꾸 일어나니, 법으로 엄하게 다스리지 않는다면 풍속이 어떻게 바로 설 수 있겠는가? 어을우동이 자행한 음행은 죽음이 마땅하다."

그리고 사형을 받은 자는 세 번의 재심의를 해야 한다는 관례를 무시하고 판결이 내려진 다음 날 곧바로 어을우동은 형장의 이슬로 사라졌다. 왕은 어을우동 사건에서 숨기고 싶은 비밀이 있었을 것이다. 차츰 백성들은 폐비 윤씨와 연결되어 소문이 번지고 있었고, 이런 분위기는 몇몇 강단 있는 선비들이 문제를 들고 나올 분위기였다.

성종은 흔히 책을 좋아하는 호학의 군주라고 한다. 하지만 그런 그에 대한 평가는 온전히 성리학을 신봉하는 유생들 몫일 뿐, 다른 사람들 입장에서 보면, 특히 조선의 여인들 입장에서 보면 그만한 폭군이 또 없다. 사회 기강을 확립하기 위해 부녀자들의 재혼을 금지하는 법안을 만들었고, 재혼한 집안의 자손은 관리 등용에서 배제시키겠다고 선언했다.

그렇게 해서 성종 이후 조선의 여인들은 남편이 죽으면 자식을 위해 희생하고 자신이 누려야 하는 여성으로의 어떤 권리도 박탈당한 채 남성의 그늘 아래서 살아야 했다. 그래서 성종 이후 조선이란 나라는 남자들만의 나라가 된 것이다.

어을우동 사건은 그녀를 교수형에 처한 후에도 계속적인 여진이 남아 있었다. 어을우동이 건드린 사내들이 워낙 많아 그들이 고위 관리로 버젓이 관직을 수행하다 승진 인사가 나면 대간들의 탄핵 대상에 오르곤 했다.

1483년(성종 14년) 10월 10일, 어을우동이 죽은 지 3년 째 되는 해, 어을우동과 간통한 혐의를 받았던 성균관 학생 대표 홍찬이 승진을 하자 이에 대해 문제를 제기하는 사람이 있었다.

우승지 김여석이 아뢰었다.

"의금부의 추안(죄인을 조사한 기록)에 따르면 홍찬이 어을우동과 간통한 사실이 있다 하는데 홍찬을 승진시킴은 옳지 않습니다."

그러자 왕이 말하였다.

"어을우동의 음행은 말할 수 없는 바로 뜻 있는 선비도 간혹 살피지 못하고 간통하였다. 내가 듣건대, 홍찬은 문무의 재주가 있다고 들었으니 간통한 것이 사실이라도 한때의 실수로 감싸 안고 싶다. 또한 음부 감동이 간통한 자를 많이 불어 사형을 면할 수 있다는 방산수의 말을 믿고 남자들을 많이 끌어들였는데, 사실이 아닌 것도 많이 있었다. 그러므로 음부의 말은 다 믿을 수 없다."

노공필 역시 어을우동과 관련되었음에도 불구하고 사건이 일어나고 4년 뒤 사헌부 수장인 대사헌으로 발탁된 것은 어을우동을 바라보는 왕의 생각이 얼마나 편협한지를 잘 보여 주는 사례인 셈이다. 또한 어을우동 사건의 핵심 인물인 종친 수산수 이기·방산수 이난은 불과 2년도 지나지 않아 석방되었으며 그 밖의 다른 사건 관련자들도 모두 관직에 재임용되었다. 오직 이 사건의 희생자는 어을우동 혼자였다.

그녀가 당시 그토록 많은 사내들을 유혹할 수 있었던 이유는 무엇일까? 그것은 남성이 지배하는 사회에서 대부분의 여성들은 사랑을 그저 수동적으로 받아들였지만, 그녀는 상하를 가리지 않고 도발적으로 남자를 유혹하고 만족을 준 여인이었다. 오히려 그녀는 성을 무기로 양반 사회의 가려진 위선과 허위의식을 조롱하였다. 또한 남편 태강수 이동이 자신을 버린 것에 앙갚음을 갖고 왕실 사내들을 유혹하여 저들이 주장하는 도덕이란 것이 얼마나 허망한 말들인지를 몸으로 보여준 것이다.

왕 역시 백성들의 그런 비난에서 자유롭지 못했다. 아내를 투기한다고 사약을 내린 왕이지만 밤마다 도성 근방의 요정들을 출입하면서 당시 한양에서 가장 요염한 여인이었던 어을우동을 탐하지 않았다고 장담할 수 있을까?

왕이 의금부에 조사 지시를 내린 다음 날, 경회루 아래서
활쏘기 시합을 구경하다 술자리를 베풀었다.
이 자리에 홍윤성을 불러 김한의 집에서 있었던 일을 물으니 홍윤성이 이렇게 변명했다.
"신이 술에 취하여 잘못 들어간 것입니다. 나머지 일은 신이 한 일이 아니고
정신 나간 저의 수족들이 한 일이라 심히 야단을 쳤습니다."

제 4 부

처첩과 기생들을 빼앗고…

여인의 치마폭에 빠진 조선

공신끼리 기생 쟁탈전, 그 기생을 왕이 취해

가희아는 나중에 가이 옹주로 불렸는데, 언제 태종의 눈에 띄어 옹주로 봉해졌는지 알 수 없지만 이미 가희아는 많은 종친과 공신들의 표적이 되어 있을 만큼 미모와 재주가 뛰어난 기녀였다.

1407년(태종 7년) 12월 2일, 한양의 도심 한복판에서 두 명의 장수가 부하들과 함께 전쟁터 같은 싸움을 벌이고 있었다. 한낮에 벌어진 이 싸움의 이유를 사람들은 알지 못하고 숨어서 구경을 했는데, 나중에 알고 보니 기생 '가희아'를 놓고 벌이는 싸움질이란 소리를 듣고 쓴 웃음을 짓는 사람들이 많았다. 왕은 이 대낮에 벌어진 도성 난투극에 연관된 대호군 황상을 파직시키고, 갑사 양춘무 등 네 사람을 수군에 편입시켰다.

다음은 이날 벌어진 난투극의 전개 과정을 기록한 것이다.

황상은 기생 가희아를 첩으로 삼고 있었는데, 총제 김우 역시 가희아와 정을 나눈 사이였다. 사건이 시작된 것은 12월 1일, 가희아가 궁궐 잔치에 불려갔다가 잔치가 끝난 뒤 대궐을 나와 황상의 집으로 가던 중에 싸움이 벌어졌다. 어두운 밤 김우는 자기 부하 30여 명을 시켜 가희아를 납치하려 했다가 실패한 적이 있었다. 그런데 납치가 실패로 돌아가자 김우의 병사들은 황상의 집을 포위하고 김우의 부하 갑사 나원경, 고효성 등이 곧장 황상의 안방에 들어가 가희아를 찾았으나 찾지 못하고 가희아 옷만 가지고 돌아갔다.

다음 날 일찍 김우는 다시 수하 군사들을 보내 이번엔 가희아를 납치하는 데 성공했다. 그런데 황상이 말을 타고 쫓아오자 김우가 즉시 부하인 갑사 양춘무 · 고효성 · 박동수 등 30여 명의 수행 병사들을 출동시켜 황상과 몽둥이를 들고 대낮에 거리 한복판에서 싸움이 벌어진 것이다.

자, 다음은 대낮에 기생을 놓고 전쟁 같은 싸움을 벌인 이들의 면면을 알아 볼 필요가 있다. 우선 황상은 아버지 덕을 톡톡히 본 인물이다. 그의 아버지 평해군 황희석은 태조 이성계에게는 생명의 은인이었다. 이성계와 비슷한 연배로 요동 정벌에 함께 참여했던 고려 시대 장수로 1392년 3월 이성계가 말에서 떨어져 위기에 빠져 있을 때, 군사를 보내 그를 지켜주었다.

그리고 정몽주가 이성계를 제거하려 할 때 그를 탄핵한 인물도 바로 황희석이었다. 황희석은 조선 개국 최고 공신 44인 가운데 한 명이었다. 황희석이 1394년 병이 들어 죽음을 기다릴 때 이성계는 동생 이화를 보내 그의 곁을 지키게 했고, 그가 죽었다는 소식에 며칠 동안 정무를 보지 않고 슬픔에 잠겨 있었다. 그런 아버지 덕분에 황상은 조선이 개국하고 바로 무관의 높은 관직까지 오를 수 있었다.

하지만 황상은 이성계가 왕의 자리에서 물러나자 천덕꾸러기 공신의 자제라는 별명을 듣게 됐다. 한때 세자 양녕에게 매사냥 하는 법을 가르치다 태종에게 꾸지람을 듣고 관직을 빼앗긴 적도 있었다.

반면 김우는 어떤 인물인가? 김우는 압록강 부근 강계만호 김영비의 아들이다. 그는 무술은 뛰어나지만 글을 전혀 몰랐던 인물이다. 특히 칼을 쓰는 솜씨가 타의 추종을 불허했다. 김우는 태조 시절 그렇게 잘 나가지 못했다. 태조 4년, 그는 원래 부인을 내쫓았다는 이유로 관직에서 박탈당하는 일도 있었다. 그런 그가 왕자의 난을 평정하여 태종의 신임을 받고 희천군에 봉해져 그 거만함이 자못 심했다. 그러니까 황상은 선왕 태조 시절 잘 나가던 공신의 자제였고, 김우는 현재 임금 태종의 최 측근 공신이었다.

그럼 가희아라는 여자는 어떤 여자인가? 그녀는 미모도 뛰어났고, 노래를 잘하는 기녀였다. 그래서 대궐 연회에 자주 불려 다녔으며 세자 양녕과 친하게 지내고 있던 황상의 눈에 들어 그의 첩이 된 것이다. 그런데 김우가 가희아의 미모에 반해 그녀를 건드린 것이다.

그런데 실록에는 이들과 관련된 스캔들이 또 기록돼 있다. 황상이 다시 사건을 저지른 것이다. 1428년(세종 10년) 10월 20일, 대사헌 조계상 등이 황상과 이순몽을 탄핵하는 상소를 올렸다.

상소 내용은 대략 이런 내용이다.

황상은 젊어서부터 아첨을 좋아하고 간사하게 자신을 꾸며 그로 인해 벼슬이 높아지자 음탕하고 교만한 행동을 자주 했습니다. 전에 김우와 가희아를 놓고 대낮 혈투를 벌여 백성들의 웃음거리를 제공한 적도 있는데, 스스로 반성하지 않고 다시 이순몽과 기생을 놓고 쟁탈전을 벌이니 이제 늙어 노망이 대단합니다. 또한 이순몽 역시 엉뚱하고 약간 정신이 이상한 자이며 또한 재능도 없는데 다만 제2차 왕자의 난을 평정한 공으로 영양군에 봉해졌던 공신 영양군 이응의 양자가 되어 벼슬이 높게 이르렀습니다. 그런데 자중하는 마음이 없고, 여자들을 욕심내 평민 복장을 하고 사람들의 시선을 피해 황상의 첩을 도둑질하려다가 걸려 머리를 깎이고 옷이 벗겨지는 수모를 당했으니, 한 나라의 공신들이란 자들이 하는 행동이 이게 뭐란 말입니까? 그런 부끄러운 일을 하고도 뻔뻔하게 낯을 들고 조정에 입궐하니 다른 사람들이 오히려 부끄러워 할 따름입니다. 또한 문제의 그 여자를 집에 애지중지 모셔 놓고 있으니 그녀가 어떤 여자라는 것은 왕께서도 잘 아시지 않습니까?

임금 상소문을 읽다 불쾌감을 느끼다

이 상소로 미뤄 볼 때 황상과 이순몽이 다시 기생 때문에 치고받고 싸움질을 했고, 이순몽이 황상의 무리들에 붙잡혀 머리카락이 잘리고 옷이 찢기는 수모를 당한 것이다. 그런데 왕은 이 사건을 상소한 내용을 읽다가 갑자기 불쾌한 말이 있어 상소문을 연명으로 올린 자들, 대사헌 조계생과 집의 안숭선, 그리고 장령 송포와 조서강, 지평 김경 등을 의금부에 가두라고 명했다.

그럼 상소에 실린 말 가운데 왕의 심기를 불편하게 한 말이란 과연 무엇인가? 그것은 앞서 황상과 김우가 서로 다툰 첩이 바로 창기(娼妓)

가희아였는데 다시 태종이 그녀를 후궁으로 맞이하여 '백성들의 비웃음을 샀다' 는 대목이 바로 그것이었다.

그래서 왕(세종)은 이 사건을 연명으로 같이 상소한 장령과 지평 등을 의금부에 가둔 것이다. 태종 7년 황상과 김우가 기생 가희아를 놓고 싸움질을 벌였고, 왕은 그녀에게 공신들의 싸움을 유발한 죄인이라고 장 80대를 치게 했다. 그런데 7년이 지난 뒤 왕(태종)이 그녀를 슬그머니 취한 것이니 백성들 사이에서 웃음거리가 될 수밖에 없다는 뜻이 상소에 담겨 있던 것이다.

가희아에 대해서는 정확한 기록이 별로 없다. 원래는 보천(甫川, 지금의 경북 예천) 출신 기생이었는데, 워낙 노래와 춤을 잘해 한양으로 발탁된 듯하다. 그녀가 왕의 여자가 된 것으로 보여지는 실록의 기록이 짤막하게 실려 있다.

'1414년(태종 14년) 1월 13일 가희아를 왕이 사랑해 혜선옹주 홍씨로 삼다.'

그리고 다시 14년 뒤인 1428년 이순몽을 탄핵하는 대사헌 상소문 가운데 이런 일로 백성들의 비웃음을 샀다는 말에 왕(세종)은 아버지를 욕하는 자들이라 판단해 그 상소와 연관된 자 모두를 감옥에 쳐 넣은 것이다.

왕이 아니라 평범한 사람도 아비를 욕하는 것 앞에서는 물불을 가리지 않는 법이다. 그런데 감히 신하된 자들이 연명으로 임금의 아비를 흉보는 일이 있었으니 화가 날 법도 하다. 그런데 실록에 또 자주 등장하는 인물 이순몽이 궁금하다. 이순몽도 황상이나 곽충보만큼이나 대간들에게 간통죄로 탄핵을 자주 당했던 인물이다.

사관은 이순몽의 추문을 자세히 실록에 실었다

이순몽은 1405년(태종 5년) 상호군의 벼슬을 시작으로 1419년(세종 1
년) 우군절제사로 이종무, 우박 등과 함께 대마도 정벌에 나서 큰 성공
을 거두었다. 그의 집안에서 내려오는 전설 하나를 소개하면 그가 젊은
시절 호미로 밭을 갈다가 큰 항아리를 발견했는데, 항아리 속에는 불덩
어리에 푸른 눈을 가진 벽안화귀(碧眼火鬼)라는 귀신이 있었다고 한
다. 이순몽은 이 귀신을 물리쳤고, 그 일이 있은 지 얼마 뒤 무관으로 발
탁되었고, 대마도 정벌에 큰 공을 세워 나라에 이름 난 장수가 되었다.
집안에서 내려오는 이야기니 신빙성 없는 이야기다.

그가 무과에 급제하고 불과 2년 만에 이런 파격적인 관직을 제수 받
았던 것은 왕자의 난으로 공을 세운 영양군 이응(李膺)의 양자로 들어
간 뒤부터다. 그에 대한 사헌부의 탄핵이 자주 있었던 것은 원체 여자
를 좋아하는 면도 있어 간통 사건을 자주 일으킨 것도 있었지만 경기
도, 경상도 등지 막대한 토지를 점유, 재산을 많이 늘렸고 고리대를 하
여 부를 많이 쌓아 백성들의 원성을 많이 받았기 때문이다.

하지만 그가 죽자 그에 따르는 추문들이 잇따라 실록에 기록되었다.
이순몽의 서자 이석장은 1453년(단종 1년) 6월에 아비의 첩이었던 보금
을 간통한 죄로 국문이 열리기도 했다. 하지만 의금부에 잡혀 온 이석
장은 뻔뻔스럽게도 아비보다 먼저 상간하였다고 주장하여 모인 사람
들을 기가 차게 만들었다.

이석장은 결국 투옥된 지 1년 만에 죽었다. 그런데 옥중에 있으면서
같이 붙들려 왔던 아비의 첩인 간부와 간통을 했음이 밝혀져 사람들을

놀라게 했다. 그 간부는 옥중에서 쌍둥이 여자 아이를 낳다가 한 아이가 먼저 나오고 다른 아이는 손 하나만 나오다 낳지 못하고 옥중에서 죽으니 사람들이 말하기를, "하늘의 뜻을 어기면 천벌을 받는다."고 하였다.

1469년(예종 1년) 6월 22일, 실록의 기록은 너무 노골적인 음담패설과 비슷한 영양군 이응의 손녀에 얽힌 세상의 소문을 상당히 상세하게 기록했다. 영양군 이응에게 두 아들이 있었는데, 이순몽과 이계몽 두 사람 가운데 누구의 딸 이야기인지는 밝히지 않았다.

단양군사 남의(南儀) 아내 이씨가 갑자기 죽었는데, 그녀가 바로 영양군 이응의 손녀다. 열 명의 아들을 낳고 갑자기 죽었는데, 세상 사람들이 그녀에 대해 말이 많았다. 그녀는 처음 남편이 너무 못생겨 남편 대접을 하지 않고 살았는데, 그가 갑자기 죽자 과부로 살게 되었다.

그런데 중(僧) 권선이 어느 날 찾아와 보시를 청하자 몸으로 보시를 대신했다. 그 중이 자주 찾아오자, 그 집 종이 하는 말이 "우리 집 주인은 부처를 좋아하는 것이 아니고, 중을 좋아한다."고 하였다. 이씨 집 마을에 향사(퇴역군관)이 늙은 할미 집에 임시로 거처하고 있었는데, 어느 날 중이 찾아와 늙은 할미와 귓속말을 하고 돌아갔다. 그리고 얼마 뒤 늙은 할미가 향사에게 "오늘 중요한 손님이 오시니 자리를 좀 피해 주시오." 하여 그 말을 믿지 않은 향사가 그 집 문 밖 기둥에서 몰래 숨어 있었다.

정말 날이 저물자 초록 장삼을 뒤집어 쓴 여인이 등불을 밝히고 나타났다. 그녀와 같이 온 여종, 그리고 늙은 할미가 등불 아래서 술을 마시고 있었는데, 얼마 지나자 그 할미가 나가고 중이 나타나 등불 아래서 서로의 회포를 푸는 모습을 향사가 지켜보았다. 성격이 괄괄한 향사가 문을 밀치고 들어가 "이 여자는 누구고, 이 중은 누구인가?" 하며 소란을 피우자, 늙은 할미가 나타나 향사의 소매를 잡아당기며 타이르길, "당신이 이 일을 모른 척한다면 귀한 물건을 주겠다."고 말하며 급히 들어가 베(布)를 말에 싣고 나타났다. 그러자 향사가 말을 끌고 그곳을 사라졌다. 이 이야기의 주인공 여자가 바로 이씨였다.

이 여인은 혼자 산 지 몇 년 지나 전 남편 신주를 그 형 집에 돌려보내고 어미에게 "노비들이 혼자 있는 여자라고 무시하고 어떤 놈은 자꾸 겁탈하려 하니 이를 어떻게 했으면 좋겠습니까?"라고 하자 그 어미가 그 뜻을 알고 배우자를 새로 구하기 위해 이웃 늙은 여인에게 중매를 부탁했다. 그래서 첨지(僉知) 유균이란 사내를 맞이했다.

유균이란 사내는 건장하고 얼굴도 잘 생겨 이씨 마음이 흡족했다. 신혼 생활은 달콤했는데, 얼마 뒤 유균의 친구들이 신혼살림을 구경하려고 그의 집을 방문했다. 방 안에는 술상이 차려져 있었는데, 친구들 눈이 휘둥그레졌다. 방 정면에 남녀의 교합 장면인 춘화가 사람들 눈을 끌고 있었다. 이 소문은 관가에까지 들어갔지만 수령은 이씨 집안이 워낙 대단해 그냥 넘어갔다.

한편 이씨가 십 년을 넘기지 못하고 두 번째 남편 유균을 갑자기 잃고 말았다. 답답한 이씨는 죽은 남편의 시신이 나가지도 않았는데, 맹인 점쟁이를 불러 자신의 팔자가 어떤지 점을 보게 했는데, 맹인이 말하길 "이번 세 번째 나타나는 사내는 평생의 남편입니다."라고 하였다.

이 말을 듣고 기분이 좋아진 이씨는 중들을 불러 불경소리를 내게 하여 남편의 극락왕생을 빌었는데, 게송을 하던 어떤 중의 옷자락이 이씨의 얼굴을 스치고 지나갔다. 그녀가 그 중을 찬찬히 살펴보니 과거 늙은 할미의 집에서 재미를 보던 그 중이었다.

"참 괴이하구나! 저 화상하고 또 만나는 것을 보니 정말 평생의 인연이구나."

그렇게 해서 두 사람은 거의 함께 사는 사람처럼 됐는데, 나중에 이씨 눈 한쪽이 멀어 사람들이 '문지방을 넘는 여인은 반드시 애꾸눈이 된다.'라고 말하며 그녀의 소문이 백성들 사이에 널리 퍼졌다.

이순몽, 곽충보 등 조선이 개국하고 전장에서 혁혁한 전공을 세운 무인들에 대한 이런 좋지 않은 실록의 기록들은 두 가지로 해석할 수 있다. 무인들이란 원래 싸움에서 승리를 하면 전리품으로 여자들을 마음대로 취했던 기질이 살아남아 내 여자 남의 여자를 가리지 않고 함부로 여자들을 건드린 것을 실록에 기록한 것이 하나고, 다른 하나는 조선이란 사회가 문인들이 주류인 사회로 무인들을 낮게 보는 경향이 실록에 그대로 반영된 듯하여 그들 간통 사건을 많이 실은 것이다.

임금의 사위도
기생을 놓고 조카와 싸우다

일성군 정효전은 숙정옹주에게 장가를 간 인물이고, 서산군 이혜는 양녕대군의 자식인데
소지홍이란 기녀를 좋아하다 서로 싸움이 벌어져 백성들이 비웃었다.

싸움이 벌어진 날은 1439년(세종 21년) 1월 20일, 종묘에서 제사를 지낸 뒤 왕실 사람들이 한 자리에 모여 술을 마셨다. 숙정옹주의 남편인 일성군 정효전을 중심으로 평소 친하게 지냈던 동지중추원사 허해(조화의 아내 김씨와 간통한 적 있음)와 지병조사 정종성 · 호조좌랑 박문규 등이 왕실 일을 맡아 보던 영돈녕 권호의 집에서 모여 술을 마셨다.

이날 술자리에 소지홍과 김규월이란 기생을 불렀는데, 특히 소지홍의 미모가 뛰어나 사내들이 군침을 흘렸다. 사내들은 소지홍에게 한 마디씩 농익은 말들을 주고받았다. 우선 정효전이 한 마디했다.

"소지홍은 은요강을 갖고 있다더군. 그 요강 덕분에 힘이 보통이 아니야?"

"어떻게 그 은밀한 물건의 유무를 대감께서 알고 있습니까?"

이렇게 허해가 받아치자 좌중은 웃음바다로 변했다.

숙정옹주와 결혼한 정효전은 행실이 바르지 못한 인물이었다. 옹주가 어렸을 때부터 병을 달고 살아 유언강의 여비에게 젖을 먹여 키웠다. 숙정옹주를 낳은 여인은 신빈 신씨다. 태종에게 가장 많은 사랑을 받은 후궁이었다. 태종은 그녀에게서 모두 3명의 아들과 7명의 딸을 낳았다.

그래서 유언강은 대호군이라는 높은 벼슬까지 올라갔다. 유언강 소개로 정효전과 결혼한 숙정옹주, 두 사람은 유언강 집에서 살림을 차렸는데, 태종이 죽자 이들 부부에 대한 유언강의 구박이 심했다.

어느 날 왕의 초청을 받은 정효전이 대궐에서 밥을 먹지 못하고 눈물을 흘려 왕이 이상하게 생각하여 뒷조사를 하게 했다. 조사 결과 이들 부부가 유언강에게 마치 종처럼 학대당하고 있음이 밝혀졌다. 1422년(세종 4년) 9월 19일 임금은 곧바로 유언강을 잡아 들여 참형에 처해 버렸다.

왕은 그래서 정효전과 숙정옹주 두 사람에 대해 애정을 가지고 지켜보고 있었다. 그런데 살림이 좀 나아지자 정효전은 소지홍이란 기생과 정을 통하고 있었다. 그런데 그 날도 아침부터 마신 술 때문인지 너무 취한 정효전이 소지홍의 손목을 잡고 억지로 옆방으로 끌고 가서 일을 치르려고 하였다.

소지홍은 약간 혀가 말린 듯 말끝이 짧아졌다.

"종친 어른이 조카의 여자를 간통하려 하십니까?"

"아니 무슨 소리냐? 조카가 누군데?"

"서산군 이혜입니다."

옆에서 가만 지켜보던 정종성과 조승이 그녀의 뺨을 갑자기 후려쳤다.

"어느 안전인데 요망을 떠느냐?"

뭐 이런 말을 했을 것이고 더럽다며 발로 그녀를 걷어차기까지 했다고 한다. 이들이 돌아간 뒤 소지홍을 찾아 간 이혜는 그녀의 얼굴을 보고 화를 참지 못했다. 얼굴이 시퍼렇게 멍이 든 상태였다. 이혜는 양녕대군 3남이니 정효전과는 조카와 고모부 사이지만 이혜는 과거 아픈 기억도 갖고 있어 더 화가 났다.

"내가 일찍이 아버지에게 첩을 빼앗긴 것도 분한데, 이제 고모부에게도 여자를 빼앗기는구나."

정효전은 부글부글 끓는 상태로 숙정옹주 집에 들이닥쳤다. 앞에서 머리를 조아리던 사내 종의 면상을 한 대 갈겨 버렸지만 화는 가라앉지 않았다. 집에 정효전은 없었고 고모를 따로 만나기도 그래서 곧바로 그 집을 나왔는데, 길에서 고모부 정효전을 만난 것이다.

"아니 서산군이 이곳은 웬일인가?"

그러나 이혜는 정효전의 모습을 보는 순간 이성을 잃어버리고 그의 멱살을 잡아버렸다. 깜짝 놀라 주변 사람들이 말리려고 하였지만 젊은 이혜는 힘껏 정효전을 내동댕이치며 차마 입에 담기 더러운 말들을 쏟아내고 말았다. 이 왕실의 추태는 주변을 지켜보는 사람들에 의해 삽시간에 도성에 퍼졌다.

며칠 뒤 소지홍은 정효전이 술을 먹고 자신의 몸을 억지로 가지려다 안 되니까 폭력을 휘둘렀다고 사헌부에 고발을 해버렸다. 사헌부에서는 "이들은 모두 왕의 일가이고 사위들인데, 일반인들이 보는 앞에서 싸움을 하고 추태를 부리니 어찌 평민들의 풍속을 교화할 수 있습니까? 특히 이혜는 남의 종을 때리고 남의 물건을 못 쓰게 하는 일이 비일비재하여 사람들에게 손가락질 당하는 일이 자주 있었습니다. 더러는 종들에게 머리를 잡히는 일도 당했습니다."라고 양녕대군의 아들 이혜를 더 비난하는 글을 왕에게 올린 것이다.

왕은 곧바로 일성군 정효전의 관직을 빼앗도록 명하고 양녕대군의 3남 서산군 이혜는 경기도 임진으로 귀양 보내게 했다. 이혜에게 더 심한 벌을 내린 것은 그가 부끄러움도 모르고 종들 앞에서 고모부 정효전을 심하게 욕보였다는 이야기를 듣고 왕실의 사위를 욕보인 죄가 더 크다 하여 벌을 받은 것이다.

두 사람 모두 자살로 끝을 맺다

이 일로 이혜는 서산군(瑞山君)에서 황계령(黃溪令)으로 신분이 낮아졌으며, 8년 뒤인 1447년(세종 29년), 술주정으로 사람을 죽인 일도 벌어졌다. 그의 삶이 그처럼 삐딱하게 나간 것은 모두 아버지 양녕대군 때문이란 이야기도 있다. 실록에는 "이혜가 그렇게 된 것은 아버지가 사랑하는 첩을 빼앗아서 화병이 나서 그렇게 된 것이다."라는 기록도 있다.

아무튼 세종 임금은 그에 관련된 모든 직첩을 거두고 강화도로 안치시키고 바깥사람과 전혀 통하지 못하게 했다. 이혜는 결국 4년 뒤인 1451년(문종 1년) 2월 13일 자기를 지키던 여종을 찔러 죽이고 집에 불을 질러 도망을 쳤지만 얼마 가지 않아 잡혀 왔다.

문종 임금은 대신들과 의논해 정신 이상을 보인 그를 철저하게 격리시켜 놓고 집안에는 불을 없애고 음식은 밖에서 해서 들여보내게 했다.

그리고 아버지 양녕대군을 보내 타이르게 했다. 하지만 그는 두 달 뒤인 4월 10일, 강화도 자기 방에서 숨진 채 발견됐다. 문종이 그의 처지가 안타깝다며 거두었던 벼슬과 나라의 녹봉을 돌려주자 그것을 받은 다음 날 목을 매고 스스로 자살을 한 것이다.

정효전은 계유정난이 일어나자 괄괄한 성격으로 자기 분에 못 이겨 자살을 택했다. 세조는 정효전에 대한 미운 감정으로 그의 무덤을 파고 시신을 꺼내 부관참시를 하였다. 그러나 나중에 그는 신원이 회복돼 충신으로 배향되었지만 양녕대군의 아들 서산군 이혜의 삶은 너무 측은하고 안타까운 결말이었다.

왕실의 일은
집안일이니 거론하지 마라

왕실 일은 우리 집안일이니 다른 사람이 왈가왈부 하지 마라. 왕의 이런 명령에도 불구하고 대간들은 왕실 사람들은 사회 지도층이니 백성들에게 모범이 되어야 한다며 더 큰 도덕성이 요구되기에 당연히 탄핵되어야 한다고 주장했다.

홍상과 윤은로 사건

1486년(성종 17년) 12월 21일, 왕의 매제인 홍상과 왕의 처남인 윤은로가 모두 방출된 궁녀를 취했다는 이유로 탄핵을 받았다. 왕은 세종의 손자 강양군 이축이 버린 여자가 맞느냐고 물었고 신하들은 모두 맞다고 대답했다. 그러자 왕은 "궁녀를 첩으로 삼은 관리는 곤장 백 대를 때린다고 되어 있는데, 그럼 종친도 마찬가지인가?"라고 신하들에게 물었다.

일단 이 사건의 여자 주인공 탁문아라는 여인을 알 필요가 있다. 탁문아는 원래 남이장군의 첩이었다. 춤과 노래를 잘해 남이의 사랑을 듬

뽁 받았던 그녀는 남이의 역모 사건으로 관비가 되었다. 1469년 실록에 보면 탁문아를 진해 관비로 속하게 하라는 왕의 지시가 기록돼 있다. 그런 탁문아가 어떻게 강양군 이축의 여인이 되었는지는 잘 모르겠다. 궁녀라 칭하는 것을 봐서는 진해에서 다시 궁궐로 발탁이 된 듯하다. 그렇지만 강양군 이축도 얼마 뒤 윤은로에게 자기 애첩을 빼앗겼다.

왕은 연로한 강양군 이축을 불러 그간 사정을 물었다. 그런데 강양군 이축은 탁문아라는 여인을 빼앗긴 것이 아니라 이미 그녀와는 이혼을 한 뒤고 윤은로는 이혼한 여인을 취한 것뿐이라는 것이다. 왕은 이 상소를 올린 대간을 불러 왜 허위 사실로 왕실의 명예를 실추시키느냐고 따졌다.

그러자 대간은 이혼한 경우 휴서를 주어야 하는데, 탁문아에게 그것이 있는지를 확인해야 한다고 물러서지 않았다. 그래서 이혼을 증명하는 휴서를 소지했느냐고 탁문아에게 물었다. 그러자 탁문아가 대답했다.

"기녀 입장에 무슨 휴서가 따로 있겠습니까? 그저 하룻밤 통한 사내에게 정을 주는 것이 기녀들이지요."

왕은 이미 이혼한 여자를 건드린 것은 간통한 죄로 볼 수 없다고 결론을 내렸다. 이렇게 강양군 이축의 여자에서 윤은로의 여자로 간 탁문아가 다시 실록에 등장하는데, 이번에는 탁문아가 윤은로를 고발한 것이다. 그녀는 윤은로가 자기와 이혼을 하면서 그동안 준 재산을 빼앗으려 하는데, 윤은로가 그동안 방납이란 제도를 이용해 부정축재를 저질렀다고 고발을 한 것이다. 방납이란 지방의 특산물을 중앙에 바치는 제도인데, 윤은로가 왕비의 동생이라는 권세를 이용해 재산을 축적한 것이 상당했고, 백성들의 손가락질을 받았던 모양이다.

왕은 "남편에게 버림받은 여인들은 그 남편에 대한 잘잘못을 함께 해야 하는데, 사악하게도 남편의 흠을 여기저기 악랄하게 비방하니 그 여자를 감옥에 하옥시켜라."고 지시했다. 벌써 탁문아라는 여인 때문에 왕실 이름이 여러 번 더럽혀진 것에 대한 왕의 불쾌한 감정이 그대로 드러났다.

그 뒤로 탁문아라는 여인이 어떻게 됐는지는 모른다. 아마도 윤은로에게 버림받고 재산도 없는 그녀가 할 수 있는 일은 많지 않았을 것이다. 나이가 어리면 몰라도 나이도 많은 여자가 아닌가. 그러니까 탁문아라는 여인의 개인적인 삶의 여정은 참 고단한 인생이었을 것이다.

한편 윤은로가 연산군이 집권하고 10년 뒤 실록에 그 이름이 등장하는데 그 내용은 다음과 같다.

"연산군 10년 6월 25일, 왕이 윤은로의 아내를 간음하고 누구의 딸인지 물었다. 그러자 승지 이계맹이 전 금천현감 김복의 딸이라고 답했다."

그러니까 윤은로가 다시 젊은 첩을 들였는데, 그 첩을 임금이 취했다는 이야기다.

홍상의 간통 사건이 또 등장한다. 비슷한 시기 명숙공주(덕종의 딸)와 결혼한 홍상이 이금정의 첩을 취한 일이 있어 사헌부의 탄핵을 받았다. 왕은 다시 홍상과 이금정을 불러 사실을 확인하자 두 사람이 입을 맞춘 듯 서로 이혼증서를 준 것은 없지만 이혼한 여인이고 중매를 선 사람까지 있다고 했다. 그래서 중매쟁이까지 불러 조사하고 혐의 없음으로 결정을 내렸다.

홍상이 취한 여인이 연경비라는 여인이다. 이 여인도 실록에 그 이름이 9번이나 등장하는데, 처음 등장은 예종 1년 세조 임금 국상 중, 윤유덕이 왕실 족친으로 국상 중에 기녀 연경비와 간통을 한 일이 있어 사헌부에서 국문을 청한 일이 있었다. 그런데 윤유덕이 두려움에 도망을 쳤고, 사헌부 보고를 받은 왕은 그를 변방의 군사로 충군하라는 지시를 내렸다.

또 연경비가 등장한 사건은 그 유명한 어을우동 사건에서다. 연경비는 그때 태강수 이동의 사랑을 받고 있었는데, 어을우동 박씨가 음란하여 이동에게 버림을 받고 이동은 연경비를 취한 일이 벌어졌다. 이동이 어을우동을 버리고 연경비를 취한 것으로 보아 연경비의 미모가 대단했을 것이라 추측이 된다. 연경비(燕輕飛)의 이름을 보면 '제비처럼 난다'는 뜻을 갖고 있으니 연회에서 그녀의 춤 자태를 보고 당대 사대부 사내들 애간장을 어지간히 녹였을 것이다.

성종 시절 유독 왕실 사람들의 간통 사건들이 연이어 일어났는데, 이는 조선이 개국하고 100년이 지나자 왕실 사람들이 많아졌고 이들은 특히 간통 문제로 대간들의 탄핵을 자주 받았다. 그들이 일반 사대부 사람들보다 더 음탕했던 것이 아니라 왕실 인척들이라 삼사의 대간들은 그들 도덕성을 더 강조해서 자주 탄핵을 했던 것이고, 성종 임금은 왕실의 작은 일들에 대해 엄정한 잣대를 들이대는 대간들과 집요한 논쟁을 벌였다.

왕은 왕실 인척들에 대한 탄핵을 왕실의 권위를 약화시키기 위한 모략이라고 본 것이고, 대간들은 법아래 어느 누구도 예외일 수 없고 그것은 아무리 가까운 왕의 친척이라도 마땅히 법에 따라 처벌 받아야 한다는 논리의 충돌이었다.

1485년(성종 15년) 4월 15일 경국대전이 반포되었지만 이 법은 조선의 통치 근간으로 자리 잡기까지 오랜 시간이 흘렀다. 모든 판결은 법 조문에 따라야 했지만 왕은 왕실 사람들은 법에서 예외로 인정받고 싶었던 것이다. 그래서 종종 왕실 일이 거론되면 "이 일은 집안일이니 경들은 참견하지 말라!" 이러면 끝나는 것이었다. 그래서 왕과 삼사의 대간들의 공방은 해를 거듭할수록 치열해졌다.

　　성종의 아들 연산군이 폭정을 휘두른 이유 가운데 하나는 성종 후반기에 접어들면 왕권은 약화되고 법치주의 근간을 두고 법 해석에서 사림 세력들이 힘을 얻으면서 왕의 통치 기반까지 넘나드는 위험한 곡예들을 하고 있었기 때문이다. 그래서 연산군 초기 경연 자리를 지금 우리가 참석하였다면 고개를 갸우뚱했을 것이다. 어린 왕을 가운데 두고 늙은 신하들이 한 수 가르쳐 주는 분위기가 딱 그것이었다. 그러니 한 성격 하는 연산군이 두 번의 사화를 일으킨 것이 모두 어머니에 대한 복수심을 빌미로 왕권을 한없이 제약하려는 노회한 정치인들을 타도하기 위한 고도의 정치적 복선이 깔린 사화라는 분석이 설득력 있는 주장인 것이다.

관기는
누구의 소유도 아니다

1494년(성종 25년) 실록 후반부에 제일 이름이 많이 등장한 사람은 이철견이다. 그는 세조의 정비 정희왕후의 제부다. 그가 내금위 소속 여인을 마음대로 취하고 다른 사람들과 나눠 가졌다는 사헌부의 상소로 오랫동안 임금과 대간들의 논쟁이 진행됐다.

    1494년(성종 25년) 10월 3일, 이철견(李鐵堅, 1435~1496)의 간통 사건이 사헌부에 보고됐다. 고소를 한 자는 정호(鄭灝)라는 자로 그는 직급이 낮은 무인이었다.

    이 사건에서 대간들과 성종의 논쟁은 실록의 기록을 두툼하게 했다. 이철견은 정희왕후(파평부원군 윤번의 딸로 세조의 정비)의 동생 남편, 그러니까 왕대비의 제부가 되는 사람이다. 평안절도사를 거쳐 1471년에는 좌리공신 3등에 월성군으로 봉군되었으며 삼도절도사까지 지냈다. 1484(성종 15년)년에 한성판윤을 지낸, 그야말로 화려한 이력의 소유자였다. 그가 1494년(성종 25년) 대간들의 탄핵을 받았는데, 이유는 정호

(鄭灝)의 첩을 가까이 했다는 이유였다.

사건은 오히려 월성군 이철견이 정호의 첩을 간통했다는 일로 사헌부의 탄핵을 받자 이철견이 직접 왕을 찾아 자신의 죄를 변명하며 사건이 확대됐다. 실록에는 사관의 이철견에 대한 인물평이 있는데 다음과 같다.

"이철견이 일찍이 서울 한복판에 집을 지었는데, 이웃 땅까지 점거하고 집을 으리으리하게 크게 하여 첩이 기거하는 곳으로 삼으니 백성들의 원성이 높았다."

한편 정호의 첩 다물사리(多勿沙里)는 내금위 소속인데 미모가 뛰어났고 노래도 잘해 이철견이 그녀를 좋아하여 간통을 한 것이다. 그러자 정호는 울면서 호소하기에 이르렀다.

"이철견은 재상으로 여러 첩을 거느리고 있는데, 자기는 한 명의 첩을 갖고 있는데 그것을 탐했으니 벌해 주십시오."

그러니까 사건 내용은 대략 이렇다.

다물사리는 원래 내금위 소속 관기로 정호의 외사촌형인 조종(趙悰)의 여종이기도 했다. 조종에 대한 인물 소개는 찾아봐도 없다. 그런데 다물사리가 미모 출중하고 노래 또한 잘해 조종은 그녀와 애첩 관계이기도 했다. 다물사리는 조종의 집에 있으면서 대궐에서 연회가 있으면 불려나가 공연을 하는 여인이었다.

그런데 정호가 조종의 집에 놀러 갔다가 그녀의 미모에 반해 두 사람은 정을 통했고, 아이까지 낳았다. 그리고 정호는 사촌형의 허락을 얻어 다물사리에게 따로 집을 마련하고 여종까지 붙여 아이를 키우게 한 것이다. 그리고 얼마 뒤 정호는 3년 동안 북쪽 지방에서 군 생활을 하고 돌아왔다. 그런데 정호가 국방의 임무를 수행하고 와서 보니 다물사리가 이철견의 집에 살고 있는 것을 확인했다.

사촌형 조종에게 알아보니 월성군의 집안 여종과 다물사리가 서로 왕래를 하는 사이인데, 다물사리가 월성군의 집에 놀러 갔다가 월성군의 눈에 띄어 그 집에 머물게 됐다는 것이다.

화가 난 정호는 다물사리의 머리채를 잡아끌고 조종의 집으로 왔다.

"원래 형의 여자였으니, 형의 뜻에 따르겠습니다."

그러나 조종의 아내는 발끈하여 정호에게 면박을 주었다.

"아니 세상에! 재상의 화를 어떻게 감당하려고 그러십니까? 당장 보내세요."

그래서 정호는 다물사리를 보며 너는 어떻게 생각하느냐고 물었다. 그러자 다물사리는 "월성군 대감이 서방님보다는 훨씬 좋습니다."라고 하였다. 순간 정호는 부끄럽고 참담한 기분에 어찌할 줄 모르고 있다가 다물사리 얼굴에 침을 뱉고는 다물사리를 즉시 월성군 이철견의 집으로 돌려보낸 것이다. 그리고 분을 참지 못한 정호는 이런 사실들을 적어 사헌부에 고소를 한 것이다.

왕은 사헌부의 보고를 받고 이철견를 불러 저간의 사정을 물었다. 이철견은 다물사리가 내금위 소속 관기로 있을 때 마음에 들어 더러 간통을 하는 사이였고, 그 뒤 정호가 첩으로 삼아 음행을 하고 있다는 소식을 들었지만 오히려 자기가 참았다고 주장을 한 것이다.

왕은 사헌부 수장을 불러 역정을 냈다.

"아니 도대체 사헌부에서는 자세히 사건을 알아보지도 않고 일을 이렇게 처리하여 시끄럽게 하는지 모르겠다."

왕은 사헌부에 명하여 조사 중단 지시를 내렸다.

"관기가 누구의 소유물이 아니므로 더 이상 조사할 것 없다."

그렇게 이 사건은 끝나는 것처럼 보였다. 그런데 사헌부 탄핵에 대한 불쾌함을 갖고 있던 이철견은 보란 듯이 다물사리를 대동하고 이곳저곳 연회에 참여했고, 그 가운데 한치례와 홍상이 여러 번 다물사리 취한 것이 왕실의 사내들은 조카와 아재비 사이 여자를 주고 받는다는 좋지 않은 소문들로 커져 가고 있었다.

이철견은 홍상의 오촌 숙부이고, 홍상은 한치례 3촌 지간이니 백성들이 그들을 욕하는 것은 너무도 당연했다. 한치례는 좌의정 한확의 맏아들이다. 덕종비 소혜왕후의 오빠로 모두 왕의 종친이다.

성종은 대간들의 집요한 탄핵 요청에도 이들의 상소를 묵살했다. 왕은 대간들에게 "내가 집권하고 대간들은 하루라도 조용히 넘어간 날이 없다. 이제 지겹다."라며 이철견의 죄를 물어야 한다는 대간들의 말을 듣지 않았다. 삼사에서는 연일 상소가 빗발쳤고, 뚝심 강한 성종은 아무런 답변을 하지 않고 버티었다.

결국 이철견은 왕의 정치적 부담을 덜어주기 위해 스스로 모든 관직에서 물러났다. 그가 연산군 집권 이후 곧바로 판의금부사로 제수되자 다시 대간들의 상소가 빗발쳤다. 그는 선왕 때부터 백성들의 원성이 자자했던 자로 국민정서상 관리로 복귀는 새로 시작하는 시대에 맞지 않는 인사라는 주장이었다.

종실의 자손들이
처첩을 훔치고 난리다

남흔과 간통을 한 매화, 미모와 재주가 출중한 궁녀였다. 그런 그녀가 숙의까지 올라갔다. 그런데 사람들은 왕조차도 종친의 어른 여자를 후궁으로 받아들였으니 누군들 그러지 않겠는가! 하고 탄식했다고 한다. 종친의 어른은 바로 효령대군을 가리킨다. 성종이 할아버지 효령대군의 후처를 취한 것이다. 그러니 종실의 어느 누가 여자 문제로 처벌을 받나.(대간의 탄식이다.)

거평군(居平君) 이숙이 죽은 아우의 첩을 간통하다

거평군 이숙은 정종의 손자이다. 그는 활을 잘 쏘았고 힘이 강해 120근이나 되는 강궁(强弓)을 다룰 줄 알아, 군대를 지휘하는 대장으로 살았다. 또한 남이의 옥사로 인해 공신으로 책봉된 인물이다.

1471년(성종 2년) 5월 24일, 사헌부 보고에 따르면 거평군 이숙이 죽은 동생의 첩 옥진을 취한 것이 문제가 되어 지난 해 그 여자를 관비로 속하게 하라 명을 내렸지만 그녀가 왕의 어명을 받지 않고 이숙의 농장에서 지금 지내고 있다는 내용이었다.

대간들은 그녀의 죄가 깊어 왕의 명을 따르지 않으니 이제 참형에 처해야 한다고 들고 일어났다. 그러나 왕은 한동안 침묵하고 있었고, 다음 날도 대간들은 계속해서 상소를 올려 왕의 결단을 촉구했다. 성종은 우선 모든 종친들을 대궐에 불러들이고 거평군 이숙의 문제를 의논했다. 의논 결과, 종친들은 "이숙은 아우의 아내를 취한 것이 아니라 그저 기생첩을 취한 것이니 문제 될 것이 없다."는 결론을 내린 것이다.

이에 사헌부를 비롯한 대간들은 "옥진이 기첩이라 하나 엄연히 아우의 사랑을 받은 여자이고 형제가 한 여자를 취하는 것은 금수와 같은 행동이다."라며 연일 상소를 올리며 왕을 압박했다.

그러자 왕은 대간들이 왕실을 무시하는 경향이 짙다면 그들 탄핵을 물리치고 한동안 조회를 하지 않았다. 어린 성종은 대간들 요구를 들어주면 다른 것을 요구하는 그들 습성에 말려들지 않기 위해 버티기를 계속했다. 왕 뒤에서 이런 지시를 내린 것은 정희왕후 윤씨였다. 거평군은 왕실 사람이면서도 공신인 자로 사사롭게 첩을 취했다는 이유로 왕은 그에 대한 탄핵을 받아들이지 않았다.

조선의 관습법으로는 '첩으로 처를 삼지 아니한다.'는 원칙이 있었다. 그리고 왕을 제외하고 모든 사람은 첩을 갖는 것이 불법이다. 사대부들은 천민인 여인을 처로 삼으면 신분이 박탈된다. 그러나 첩은 법률적으로 보호를 받지 못하는 존재다. 그러니 사대부들이 하룻밤 욕정을 풀기 위해 나눈 천민과의 사랑은 법률적인 효력이 없는 거사인 셈이다.

조선은 처첩제도를 사회악으로 규정하고 있었다. 그렇지만 왕실에서는 왕 이외에도 종친들도 이를 예외로 두고 첩을 들이고 자연스럽게 버리길 반복했다. 그러니까 종친들은 기생첩을 들이고 버리는 일이 다반사고 기첩의 존재라는 것이 길거리에 핀 꽃으로, 누가 먼저 꺾고 시들면 버려 버리는 존재로 인식들을 해서 정조 관념을 그들에게 묻는 것 자체가 우스운 일이었다.

비슷한 사례이지만 한 여자를 놓고 아버지와 아들이 첩을 공유한 일 도 실록에는 비일비재하다.

실록에는 태종 12년 12월 '아비의 첩을 간음한 자'를 법대로 처결해 달라는 여인의 상소가 사헌부에 도착했다. 사헌부 장령은 사건을 접수 하고 조사를 하기 시작했다. 그런데 조사 결과 아들이 먼저 그 여인을 첩으로 삼고 있었는데, 아비가 아들의 첩을 빼앗은 것이다. 사헌부에서 는 토론이 벌어졌고, 결론은 '죽은 자에게는 죄를 물을 수 없다.'고 하 여 아들과 부자 사이에 낀 여인을 모두 죄 주기로 했다.

이런 전례로 보아 왕실 종친들 사이에서도 형제간에 첩을 함께 공유 한 사건에 대해서 일반인과 같은 법을 따라야 한다고 주장한 반면, 왕 실에서는 왕실 종친은 예외로 해야 한다고 팽팽하게 맞선 것이다. 대간 들의 상소가 왕에 의해서 받아들여지지 않으면 그들이 할 수 있는 마지 막 카드는 자기 직책을 버리는 일이었다. 성종 시절 유난히 종친들의 잘못을 진언하는 삼사 대간들의 상소가 줄을 이었고, 이에 왕 역시 굴 하지 않고 그들을 갈아치웠다.

효령대군의 첩들 때문에
시끄럽다

효령대군에 대한 일반인들의 생각은 대개 지나치게 여자들을 좋아했던 양녕과 전혀 다른
이미지로 알고 있다. 하지만 효령대군은 91세까지 장수하면서 늙은 나이까지 기생첩들을
여럿 두고 살았고, 그가 취한 첩들의 미모가 다들 빼어나 여럿 종친들이 가까이 하다가
탄핵을 자주 당했다.

　　효령대군 하면 생각나는 것은 우선 태종의 둘째 아들로 성품이 온화
하고 불교를 숭상하여 양녕대군과 전혀 다른 이미지로 생각하는 사람
들이 많다. 양녕대군처럼 여자와 술을 좋아해서 아버지의 미움을 받지
않았고, 부모에게 효도를 한 인물로 대부분의 사람들이 생각한다. 그러
나 실록에 보면 효령대군의 첩을 건드려 탄핵당하는 인물들이 종종 등
장하는데, 대충 눈에 들어오는 여인들만 대어도 계궁선 · 약계춘 · 죽간
매 · 옥부향 · 매화라는 이름들이 실록에 나온다.

지돈녕 이담, 효령대군 첩 계궁선을 취하다

1427년(세종 9년) 2월 19일, 지돈녕 이담을 효령대군 첩 계궁선과 간

통해서 직첩이 회수되고 공주로 귀양을 보냈다는 기록이 실록에 나와 있다. 이담은 세종이 즉위하자 총제가 되었지만 효령대군 기첩을 건드 렸다는 이유로 이런 처벌을 받은 것이다.

왕은 이담이 몰래 효령대군의 첩, 기생 계궁선과 간통했다는 의금부 의 조사 내용을 듣고 장 90대를 치고 벼슬을 회수한 뒤 귀양 보냈다. 그 리고 계궁선은 장 90대를 치고 지방 관비로 노역을 명했다. 이담은 다 음 해 풀려났다.

효령대군의 첩을 건드려 벌을 받은 자는 이담만이 아니었다. 같은 해 정종의 서자 석보군(石保君) 이복생은 기생 약계춘과 죽간매를 건드렸 는데, 이들 모두가 효령대군과 이미 사통한 사이가 드러나 벌을 받았다. 이복생의 손자는 어을우동 사건으로 유명한 수산수 이기였다. 이복생 은 "서자로 태어난 것도 억울한데, 기생이 누구 임자인 줄 알고 가려서 건드리나."라고 투덜댔다고 한다. 세조 시절에는 효령대군, 옥부향을 첩으로 두고 있었는데 세종의 서자 익현군 이관이 그녀를 건드려 탄핵 당하기도 했다. 옥부향은 나중에 언급되는 초요갱과 함께 당대 가장 뛰 어난 재주를 가진 기녀로 인정을 받고 있던 여인이다.

남흔이 효령대군 첩 매화를 간통하다

1480년(성종 11년) 5월 11일, 왕이 조용히 의금부에 지시하였다.

"전 감찰 남흔이 효령대군의 애첩 매화를 건드렸으니 조사하여 보고 하라."

며칠 뒤 왕은 우의정 김국광을 불러 의문을 제기했다.

"아니 매화가 효령대군의 첩이라는데, 왜 출입할 때 수행하는 자가 없었을까?"

이에 김국광이 대답했다.

"제가 알아 본 바로는 그녀는 한사코 대군의 첩이 아니라고 합니다."

왕은 그럼 효령대군의 아들 이정을 불러들이라고 했다.

이정이 왔고, 임금은 매화가 어떤 여자냐고 물었다. 그러자 이정은 잘
모르겠다고 대답을 회피했다. 이미 이때 효령대군의 나이 여든여덟 살
이었다. 당연히 매화로서는 이 늙은 할아버지보다 젊은 남흔이 훨씬 좋
았을 것이다. 남흔의 할아버지는 좌의정에 올랐던 남지였고 아버지는
의령군 남윤이다

그리고 남흔과 간통을 나누었던 매화라는 여인이 궁금하다. 그녀 역시 미모와 재주가 뛰어난 여인으로 원래 관기였는데 효령대군이 데려다가 잠자리 이부자리 정도를 돌봐주는 여자로 쓰고 있었다. 그러니까 첩이라고 해도 되고 아니라고 해도 된다. 그런데 아무리 기운 없는 늙은이라도 잠자리를 봐주는 향기로운 꽃을 가만 나두었을까? 그것 역시 알 수 없다.

당시 대개의 양반가에서 시침을 두는 여종을 따로 두는 경우가 다반사였는데, 잠자리를 돌봐주다 한순간에 함께 잠자리를 드는 일은 비일비재한 법이다. 그리고 효령대군의 아들 영천군 이정이 "그녀는 결국 대군의 첩이나 마찬가지입니다."라고 말하자 결국 남흔은 죄가 인정되어 지방으로 귀양을 가기에 이른 것이다. 아무튼 왕도 남흔을 마지못해 죄를 주긴 했지만 효령대군의 그 강철 같은 체력이 몹시 부담이 되었을 법도 하다. 남흔은 얼마 뒤 곧바로 복직하고 왕의 배려에 감사의 표시로 딸을 헌납한다. 그 딸로 인해 동부승지까지 관직을 맡게 된다.

1483년(성종 14년) 11월 회원군 이쟁이 당숙인 수안군 이당의 기생첩 소춘화를 간통한 혐의로 탄핵 당했다. 그러나 왕은 회원군 이쟁이 소춘화를 데리고 산 지는 국상 이전 일이고 오래 된 일이니 논하지 말 것을 지시했다. 그러나 승정원에서는 소춘화는 엄연히 수안군 이당의 첩이므로 국상을 당하였으면 마땅히 데리고 있는 여자도 보내야 하는 것을, 이쟁은 분명 죄를 지었으므로 벌을 주어야 한다고 주장하여 결국 소춘화는 장 1백 대, 이쟁은 파직되었다.

성종은 종친들이 기첩 문제로 종종 탄핵 당하자 정식 기첩 외에 서울 밖의 기생과 사통하여 낳은 자녀는 아버지 신분을 따르지 못하게 한다는 악법을 만들어 조선 사회 또 다른 서얼차별을 굳히는 계기를 제공하였다. 이는 종친들이 기첩을 닥치는 대로 취하니까 마구 낳은 자식들까지 종친이라고 나라에서 그들을 먹여 살려야 함에 세금이 많이 드는 것 때문에 그렇게 한 것이다. 종친들은 늘어나는데 기첩들이 낳은 자손까지 모두 종실로 거두기에는 벅찼던 것이다. 그래서 왕은 종친들이 취한 기첩에도 서울기녀와 지방기녀를 구분하여 가리겠다는 말을 한 것이다.

조선 시대 기녀들은 중앙의 경기(京妓)와 지방기 형태로 구분되었으며, 서울 관기들은 모두 장악원에 소속되었고 정원이 약 1백 명이 되었으며 지방 기녀들보다 기예가 우수한 전문직이었다. 장악원 기녀들은 관리들과 동침보다는 궁중 연회의 가무가 주업이었다. 그러나 지방 기녀들은 대체로 지방 수령들의 수청과 관원 접대 일을 맡았다. 지방기녀들은 보통 관원에 15명에서 30명을 둘 수 있었다.

왜 세종의 아들들은
초요갱만 좋아하나?

세조 때 당대 최고의 기녀들이 활동하는데, 그들을 4기(四妓)로 불렀다. 그들 이름은 옥부향 · 자동선 · 양대 · 초요갱이었다. 특히 초요갱은 평원대군 이임과 화의군 이영 등이 좋아하여 사통하고, 다음에 계양군 이증과 연애를 하다 세조의 노여움을 받았다. 하지만 세조는 이들 네 명의 기녀를 모두 천민 신분을 면하게 해 준다.

　1463년(세조 9년) 윤7월 4일, 임금은 창덕궁을 두 배의 넓이로 확장하고 이를 기념하여 육조의 모든 관리들을 불러 경회루 아래에서 잔치를 베풀어주었다. 임금은 도승지 노사신에게 명하여 잔치를 감독하게 하고 당대 가장 인기 있는 기녀 '4기녀'를 불러 음악을 연주하게 했다.

　이 때 대궐에 들어 온 기녀가 옥부향 · 자동선 · 양대 · 초요갱인데 모두 노래와 춤을 잘하고 미모가 뛰어났다. 그녀들은 내연(內宴)에 자주 불려가 왕이 그들을 '4기'라 불렀다. 옥부향은 일찍이 효령대군의 기첩이었는데, 뒤에 세종의 서자 익현군 이관과 좋아지냈다. 그러니까 큰아버지와 조카가 한 여자를 좋아한 것이다. 익현군 이관도 세조의 계유정난에 공을 세워 좌익일등 공신에 책봉되었다.

자동선은 1426년(세종 9년) 5월 9일, 태종 임금의 제삿날 정종의 서자들과 술상을 했다는 이유로 곤장 90대를 맞은 기녀. 그녀는 너무도 유명해서 명나라 사신들이 조선에 오면 꼭 찾았다고 한다.

초요갱은 어려서 평원대군(세종의 7째 적자) 이임의 사랑을 받다가 평원대군이 죽자 화의군(세종의 서장자) 이영과 사통하였는데 왕이 이영을 미워하여 초요갱을 내쫓았다가 얼마 되지 않아 초요갱의 기예가 뛰어나다 하여 다시 장악원에 기녀로 소속시켰다.

초(楚 · 회초리) 요(腰 · 허리) 갱(坑 · 빠지다), 그녀의 이름에서 보면 회초리처럼 가는 허리를 가진 여인, 혹은 초나라 미인처럼 허리가 가늘다는 뜻으로 누군가 그녀의 모습을 보고 반해서 그렇게 이름을 붙여준 듯하다.

그런데 초요갱은 이날 세조 9년 윤 7월 4일, 창덕궁 기념 연회가 끝나고 계양군(세종의 서2자) 이증과도 또 통간을 했다는 소문이 다음 날 대궐에 파다하게 소문이 났다.

이에 왕은 "어찌 왕실의 형제들이 다른 기녀가 없어 초요갱 하나하고만 간통을 일삼는가?"라고 이증을 꾸짖었다. 그러자 자리에 있던 계양군은 울부짖으며 머리를 조아리고 "하늘을 가리켜 맹세하는데 그것은 무고입니다."라고 하였지만 사관은 그 날도 이증은 초요갱의 집에 있었다고 적고 있다. 계양군의 아내는 청주 한씨 한확의 딸이었다.

한확이 누군가? 바로 명나라가 세조를 인정하지 않자 명나라에 후궁으로 있던 누이들로 인해 세조 인준을 성사시킨 세조 임금에게는 수천 명의 신하보다 더 귀한 존재였다. 하지만 그는 명나라에서 돌아오는 길에 객사했다. 그래서 항상 세조는 한확의 자손들에게 마음의 부채를 안고 있었고, 계양군 이증이 바람을 피우자 혼을 낸 것이다.

왕은 계양군과 초요갱이 어떤 관계인지 은밀히 내시 변대해를 초요갱 집에 묵게 하였다가 계양군의 종에게 발각돼 매를 맞아 죽는 일도 벌어졌다. 계양군은 서자였지만 일찍이 세종에게 특별히 총애를 받았던 아들이다. 세조하고는 열 살 아래였지만 사내다운 기품이 있어 두 사람이 잘 통했다. 또한 계유정난으로 세조가 임금에 오를 때 그의 거사를 도와 좌익공신에도 올랐던 인물이다.

왕은 종친들과 대소신료들을 모아 놓고 초요갱과 계양군 이증의 간통을 언급하면서 엄명을 내렸다.

"기생은 사람이 아니다. 앞으로 이들 기생들은 연회를 할 때 분을 진하게 발라 흉측한 몰골을 하고 대궐에 출입하게 하라!"

이런 지시는 대개 연회자리에서 기녀들의 춤을 추고 노래를 하면서 분위기를 돋우는데, 이런 분위기에 공신들이나 종친들이 기녀들의 유혹에 쉽게 혹한다고 판단한 것이다. 그래서 그때부터 기녀들의 화장이 짙어져 마치 얼굴에 가면을 쓴 듯한 표정들이 되었는데, 그래도 기녀를 좋아하는 공신들과 종친들은 줄어들지 않았다.

초요갱은 그리고 한참 뒤 예종 1년 7월 17일 실록에 다시 등장한다. 평안도 도사 임맹지가 초요갱과 간통을 했다는 이야기다. 당시 세조가 아직 죽은 지 얼마 지나지 않은 국상 중인 시기에 관리가 국법을 어겼다는 내용이다. 이후 초요갱의 이름은 더 이상 실록에 등장하지 않는다.

아무튼 이렇게 하나의 기녀를 왕실의 종친이며, 공신들이 서로 관계를 가지니 누가 누구의 자손인지 가리는 문제도 보통이 아니었다. 세종 원년 상왕 태종은 양녕의 여자 문제로 인해 기녀들은 조정의 관리들과 간통을 하지 못하게 하는 법을 만들었고, 그것을 어길 때는 태형 60대를 친다고 명시했지만 종친들부터 그것을 무시하고 있었던 것이다.

기첩 제도를 어찌 할 것인가?

1478년(성종 9년) 11월 22일, 임금은 월산대군과 덕원군 등을 대궐로 불러 함께 머리를 맞대고 삼사에서 자꾸 종친들의 기첩을 가지고 탄핵하는데 이것에 대한 대책을 의논을 했다. 덕원군은 "원래 기첩은 아내가 없는 군사에게 주기 위해 마련된 것입니다. 그러니 길거리의 버들이나 담장의 꽃처럼 누구나 꺾을 수 있는 것이라는 이야기이지요."라고 말을 시작했다.

그러자 왕은 "그런데 문제는 기첩들을 서로 돌려 가지니 그것이 문제입니다. 누가 먼저 건드렸는지, 누가 내 아들이고 누가 다른 놈의 자식인지 순서가 정해진 것도 아니고, 알 수가 없어요. 자식을 구분하는 것이 가장 큰 문제입니다."라고 덧붙였다. 그러자 덕원군은 "그러니까 기첩을 별도의 집을 지어 그곳에 살게 하면서 노비도 주고 의식도 공급해야 합니다. 꽃을 안방에 서 잘 가꾸어야지 길거리에 피게 하면 누구나 향을 맡고 꺾으려 들 것입니다. 그리고 신분도 양반으로 고쳐주어야 하고요."라고 말했다.

왕은 "아! 그것 좋은 생각입니다."라고 말하고 곧바로 승지들을 불러 "이제 당상관 이상의 관리들은 기첩을 둘 때 집에 같이 있거나 부모의 집 곁에 두고 노비도 주고 의식도 공급해 주면 천한 신분에서 양반 신분으로 신분을 바꿔 주기로 했다."며 법을 바꾸라고 지시했다.

그러나 승정원에서는 바로 다음 날 이에 이의를 다는 상소가 많은 사람들이 이름으로 왕에게 전해졌다.

"이렇게 법을 만들면, 이는 종친들에게 기첩을 공식적으로 허용하는 처사인데, 우리나라에서는 정처를 버리는 것을 일절 금하고 있습니다. 만약 이런 법을 만들면 너도 나도 기생들을 첩으로 두어 사회적으로 여자들끼리 투기와 분란으로 가정과 나라가 혼란에 빠질 것입니다."

왕은 그래 이것이 간단한 문제는 아니라고 판단하고 다음 날 다시 종친들을 불러 의논했다. 종친들 역시 아무리 왕실의 후손이나 2품 이상 고관 관리들이라도 기녀가 낳은 자식이 그들 자손이란 명백한 증거가 없는 상황에서 기녀를 양반으로 신분을 올려준다는 것은 문제가 있다고 보았다.

우선 기녀가 어느 한 사람의 소유가 아닌 이상 자유롭게 해야 한다는 주장이 팽팽하게 맞섰고, 그들 주장은 '배가 지나간 흔적이 남아 있지 않은 것처럼 그녀들이 낳은 자식이 누구의 자식인지 흔적을 찾을 수 없음이 가장 큰 문제'라고 왕과 같은 의견을 낸 것이다.

이런 논란이 성종 시절 한창 진행되었다가 실제로 기첩 자식을 양인화한 것은 세조 때부터였다. 재상 이중지가 본처에게 아들이 없고 기첩에게만 아들이 있자, 세조에게 자신의 아들을 양반으로 해달라고 청하자 이를 허락해 준 것이다. 이러다 보니 기생들은 자식들을 양반으로 신분을 상승시키기 위해 저돌적으로 당상관 이상의 관리들이나 왕족들에게 육탄공격(?)을 감행해 자못 음란한 일들이 종종 일어났다. 그러나 기생첩을 양반으로 신분 상승이 가능했던 때는 세조 시절 잠깐이었고, 다시 기생첩의 자식들은 모두 관기의 소유가 되었다.

한편 기첩에 대한 임금 성종의 생각은 남자들은 일부다처이고, 여자들은 일부일처라는 관념이 깊이 박힌 듯했다. 또한 기첩을 바라보는 두 가지 관점은 매춘은 허용하지 않지만 기생첩은 허용하는 이중적인 잣대들이다.

바보를 아내로 두었으니 기생첩을 허하노라!

임영대군의 아내는 정신지체아였던 것 같다. 그런 것 때문에 세종은 다른 아들 가운데 유독 임영에 대해 측은한 마음을 갖고 있었다. 그래서 그에게만 기생첩을 허락한다 했다.

임영대군의 아내는 바보였다

1433년(세종 15년) 6월 6일, 왕은 의원 노중례에게 "임영대군의 아내 남씨가 나이가 열두 살인데 아직도 오줌을 싸고 눈동자가 바르지 않습니다."라는 보고를 받고 심히 걱정하는 모습이 역력했다. 노중례는 임영대군의 장인 남지 집에 출입했던 의원으로 그를 통해 들은 바로는 임영대군의 아내 남씨가 어려서 미친병이 있어 치료를 받던 중 임영대군의 배필이 되었다고 보고했다.

왕은 걱정스런 표정으로 신하들에게 혼잣말처럼 중얼거렸다.

"이미 세자의 아내도 몇 번을 버렸는데, 또 넷째 며느리를 버릴 수도 없고, 내 무슨 며느리 복이 이리도 없는가?"

그러자 당직승지가 왕에게 아뢰었다.

"전하! 미친병이 있는 자식을 왕실에 시집보낸 남지를 당장 불러 들여 벌을 내려야 합니다."

그러나 왕은 시무룩한 표정으로 아무 말도 하지 않다가 그것 역시 왕실에서는 부끄러운 일이라고 고개를 흔들었다. 조용히 경청하고 있던 황희가 임금에게 "부부의 인연은 아프다고 버리는 것이 아니며, 그 아비가 병을 숨겨 거짓으로 혼인을 시킨 죄는 물어야 한다"고 주장하였지만 임금은 더 이상 거론하지 말라고 명했다.

임금은 임영대군의 기첩 허용 문제로 허후와 논쟁하다

5년 뒤 실록에는 임영대군의 문제가 다시 언급되었다. 1438년(세종 20년) 4월 23일, 경연 자리에서 왕은 임영대군을 측은하게 여기고 있었다. 실록에 보면, 경연에서 허후가 "전하가 최근 임영대군의 기생첩을 허락한다는 말을 들었는데 그것을 철회하여 주십시오."라고 말하자 왕의 낯빛이 금세 좋지 않게 변했다.

왕이 허후의 물음에 대답한 것이 기록돼 있다.

"자네는 아직 젊어서 아내 노릇을 하지 못하는 여자와 살고 있는 아들을 둔 아비의 심정을 이해하지 못할 것이네. 사내들이란 부부 사이 은근히 나누는 정으로 인해 힘을 얻는데, 이구는 아내가 온전하지 못해 그것을 알지 못하여 내가 항상 측은하게 생각했다. 그래서 만약 첩을 얻고자 한다면 먼저 나에게 허락을 맡고 얻어야 한다고 주의를 준 것이다."

허후(許詡)는 허조(許稠)의 아들이다. 1426년(세종 8년)에 식년 문과에 급제한 인물이다. 그는 나중에 직제학을 거쳐 한성부윤이 되고 예조

245

참판과 예조판서까지 역임했다. 그러나 계유정난 때 김종서 죽이는 것
을 반대했다가 거제도로 유배되고 그곳에서 살해당했다.

　임영대군은 아버지가 허락을 내리고 첩을 얻으라는 말을 하자마자
마치 기다리고 있었다는 듯이 "악공 이생의 딸이 기녀로 있는데 첩으
로 삼으려 합니다." 하자 왕이 바로 허락을 했던 것이다. 그러자 허후는
아들을 옳은 방향으로 가르치지 않았다고 왕의 처분에 이의를 제기한
것이다. 그리고 만약 기생을 첩으로 하려 한다면 그 음란함이 여러 대
군들에게 번질 것이며, 사대부 자손들도 서로 기첩을 놓고 싸움질이 일
어날 것이니 그 뒤의 일이 걱정된다고 하였다.
　그러나 왕은 비록 창기라고 하지만 시집가지 않은 소녀인데 무엇이
잘못인가, 이 역시 후사(後事)를 넓히는 한 방법이니 막는 것이 오히려
이상하다고 말했다. 그러나 왕의 말에 허후는 후사를 넓히려면 양가의
처녀로 하는 것이 옳다고 맞섰다.
　그러자 왕은 화가 난 표정으로 "그렇다면 종친들의 기첩(妓妾)을 다

쫓아내란 말이냐?"라고 버럭 성을 냈다. 이는 경녕군 이비와 함녕군 이인 등이 이미 기생첩을 두고 있기 때문에 왕이 먼저 말을 꺼낸 것이다. 그러자 허후는 물러서지 않고 당당하게 말하였다.

"다 내쫓는다고 해서 무엇이 해롭겠습니까? 대저 기생첩을 둔다는 것은 대개가 법을 무시하고 방자한 자들이 하는 짓이며, 조금이라도 지조가 있는 자는 이를 부끄럽게 생각합니다. 그러므로 나이가 많아서 더 가르칠 것이 없는 자라도 가르쳐야 함을, 아직 대군들은 젊고 한창 학문에 힘을 쏟아야 할 나이이니 기생첩 같은 것을 두고 향락을 가까이 하는 것은 마음과 의지를 어지럽히는 일이니 삼가야 한다고 주의를 주는 것이 좋습니다."

왕은 허후에게 그동안 임영대군과 그의 아내 사정을 잘 이야기하고 기생첩을 두는 문제를 깊이 고민하겠으니 더 이상 공박하지 말라고 주의를 주었다. 임영대군은 아비의 그런 마음을 이해하지 못하고 자주 기생첩들과 스캔들을 일으켜 세종의 마음을 아프게 했다.

임영대군 직첩이 회수되다

허후와 논쟁한 뒤 1년 있다가 임영대군은 간통 사건으로 왕의 심사를 어지럽혔다. 1439년(세종 21년) 5월 3일, 임영대군 이구의 여자 문제가 아침 조회시간에 올라왔다. 지난 번 왕은 이구가 간통 사건을 일으켜, "기생첩을 들이려면 이 애비에게 먼저 보고하고 하라."는 지침을 내려 주었지만 세상에 아비에게 기생첩 이야기를 당당히 말할 수 있는 자식이 어디 있다는 말인가. 이구는 그동안 내자시 궁녀 막비를 건드렸고, 막비가 궁궐 시녀로 들어가자 궁궐 한적한 곳에서 서로 간통을 저질렀다. 또한 창기 금강매를 첩으로 삼았으며, 궁녀 금질지를 보고 마음에 들어 남자 복장을 하게 한 뒤 사통하였다.

왕은 보고 내용을 듣고, 고개를 숙이고 생각에 잠겨 있다가 영의정 황희와 우의정 허조를 남기고 모두 물린 다음 두 사람과 깊은 의논을 했다. 왕은 임영대군을 왕실을 욕보인 죄로 먼 지방으로 유배를 보내려고 했다. 하지만 우의정 허조가 측은한 왕의 마음을 헤아렸다.

"아내에게 풀지 못하는 정욕을 이곳저곳 흘리고 다닌 것이니 오죽하겠습니까? 스무 살 한창 피가 뜨거운 나이라는 점을 감안하여 이번에 특별히 용서하시고 관련자들도 가볍게 처벌해 줄 것을 건의합니다."라고 하자 왕이 그의 의견을 들어 그렇게 한 것이다.

그래서 이구는 모든 관직을 거둬들였고 궁궐 출입을 금하게 했으며, 창기 금강매를 자기 고향 공주로 돌려보냈다. 또 궁녀 신분으로 간통을 저지른 막비와 금질지 두 사람은 사헌부에서 시키는 고된 노역을 받아야 했고 궁녀를 소개한 내시 김전을은 곤장 1백 대를 치고 국경 군사로 보내게 했다. 또한 임영대군 곁에 붙어 다니며 온갖 좋지 않은 일을 함께하는 악공 안막동과 김흥의를 모두 변방에 군사로 보내버리게 했다.

그렇게 용서를 받은 이구는 그 해 11월 다시 내자시의 궁녀 가야지와 간통을 하다 발각되었다. 왕은 격노하면서 명령했다.

"임영대군은 지난 5월 간통 사건을 일으킨 죄로 궁궐 출입을 못하게 했는데, 어미를 보고 싶어 하는 마음이 하도 간절하여 허락했는데 또 사건을 일으킨 것이다. 나는 여러 아들 가운데 이 녀석만이 지독하게 음탕하고 방자해 신하들 볼 면목이 없다. 그를 당장 변방으로 내치고 싶지만 신하들이 만류해 참지만 궁녀 가야지는 그냥 둘 수 없다. 그러니 그녀를 가장 먼 곳인 제주현의 관비로 보내라."

누이동생과 조카딸 때문에 못 살겠다

화려한 정치 경력을 가진 변계량에게는 가족들에 얽힌 추잡한 성 스캔들 사건이 많이 있었다. 특히 그의 누이로 인해 그는 많은 고초를 겪었고, 후에는 누이동생의 딸로 인해 탄핵까지 당하는 일이 벌어졌다.

    1399년(정종 1년) 8월 19일, 변계량의 누이동생이 집안의 종들과 눈이 맞아 통간을 하다 남편에게 들켜 쫓겨났다. 이어 오히려 재가한 남편에게 그 사실이 들키자 오히려 오빠 변계량과 남편을 역모로 뒤집어씌어 죽이려 했다.

    변계량은 17세에 문과에 급제한 천재다. 그는 어릴 때부터 남달리 총명했으며 명나라에도 그의 이름이 널리 알려진 당대 최고 학자였다. 아버지 변옥란 역시 공양왕 아래서 호조 병조 이조 각부 수장을 지낸 고위 인사였으며, 그 역시 아들과 함께 철저하게 이성계를 지지하여 조선 개국의 일등 공신이 되었다.

그런데 가족들 가운데 누이동생이 종종 변계량의 앞길에 먹구름을 많이 드리웠다. 그녀는 남편이 죽고 없자, 집안 종들과 이상한 관계로 소문이 났고, 이어 오빠 변계량을 역모 혐의로 무고하다 결국 죽음을 당했다. 그녀의 전 남편은 박원종인데, 변씨가 종들과 바람피우는 것을 보고 그녀를 쫓아냈다. 그리고 그녀는 박원길에게 재가(再嫁)를 간 것이다. 하지만 얼마 뒤 박원길은 그녀가 남편과 헤어진 일이 바람을 피워 그렇게 됐다는 것을 알게 되자 "내 남편이 성질이 사나워서 오래 살기 힘들게 되었다."고 오빠 변계량에게 말하며 이혼을 할 수 있게 해 달라 부탁하였다.

그러나 변계량은 누이동생의 말을 듣고 오히려 그녀를 혼냈다. 변씨는 이에 앙심을 품고 자기 집안의 종이자 평소 내연의 관계였던 포대(包大)라는 자와 함께 모의하여 정안공 이방원의 종, 김귀천을 양자로 삼고 노비를 주어 그를 회유한 뒤 자기 오빠인 변계량이 역모하려 했다고 정안공에게 거짓을 꾸민 것이다.

변씨는 이방원에게 가서 아래와 같이 말하는 것을 들었다고 했다.

"이양몽이 나를 박원길에게 중매를 해서 부부의 인연을 맺었습니다. 그런데 그 날, 자기에게 수백 명의 군사가 있는데 회안공 이방간에게 의탁하면 어디 자리 하나 없겠습니까?"

그러면서 그녀는 이방원에게 이렇게 거짓 정보를 준 것이다.

"박원길과 변계량·이양중·이양몽 등이 몰래 난을 일으키려 합니다. 그러니 서둘러 그들을 잡아들여야 합니다."

그래서 이방원이 왕에게 조사하길 원하니 이에 여러 대신들이 대장군 심귀령을 시켜 박원길을 잡아 국문하게 하니 박원길은 무고라고 하였고 변씨는 조사가 진행되자 두려워 도망을 쳤다. 이에 포대와 변씨를 잡아 박원길, 이양몽과 함께 심문하자, 변씨가 말하였다.

"이양몽은 회안공의 우두머리 부하로 내 남편과 함께 회안공을 세우려고 거사를 도모하였습니다."

이런 고변이 있자 왕은 관련자 모두를 국문하였다. 이때 박원길과 사안(沙顔)은 모두 곤장을 맞아 병사(病死)하였다. 사헌부에서 이양몽 등을 국문하니, 모두 혐의가 없었다. 포대가 말하였다.

"우리 형제가 주인마님을 사통하였는데, 박원길이 그 일을 알게 되었으므로, 거짓말을 꾸며 주인어른을 죽음에 빠뜨리고자 한 것이요, 실상은 이런 일이 없습니다."

이에 이양몽 등은 모두 석방하고, 변씨와 포대는 참살을 당했다.

변계량은 누이동생 딸 때문에 또 곤혹을 치르다

1410년(태종 10년) 6월 13일, 변계량의 누이동생이 죽은 뒤 또 11년이 흘러 변계량과 그의 누이동생이 실록에 언급됐다. 이날 형조판서 함부림이 파직되고, 정랑 김자서와 양문관을 각각 청주와 곡성에, 좌랑 이맹진을 원주에 귀양 보내 버렸다.

변계량의 누이동생 딸 소비가 밀양 사람 구의덕에게 시집을 갔는데 별군(別軍) 김인덕과 간통하였다. 그런데 남편 구의덕이 아내를 막지 못하고 변계량에게 호소하였다. 변계량은 이 일을 부끄럽게 여겨 조카를 변계량의 시골집에 가 있게 하였다. 그런데 그녀가 반성은 하지 않고 오히려 반항을 하였다. 변계량은 반항하는 그녀를 방안에 가두고 외출을 못하게 하자 자기 스스로 화를 참지 못한 조카는 스스로 목을 매어 죽은 것이다.

그런데 형조(刑曹)에서는 변계량이 주장하였다. '위력으로 사람을 억압하고 결박한' 죄를 물어 법률에 의거 장 70대를 때려야 한다고 임금에게 보고를 한 것이다. 이에 변계량이 대궐에 들어와 "이번 형조의 판단은 타당하지 않다."고 논리적으로 왕에게 진언하여 왕이 이를 받아들인 것이다. 변계량이 주장하였다.

"집안 어른이 가문의 이름을 더럽힌 조카를 혼내는 것은 당연한 것이다. 그리고 내가 조카를 죽인 것도 아닌데 마치 나를 살인자 취급한 것은 잘못된 일이다."

그러자 왕은 형조의 잘못을 인정했다. 그래서 왕은 앞서 말한 것처럼 그들을 처벌한 것이다.

변계량, 아내를 학대한 죄로 탄핵되다

1412년(태종 12년) 6월 26일, 사헌부는 변계량이 부인이 있는데도 다른 부인을 취했다는 이유로 그를 탄핵하였다.

변계량의 첫째 부인은 철원부사 권총의 딸이었는데, 결혼한 지 얼마 지나지 않아 쫓아냈고 다시 얻은 부인 오씨는 시집 온 지 얼마 되지 않아 죽었다. 그리고 세 번째 얻은 부인은 이수(李隨)의 딸 이씨였는데 변계량은 그녀를 무척이나 모질게 대했으며 방에 가둬 두고 창문으로 음식을 넣어주고, 오줌도 방 안에서 누게 했다. 이수는 세종 임금의 스승이기도 했다. 이런 사실을 이수의 아들 이촌이 알고 분노하여 누이 이씨를 친정으로 데려간 뒤 사헌부에 소송을 냈다.

사헌부에서는 변계량을 불러 심문했는데 왕(태종)이 심하게 조사하지 말라는 명을 받고 오히려 고발한 변계량의 처남 이촌은 변계량과 언쟁을 벌이다 더위를 먹고 병에 걸렸다. 그런 와중에 변계량은 도총제

박언충의 딸에게 새 장가를 갔고 사헌부에서는 그런 점을 비난하며 그를 탄핵했던 것이다.

그러나 왕은 성인도 사생활이 있으니 허물을 너무 논하지 말고 상소를 더 이상 받지 않겠다고 선언해 버렸다. 변계량은 하륜에게 글을 배운 인물로 문장가로 태종의 신임이 대단했다. 양녕을 폐위할 때 세자를 보필하던 사람들을 모두 관직에서 옷을 벗겼지만 태종은 변계량만은 예외로 두었다.

변계량은 문장 뿐아니라 언변에도 탁월했다. 그래서 태종에게 자신의 주장을 펼 때도 논리 정연한 말솜씨로 왕을 설득한 것이다. 태종이 신임이 이러하므로 형조 관리들이 오히려 죄를 받은 것이다.

그리고 변계량은 여성에 대한 이상한 편력 증세가 있었다. 또한 아내에 대해 심한 의처증을 갖고 있던 인물이었다. 변계량은 네 번이나 결혼을 했던 사람이다. 재혼조차 힘들어 왕에게 정식으로 허락을 받아야 했던 조선에서 4번의 결혼을 한 유명한 학자는 아마 변계량이 유일할 것이다.

조영무와 홍윤성의
간통 사건

전 호군(護軍) 조윤(趙倫)에게 장 1백 대를 때렸다. 조윤이 부상(父喪)을 당한 지 달포도 넘기지 않아 기첩(妓妾)과 간통하였다. 그는 조영무의 아들이며 왕이 그를 사랑하는 마음 이 매우 깊었다.

1414년(태종 14년) 8월, 개국공신이자 태종의 오른팔이었던 조영무 가 죽었다. 정몽주를 개성 선죽교에서 죽이고 이성계의 조선 개국에 혁 혁한 공을 세운 그가 죽자, 태종은 그의 족보를 찾기 위해 백방으로 수 소문 했지만 허사였다. 그래서 당시 명문가였던 한양 조씨 조온의 도움 으로 그의 집안사람으로 등록이 된다. 두 사람 모두 비슷한 나이였고, 태종의 최측근 부하였으며 각별한 친분이어서 이런 일이 가능했다. 조 영무는 일개 시골 병졸 출신이었지만 한양 군영으로 차출된 뒤 뛰어난 무사들을 발탁하기 위해 노력하고 있던 이방원의 눈에 띄어 승승장구 출세해 무인으로 우의정까지 오른 인물이다.

그런데 같은 해 9월 21일, 조영무의 아들 조윤이 부친상을 당한 지 달

포도 지나지 않아 기생첩과 놀아났다는 첩보가 사헌부에 이첩됐다. 이에 사헌부에서 조사를 하고 그것이 사실로 판명되자 왕에게 보고가 된 것이다. 왕은 탄식을 하였다.

"내가 가장 아끼는 영무는 자식 복이 없는가 보다. 어찌 아비가 죽었는데, 아들은 슬픈 기색도 없더니, 기첩과 간통을 하는가?"

그리고 곧바로 조윤을 곤장 백 대만 때리게 했다. 또한 아비 덕분으로 얻은 공신 녹을 없애고 일체 관직을 모두 거둬들이게 했다.

한편 1412년(태종 12년) 12월 6일, 조영무가 관기를 마음대로 취한 것이 발각돼 탄핵을 받은 적이 있었다. 당시 그는 우의정이란 높은 벼슬에 있었는데 관기를 취한 일은 한참 전의 일이었고, 누군가 그의 높은 벼슬을 시기하여 사헌부에 그 사실을 은밀히 고발하여 대간들의 탄핵을 받은 것이다. 그러자 왕은 사헌부 지평 이하 모든 관리들을 출석시켜 그가 기생첩을 취한 내력을 소상하게 알려주었다.

"내가 즉위한 지 2년 만에 관기의 딸 관음이 겨우 열 살에 궁궐로 들어왔다. 너무 어린 나이에 궁에 들어와 내가 그녀에게 까닭을 묻고 다섯 달을 궁궐 생활하다가 조영무에게 시집간다고 해서 내가 그것을 허락하였다. 그런데 지금 십 년이 흘렀고 조영무가 첩을 삼은 지도 오래된 일인데 무슨 까닭으로 탄핵하는가?"

왕은 오히려 사헌부 관리들을 나무랐다. 이때 조영무가 우의정으로 정승 자리에 있는 것을 배가 아픈 공신의 누군가가 사헌부에 첩보를 흘려 그렇게 해서 그가 탄핵을 받게 된 것이다. 태종 주변 인물들은 충성을 확인시켜 주기 위해 과도한 일들을 자주 벌였다. 그 가운데 이숙번과 조영무였다. 하지만 두 사람은 너무 대조적이었다.

이숙번은 머리를 자주 써서 왕의 총애를 받았지만 조영무는 너무 머리를 쓰지 못해 자주 왕의 호된 질책을 받았다. 그러나 머리를 써서 왕의 환심을 얻은 것은 얼마 지나지 않으면 모두 드러나 실망을 준다. 우직함은 처음은 거칠고 왕에게 꾸지람도 받지만 나중에 그 사람의 진정한 마음이 나타나 감동을 준다. 조영무가 태종에게 하는 충성이 바로 그런 깊은 뚝배기 같은 것이 있었다.

태종 이방원에게 조영무가 있다면 그와 비슷한 이미지로 세조에게는 홍윤성이 있다. 두 사람 모두 용감한 장수이지만 머리는 그렇게 좋은 사람들이 아니었다. 하지만 조영무는 천성이 착한 인물이지만 홍윤성은 그렇지 못해 그에 대한 놀라운 일들이 실록에 실려 있다.

홍윤성, 갖가지 추문에 연루되다

1458년(세조 4년) 7월 11일, 계유정난의 일등공신 홍윤성이 어머니 상중에 김한의 딸을 강제로 겁탈하려다 사헌부의 탄핵을 받았다.

"홍윤성의 죄가 있다면 그 명백한 증거를 가지고 와라."

왕은 이렇게 지시하고 상소를 돌려보냈다. 그리고 며칠 뒤 사헌부에서 홍윤성이 사헌부의 출두요구서를 받고도 이를 묵살하고 있다고 왕에게 보고했다.

사건의 내용은 대략 이렇다. 사헌부의 상소가 있기 사흘 전, 세종 시절 사역원주부 고(故) 김한(金汗)의 딸을 홍윤성이 강제로 겁탈하려고 그의 집을 무단 침입하였다. 놀란 김한의 아내는 딸을 데리고 이웃집으로 피신을 하였다. 그런데 조사를 맡은 사헌부에서 장령들이 홍윤성의 간통 사건을 서로 맡지 않겠다고 버티다 홍윤성에게 출두 요구서를 보냈지만 홍윤성은 사헌부의 요구를 묵살하고 있었다.

　이런 이야기를 전해들은 왕은 다음과 같이 지시하고 사건을 의금부에 넘겼다.

　"내가 듣기로 홍윤성의 간통 사건이 김한의 처 고발을 받고도 지금 조사를 하지 않고 있다고 들었으니 대사헌 어효첨과 집의 이파, 지평 황윤원 등은 직무를 수행하지 않은 죄가 있으니 이들까지 같이 조사하여 보고하라."

　지금으로 말하면 검찰의 검사들이 권력이 무서워 조사를 하지 않고 버티다가 겨우 소환장을 발부했지만 출두하지 않고 조사도 흐지부지하자 검찰총장과 부장검사 등을 그들을 직무유기죄로 함께 다뤄 경찰에게 조사를 맡긴 것이다.

　왕이 의금부에 조사 지시를 내린 다음 날, 경회루 아래서 활쏘기 시합을 구경하다 술자리를 베풀었다. 이 자리에 홍윤성을 불러 김한의 집에서 있었던 일을 물으니 홍윤성이 이렇게 변명했다.

　"신이 술에 취하여 잘못 들어간 것입니다. 나머지 일은 신이 한 일이 아니고 정신 나간 저의 수족들이 한 일이라 심히 야단을 쳤습니다."

　이에 왕은 사헌부에서 한 나라의 공신을 무고했다고 판단, 사헌부 수장 대사헌 어효첨을 파직시키고 의금부에서 무고한 자들까지 찾아내라 명령했다.

　왕은 의금부에 사건 조사를 맡기면서, 지시하길 홍윤성을 조사하지 말고 공신을 무고한 혐의로 김한의 아들 김분 등을 국문하게 하라고 지시했다. 갑자기 피해자가 피의자로 둔갑한 것이다.

　평소에 공신들과 술자리를 자주 가졌던 세조는 이 날 홍윤성의 말만 믿고 오히려 피해자인 김한의 아들을 국문하게 명하니, 감찰 기구였던

사헌부 사간원 대간들이 합동으로 왕의 지시가 잘못됐다며, 다음 날 대사헌 민건 · 집의 구신충 · 장령 김국광 등이 상소하며 다시 홍윤성을 탄핵하였다. 사헌부 사간원 양사에서는 홍윤성이 그저 술을 먹고 실수한 것이 아니라 주변 정황을 모두 조사한 결과 계획적이고 의도적으로 행한 일이라고 그의 죄를 물어야 한다고 주장한 것이다.

"지중추원사 홍윤성이 공신이란 신분으로 스스로 몸을 조심하지 않고 어미의 상중(喪中)에 있으면서 정욕을 참지 못하고 전일에 혼인을 청한 여인의 집에 바로 밤에 쳐들어가 강간을 하니 아무리 공신이라도 그냥 덮어 둘 수 없습니다. 비록 홍윤성이 술에 취해 갔다 하지만 의금부에서 홍윤성이 진술한 내용은 '김한의 처자(妻子) 등은 이미 나와 혼인하기로 약속하였는데, 김인(金潾)이 중간에서 저지하므로 내가 설득하려고 갔다'고 하였으니 실로 취한 상태에서만 간 것으로 볼 수 없고, 또한 그의 말을 들어보면 혼인 말이 오고가는 여자를 간통하려고 의도적으로 간 것으로 볼 수 있습니다. 홍윤성이 만약 어려서 부모가 애써 키워 주신 노고를 생각하는 것이 조금이라도 있으면 어느 겨를에 슬픔을 잊고 혼인하기를 구하겠습니까? 그의 그릇된 행동을 법으로 다스리소서."

그러나 왕은 평소 홍윤성을 친아우처럼 생각했던 처지라 양사의 진정 내용을 확인하지 않고 그저 김한의 아들이 공신을 무고한 사건이라 결론을 내리고 서둘러 사건을 종결 처리했다. 그리고 왕은 홍윤성을 따로 불러 혼내고 타일렀다고 한다.

"아우야! 내가 너에게 누누이 이야기 하지 않았느냐. 술을 먹어도 좀 곱게 먹으라고. 지금까지 네가 술을 먹고 실수한 것이 한두 번이냐?"

홍윤성은 계유정난에 참여하여 김종서를 잡아들여 일등 공신이 된 자이지만, 성질이 포악하고 힘이 장사였다. 김종서가 미리 홍윤성을 힘 못쓰게 하기 위해 자기 집으로 초대하여 자기의 젊은 첩에게 큰 그릇에 술을 가득 부어 홍윤성에게 마시게 하니 석 잔을 넉넉히 마시고도 유유히 걸어 나와 김종서를 놀라게 했다고 한다. 그 날이 바로 계유정난이 일어난 아침이었다. 홍윤성은 그 날 거사를 치르면서도 하루 종일 취한 기색 없이 일을 잘 처리해 세조의 신임을 받았다.

한편 홍윤성이 이조판서가 되어 인사권을 쥐고 있을 때 어느 날, 숙부가 자기 아들을 벼슬시켜 달라고 조카를 찾아 청탁을 하였다.

"작은아버지가 가지고 있는 옥답 스무 마지기를 넘겨주시면 벼슬을 주겠습니다."

숙부는 그에게 욕을 하고 내갈겼다.

"30년 동안 너를 보살펴 준 은혜도 모르는 녀석!"

이에 홍윤성은 그 자리에서 숙부를 죽여 후원에 묻어 버렸다.

숙모는 홍윤성이 남편을 죽였다고 형조에 고소장을 접수하였지만 접수를 받아주는 자가 아무도 없었다. 이에 화가 난 그녀는 사헌부에도 고소장을 접수했지만 역시 감감 무소식이었다. 결국 숙모는 세조가 온양 온천으로 온다는 소문을 듣고 천안삼거리 버드나무에 올라가 왕의 행차를 기다렸다가 왕이 도착하자 나무 위에서 서글피 울었다.

세조가 기이하게 여겨 자초지종 이야기를 듣고 진상 조사를 명했다. 조사 결과 홍윤성의 집 마당 뒤편에 숙부의 시체가 땅 속에서 발견되자 홍윤성의 죄가 사실로 드러나 세조는 홍윤성을 죽이라고 명했지만 공신들의 반대로 홍윤성의 종 십여 명을 목 베고 사건을 마무리한 적도 있었다.

홍윤성은 계유정난 이후 세조의 전폭적인 신임을 받으며 막대한 재산을 축적했고 성종 2년 갑자기 발에 난 종기가 온 몸에 퍼져 51세 나이로 숨을 거두었다. 홍윤성은 평소에도 여자에 대한 욕심이 많아 반반한 여인을 보면 그 자리에서 취하지 못하면 병이 날 정도로 음욕이 많아 후실을 여럿 두었다.

정실부인인 남씨는 아들을 낳지 못한다는 이유로 버렸으며 그가 죽자 그 많은 재산을 놓고 후실들 사이에 재산 분쟁이 일어나기도 했다.

죄를 지은 갑사를
벌할 자가 없습니다

왕이 이숙번의 말을 알아듣고 "내가 갑사를 사랑하는 마음은 경과 같다. 그러나 갑사들이 내란의 위험으로 나를 지켜 주었을 때 공은 인정하지만 나를 가까운 곳에서 보좌하는 내시 이만호를 욕보인 것은 왜적과 다를 바 없는 행동이다. 그러므로 그들은 마땅히 처벌 받아야 한다."라고 하였다.

1403년(태종 3년) 6월 5일, 대궐에서는 축제 분위기였다. 하륜 등이 명나라 사신으로 갔다가 명나라 황제가 태종의 왕위 계승에 시비를 걸다가 인준을 허락하고 그 증거로 고명과 인장을 휴대하고 명나라 사신과 함께 왔기 때문이다. 대궐에서는 여러 날 연회가 베풀어졌는데, 왕은 밤사이 갑사들이 한양의 고위 관료 집들을 돌아다니며 행패를 부린 내용을 보고 받고 잔뜩 화가 나 있었다.

사건은 이렇다. 며칠 전 밤에 내시 이만년의 집과 갑사 나유인 집이 가까운데 두 집 모두 도둑이 들었다는 신고가 접수되었다. 그래서 순위부 병사들이 출동을 했다는 것이다. 순위부는 조선 초기 만들어진 관청으로 지금의 경찰과 같은 도성의 치안을 담당하는 조직이었다. 그리고 나유인 집에서 몰래 숨어 있던 자를 발견하고 순위부에서 그 자를 붙잡았다. 잡을 당시에는 깜깜한 밤이라 그가 누군지 몰랐는데 순위부로 데려와 밝은 불빛에서 보니 좌군 갑사(左軍甲士) 정습지란 것을 알게 된 것이다. 순위부에서는 정습지를 데리고 조사를 했는데, 정습지는 당당하게 말했다.

"내가 그 집에 들어간 것은 도둑질 하려고 들어간 것이 아니라 나유인의 처를 간통하려고 들어 간 것이다."

그래서 순위부는 나유인의 아내를 잡아다가 물으니 그녀 역시 간통한 사실을 순순히 자백했다. 그럼 두 사람을 잡아 죄를 주어야 마땅한데도, 순위부 관리들은 도둑맞은 물건이 없으니 정습지를 풀어주라고 결정을 내렸다. 그래서 정습지는 석방이 되었고, 곧바로 자기 휘하의 갑사 40여 명을 거느리고 내시 이만년의 집에 가서 항아리와 술독을 때려 부수고, 베틀 위의 직포(織布)를 끊어 버리며 사람들을 때리고 행패를 부렸다는 것이 어제 늦은 밤 한양에서 벌어진 소란의 일단이었다.

이런 행패를 부린 뒤에도 정습지는 분이 덜 풀려 그런지 다음 날에 또 시위 갑사 한 패를 몰고 이만년의 집에 이르렀다. 이들은 이만년이 순위부에 고발한 것을 알고 몰려 간 것이다. 이에 놀란 이웃 사람들은 한밤중에 무서워 도망을 가고 도성은 또 한바탕 그 밤에 난리가 났다. 갑사의 시위대들은 이만년의 집에서 행패를 부리고 다시 가까운 거리에 성균관 서리 김호인의 집까지 찾아가 김호인을 실컷 두들겨 팼다는 것이 당시 사건의 전말이었다.

왕은 이 사건을 보고받고 우선 순위부에서 사건을 처리했던 자들을 하옥시키고 갑사 정습지를 비롯해 그 날 도성을 시끄럽게 소란을 피웠던 갑사들을 모두 옥에 쳐 넣어 곤장을 치게 했다. 왕은 "남의 아내를 간통한 자를 죄가 없다고 풀어준 순위부 관리들이 한심하다."라며 화를 냈다.

그러자 이숙번이 정습지를 처벌할 만한 사람이 없다고 왕에게 말을 하자 왕이 이숙번의 말을 알아듣고 "내가 갑사를 사랑하는 마음은 경과 같다. 그러나 갑사들이 내란의 위험으로 나를 지켜 주었을 때 공은 인정하지만 나를 가까운 곳에서 보좌하는 내시 이만년을 욕보인 것은 왜적과 다를 바 없는 행동이다. 그러므로 그들은 마땅히 처벌 받아야 한다."라고 하였다.

실록에 기록된 이 사건을 놓고 당시 상황을 상상해 보면 재미있는 광경이 그려진다. 태종은 갑사에 남다른 애정을 갖고 있었다. 1, 2차 왕자의 난에 자기를 도운 갑사들의 공로로 인해 집권에 성공했기 때문이었다. 그런데 갑사 중에 우두머리였던 정습지가 어느 날 궐에서 벌어진 연회에 술을 거나하게 먹고 평소 정을 통하고 지내던 나유인의 아내 생각에 그 집을 월담하여 간통을 한 것이다.

그런데 그때 마침 잠을 이루지 못하고 있던 내시 이만년이 그 모습을 목격하고 순위부에 도둑이 들었다고 신고를 한 것이다. 그렇게 해서 정습지가 잡혀 들어가 순위부에서 조사를 받는 수모를 당한 것이다. 그러나 순위부 관리들은 정습지를 서둘러 풀어주었고, 화가 난 정습지는 자신을 신고한 이만년의 집을 쳐들어가 그 집을 완전 엉망으로 만들어 버린 것이다.

갑사는 중국 주나라의 상층 군인을 뜻하는 말로 유래하였으며, 조선 건국 무렵 이성계가 거느리던 친위 부대를 갑사라 불렀다. 정종 때는 사병 혁파 정책으로 인해 삼군부에 귀속되었다가 태종 즉위와 더불어 복원되어 궁궐의 수비와 도성 경비를 담당했다.

태종은 자신이 거느리던 사병들이 왕자의 난에 공을 세운 것을 인정하여 갑사들을 아끼고 사랑했는데, 그것이 그들의 난폭함을 키운 꼴이된 것이다. 그래서 태종이 집권하자 그들을 억제할 권력 기관이 없었다. 이들 갑사는 근무를 마치면 지방 수령이나 무관 지휘관으로 진출, 공을 세우면 당상관까지 올라갔으며, 갑사로 이름을 날린 인물은, 예종 때 영의정을 지낸 강순, 유자광 등이 모두 갑사 출신이다.

태종은 자기 집권에 공헌을 했던 갑사들 40명을 소란의 책임을 물어옥에 가두고 곤장을 때리게 했지만 얼마 뒤 풀어주고 그들의 마음을 다독였다. 하지만 그해 11월에는 사헌부 관리들과 갑사들이 충돌하는 사건이 벌어지기도 했다. 사헌부 하급 관리가 갑사들을 하대하며 '직책도 낮고 무식하며 머리도 나쁘다'고 비난하는 일이 있어, 이에 분개한 갑사들이 대궐에서 아침 조회를 마치고 나오는 사헌부 감찰을 구타하는 사건이 벌어진 것이다.

사헌부 대사헌은 즉시 이 일을 보고하였고 왕은 사헌부 장령을 불러 타일렀다.

"갑사들을 조사하되 너무 심하게 때리지는 말라!"

이때 무장 조영무가 왕이 사헌부 편을 드는 것에 불만을 터뜨렸다.

"갑사들이란 억누르면 더욱 튕겨 나갈 뿐입니다. 그들이 지금 집단적으로 행동하려고 합니다."

그러자 태종이 갑자기 버럭 화를 내며 말했다.

"그럼 임금인 나에게 도전하려고 덤벼드는 것인가?"

그러자 조영무가 더 이상 아무 말도 하지 못했다.

태종의 카리스마가 느껴지는 이야기다.

조선의 의녀는
기생이고 여자 경찰이었다

조선의 의녀는 여러 가지 일을 했다. 부녀자들을 치료했고, 어의를 대신해 대궐 여인들의 건강을 담당했으며, 때로는 연회에 참석하여 기생 노릇을 하기도 하고 별감들과 함께 여자 경찰 노릇도 했다.

대장금은 실제 존재했던 인물이다. 중종실록에 그녀의 이름이 여러 차례 등장하는데 중종 후반기로 가면 왕의 병세를 책임지는 의녀로 활동하며 왕은 여러 차례 그녀의 재주를 칭찬하는 말이 실록에 실려 있다.

장금의 이름이 처음 등장하는 것은 1515년(중종 10년) 3월 8일이다. 대간들이 의녀 장금을 탄핵하는 내용이 실록에 등장한다. 한 달 전 중종의 계비 장경왕후가 원자(훗날 인종)를 낳았는데, 3월 2일에 사망을 한 것이다. 장경왕후는 왕비로 간택된 뒤 7년 만에 아이를 낳고 숨을 거둔 것이다.

왕비의 죽음에 누군가 책임을 져야 했다. 실록은 "의원 하종해(河宗

海)는 대장금이 말한 대로 약을 지어 올렸는데 원자를 낳다가 왕비가 죽었으니 지시대로 약을 지은 하종해보다는 대장금이 더 큰 죄를 지었습니다."라는 말이 나온다.

어의 하종해가 일개 의녀의 지시로 약을 지었다는 대목을 보면 그녀의 위치가 어느 정도였는지 짐작이 간다. 하지만 한 나라의 어의란 자가 책임을 의녀에게 떠넘기는 모양이 좀 치사해 보인다.

대장금에 대한 기록이 7년 뒤 다시 등장한다. 1522년(중종 17년) 9월 5일, 이런 내용이 나온다.

"대비의 병세가 나아지자 약방들에게 상을 주다. 의녀 신비(信非)와 장금(長今)에게 쌀·콩 각 10섬씩을 주었다."

1524년(중종 19년) 2월 15일, 대장금에게 중종의 병을 전담해서 치료하게 한다는 기록도 등장한다. 그 날 실록을 보면 왕의 하명이 기록돼 있다.

"의녀 대장금(大長今)의 의술이 그 무리 중에서 가장 뛰어나니 대궐에 출입하며 나를 간병하게 하라. 그리고 전체아(全遞兒)를 대장금에게 주라."

'전체아'는 의녀 가운데 최고의 직책을 의미했다. 중종은 의녀들 중에서 대장금의 의술이 최고인 것으로 파악하고 있음을 알 수 있다.

1544년(중종 39년) 11월 15일, 중종은 창경궁 환경전에서 숨을 거둔다. 세자에게 왕위를 물려주고 하루 만이었다. 병명은 지금으로 말하면 대변을 보지 못하는 병을 앓고 있었다. 그런데 왕은 '거의 한 달 동안 일체의 사람들 접견을 금하게 하고 오직 장금이만 옆에 있게 했다.'라는 문구가 실록에 기록돼 있다. 이것으로 미뤄보면 당시 중종의 죽음을 앞두고 대궐에서 얼마나 격렬한 권력 암투가 진행되고 있었는지를 보여준다.

대장금 때문에 의녀에 대해 사람들은 좋은 이미지를 갖고 있다. 하지만 의녀들은 기녀들과 거의 같은 취급을 받았다. 1488년(성종 19년) 1월 14일 성세명이 왕에게 말한 것을 들어보면 당시 의녀에 대한 사회적 위치가 어떤지를 알 수 있다.

"의녀와 기녀는 본래 정한 지아비가 없으므로 아들을 낳으면 천인의 천인이 됩니다. 신의 생각으로는 의녀나 기녀들의 아이를 낳으면 그 아비를 물어 기록하는 것이 어떻겠습니까?"

의녀나 기녀들이 무분별하게 남자들과 관계를 하니 양반들과 관계해서 아이를 낳으면 그들은 양반으로 인정하자는 제안이었지만 왕은 허락하지 않았다.

왕은 그렇게 되면 양반이 너무 많아지고 의녀들이나 기녀들이 자식들을 양반으로 만들려고 몸을 양반에게 서로 주려고 할 것이며 그럼 사회 풍속이 심히 문란해질 것이라고 판단했다.

의녀의 필요성은 태종 6년 제생원이 설치된 후 "남자 의사에게 진찰받기를 부끄러워하는 많은 부인들이 있어 의녀가 필요하다."는 건의를 받고 의녀가 만들어진 것이다. 그런데 의녀가 기녀와 같은 일을 하게 된 것은 연산군 때부터다. 연산군은 의녀들을 일반 관기와 함께 연회에 참석시켰다. 중종반정 이후 의녀들은 연회 참석을 금지시켰지만 그것이 잘 실천되지 않고 구습이 남아 있었다.

1529년(중종 24년) 7월 20일, 일어난 오윤산 사건은 의녀가 얼마나 학대받으며 살았나를 짐작할 수 있는 이야기다. 사건의 내막은 이렇다. 오윤산에게는 금(今)이라는 딸이 있었다. 그런데 이 딸이 시집도 가지 않았는데 아이를 임신한 것이다. 마을에서는 이상한 소문이 돌았다. 금이가 임신한 아이가 생부 오윤산의 아이란 해괴한 소문이 그것이었다.

결국 소문은 관가에까지 들어갔고, 의금부에서는 오윤산을 잡아들였다. 오윤산은 정처에게서 금이라는 딸을 낳았는데 첫 부인은 죽었다. 오윤산은 의녀 출신의 과부 관남을 재취로 얻었다. 관남은 전 남편 소생의 딸 성금이 있었고, 그녀도 의녀로 혜민서에 출퇴근하고 있었다.

의금부에서는 부녀를 잡아 사실을 확인했지만 둘 다 펄쩍 뛰었다. 유전자검사를 할 수도 없고, 참으로 난감한 일이었다. 그런데 의금부에 차막송이란 자가 나타나 자기가 그 아이의 아버지라고 자수를 했다.

차막송은 금이를 겁탈하여 임신을 시키면 오윤산의 많은 재산을 나눠 주겠다고 관남이 제의를 했고, 이 유혹을 이기지 못하고 방 안에서 자고 있던 금이를 덮쳐 임신을 시켰다고 실토를 한 것이다. 그러니까 금이의 임신은 오윤산 집에서 머슴으로 있던 차막송이 강간을 해서 생긴 아이였다.

왜 이런 나쁜 일을 저질렀는지 의금부에서 그 이유를 묻자 관남과 정금은 오윤산이 두 모녀를 의녀 출신이라 학대가 자못 심했다고 고백했다.

"오윤산은 우리가 의녀라 부끄럽다며 바깥출입도 마음대로 하지 못하게 하고, 술만 마시면 우리 두 모녀에게 재산을 훔쳐 빼돌린다고 때리고 수시로 내쫓기를 여러 차례, 더 이상 견딜 수 없어 이런 나쁜 짓을 모의했습니다."

이렇게 해서 두 모녀는 처벌을 받게 되었는데, 관남은 참형에, 정금은 장 1백 대를 맞고 3천리 밖으로 유배를 처하게 되었다. 차막송 역시 장 1백 대를 맞고 멀리 변방의 관노로 보내졌다.

그런데 의녀들이 조선 후기로 넘어오면 여자 경찰 일까지 했다. 영조 43년 7월 29일, 별감이 야음(夜陰)을 타서 의녀를 결박한 뒤 치마를 벗기고 억지로 강간한 사건이 보고되었다. 당시 별감이 의녀들을 관리하며 행세를 부려 이런 일이 벌어진 것이다.

이런 기록으로 보면 별감들은 의녀들을 관리했고 의녀들은 궐내는 물론 바깥에서도 여자 경찰 노릇을 한 것으로 보인다. 의녀들이 가장 많았던 전의감과 혜민서에서는 종종 의녀들과 별감, 의녀들과 내시들의 간통 사건이 발생했다.

중종 30년 10월 15일, 대사헌 허항은 "요즘 혜민서에서 오랫동안 근무한 의녀들과 젊은 각사 관리들이 무리를 지어 연회를 베풀고 또 관리들이 의녀들에게 뇌물을 받아 함부로 휴가를 내주는 폐단이 있어 이들을 적발하여 옥에 가두었습니다."라고 왕에게 보고했다.

허항은 중종 시절 김안로와 함께 사림의 선비들을 많이 죽였다 하여 정유삼흉(丁酉三兇)으로 불리던 인물이다. 허항이 왕에게 보고한 바로 다음날 혜민서 관리들의 반격이 시작됐다. 그들은 오히려 대사헌 허항의 친척 이언국이 의녀 열이와 간통을 했다는 고발장을 접수하였다. 며칠 뒤 대사헌 허황은 장령과 지평 등을 대동하고 왕에게 이언국과 의녀 열이 간통 사건을 보고했다.

"의녀 열의 일을 심문하니, 이 일은 자기가 관련된 것이 아니고, 의녀 금장이가 관련된 일이라며 그 날 있었던 일을 설명해 주었습니다. 그 날 제릉에 갈 때 훈도 이세영 등이 이언국과 그를 따르는 무뢰배들이 의녀 네다섯 명을 혜민서에 불러다가 낮부터 술을 함께 마시고 밤에 각자 데리고 잔 것입니다."

그런데 이 보고서가 사헌부에서 왕에게 보고되기 위해 승정원으로 전달되는 과정에서 글의 작성자 사헌부 서리가 글을 가지고 가다가 그만 길에서 왕에게 올리는 장계를 빼앗길 뻔한 사건이 벌어졌다. 왕은 이 사건도 보고받고 조사하게 하니, 그 글을 가지고 있던 사헌부 서리를 위협하여 보고서를 탈취하려 한 자는 예조의 관리 가운데 한 사람으로 그도 역시 혜민서 의녀들과 놀아난 자 중 한 사람이었다는 것이 밝혀졌다.

사랑은 과거에도 그렇고 지금도 그렇다.
아름다운 사랑! 그것은 세상 모든 사람이 손가락질하고 반대하더라도 둘에게는 고귀한 가치를 지닌다.
유교가 지배한 조선의 사회에서 신분상 가장 높은 위치의 왕실 여자와 가장 밑바닥 종의 남자가
사랑에 빠졌으니 당시로는 파격적인 것도 이만저만한 파격적인 사랑이 아닌 것이다.

| 제 5 부 |

그들의 사랑은
용서받지 못했다

실록에 기록된 내용이 너무 야하다

어둠을 이용하여 어리석은 계집종 하나를 거느리고 남몰래 가서 냇물에 목욕하다가 이내 음욕(淫欲)을 방자하게 행하니, 그 때 사람들이 '어배동(於背洞) 사족(士族)의 자녀(恣女)'라고 불렀습니다.

실록에는 대개 간통 사건을 짤막하게 기록하고 마는 것이 보통인데, 간혹 길게 설명하고 더러는 낯 뜨거운 문장들이 함께 기록돼 읽는 사람들의 흥미를 자아내게 한다. 그래서 실록에 기록된 간통 사건 가운데 여러 상상들을 불러일으키는 대목들을 간추려 보았다.

그런데 독자들은 실록의 이야기가 모두 사실이라고 굳게 믿으면 안될 것이다. 조선왕조실록은 태조부터 철종까지 25대 임금 472년간 역사를 연월일 순서로 기록한 책이며, 역대 어느 나라에서도 볼 수 없는 다방면의 소중한 자료들이 담겨 있는 책이다. 특히 사초는 사관들이 왕이 잠을 잘 때 이외에는 항상 함께하여 왕과 신하들이 국사를 논의하고 처리하는 것을 아주 사실대로 기록하여 그것을 당대 왕이 죽으면 후대

왕이 실록청을 신설, 어느 누구도 실록의 글을 보지 못하게 그 객관성이 검증되었다. 하지만 특히 정치적으로 민감한 시대, 예를 들면 「연산군일기」, 「단종실록」, 「광해군일기」 등 쿠데타로 정권을 잡은 세력들의 전 정권에 대한 평가는 아무리 비밀을 유지한다고 하더라도 정치적 입김이 전혀 작용하지 않았으리라 보장할 수 없다. 또한 실록을 읽다보면 일반 백성들 사이 널리 퍼진 소문들을 그대로 싣기도 했는데, 소문이 진실한지 아닌지는 확인하지 않아 소문의 당사자는 억울한 측면도 없지 않았다. 상대를 일방적으로 매도하기 위한 상소문도 그대로 기재하여 그 사실이 확인되지 않은 글도 많아 보인다.

백악산 으슥한 곳에서 희롱하며 놀았다

1453년(단종 1년) 9월 27일, 김문기의 사위인 이번의 어머니 설씨에 대한 항간에 떠도는 소문들을 사간원에서 왕에게 보고하자, 그 자리에 함께 있던 김문기가 얼굴을 붉히며 왕에게 "이 일은 소신의 사위 어미에 대한 이야기이니 제가 차마 듣기 민망합니다."라고 말하자 왕이 그를 밖으로 물러나게 했다.

김문기와 이효경은 사돈지간이다. 이효경은 태조 이성계의 이복동생인 의안백(義安伯) 이화의 손자다. 단종 즉위하고 김문기가 함길도 관찰사로 승진 발령이 나고 그의 사위 이번이 좌참군으로 임명되자 사간원에서는 두 사람에 대한 인사를 다시 생각해 달라는 주장과 함께 그 집안에 관련된 시중의 좋지 않은 소문을 왕에게 올리면서 이야기는 시작된다.

김문기는 김종서와 대립하던 인물로 문종이 죽기 직전 어린 세자를 보필해 달라는 유언을 들은 고명대신이었다. 그 무렵 김종서 세력들에 의해 사헌부 사간원 양사가 김문기를 탄핵하면서 자기 세력들을 조정에 심기 위한 작업들이 한창 진행되는 중에 왕의 신임을 받던 김문기를 흠집 내기 위해 시중에 떠돌던 소문을 왕에게 올린 것이다.

열세 살 단종은 "그에게 무슨 문제가 있나?"라고 묻자 "아비가 중풍으로 쓰러져 있습니다."라고 사헌부 장령이 대답을 했다. 그러자 왕은 "아비가 중풍이라고 벼슬을 내리지 말란 법이 어디 있느냐?"라고 묻자 정언 조정서가 소문들을 발설했다. 다음은 사간원이 올린 소문의 내용이다.

"이번의 어미 설씨는 판사 설존의 딸입니다. 얼굴이 예쁘지만 중풍으로 남편이 자기 구실을 하지 못하고, 일찍이 집안 종과 간통하고 이웃 사내 김한과 제부인 순평군 이군생과 간통을 했습니다. 그리고 임신을 하면 곧바로 그 남편과 억지로 동침하기를 요구하였습니다. 그녀는 집이 어배동(숭례문 근처) 부근이었는데, 길 옆 냇가가 있어, 날씨가 더울 때면 어둠을 이용해 계집종 하나를 거느리고 냇물에서 목욕을 하며 사내들을 유혹했습니다. 그래서 동네 사람들은 그녀를 '어배동 양반가의 음탕한 여인' 이라고 불렀습니다. 중풍이 걸린 김문기와 사돈 사이인 이효경은 한겨울에도 가벼운 옷 한 벌만 입고 버선도 벗고 있었으니, 마을 사람들은 그를 불쌍히 여겼지만 아내 설씨는 아무렇지 않게 생각했습니다. 때문에 이효경은 힘으로 능히 제어하지 못하고 다만 아내와 간통을 행한 불로라는 종의 망건(網巾)만을 부수었습니다."

중풍에 걸려 거동이 불편한 이효경이 아내가 불륜을 저지르는 현장에서 불로라는 종의 망건만을 부쉈다는 대목은 상상하기에 여러 장면들이 연출된다.

이날 실록에 적힌 기록들은 사관이 그동안 이효경과 김문기의 집안에 얽힌 좋지 않은 여러 추문들을 모두 적어 놓은 것으로 상소 내용이 모두 사실이란 근거는 없다. 다만 이번이란 자가 워낙 의처증이 심해 장인과 그 집안 관련된 좋지 않은 소문을 퍼트렸다고 주장하는 사람도 있었다.

시어머니와 며느리 모두 음란한 여인입니다

중풍에 걸린 이효경은 의안대군 이화의 손자다. 이화는 태조의 서얼 형제다. 이효경의 부인은 순창 설씨, 그녀는 실록에 나온 것이 사실이라면 음란한 여인으로 남편을 배신하고 여동생의 남편과 바람을 피우고 이웃집 사내와도 그런 관계였으며 집안의 종들과도 간통을 하는 여인이었다. 이효경의 아들 이번이 김문기의 딸에게 장가를 갔는데, 이번 역시 아내를 의심하는 병이 심해 자기 마누라가 이웃에 사는 임중경이란 자와 간통을 한다고 사헌부에 고소를 한 적도 있다.

"김문기의 사위인 이번도 그의 아내의 좋지 못한 소문이 도성 안팎에 파다합니다. 그녀는 시어머니와 마찬가지로 음란한 여인입니다. 이번이 평소 사내로서 바람기 많은 아내를 만족시키지 못하자 이번의 아내는 이웃에 사는 임중경이란 자가 음경이 크다는 말을 여종에게 듣고서 그를 직접 찾아가 간통했습니다. 그리고 임중경이란 자의 그것이 마을에 소문이 자자하여 같은 마을에 사는 판종부시사 황보공, 전 녹사 황인헌의 딸과 패거리를 짓고 임중경과 놀아나 음란한 짓을 하여 사람들에게 손가락질을 받았습니다.

이들은 주로 황혼 무렵 사통하는 자와 몰래 백악산 기슭 으슥한 곳에 모여 희롱하고 술을 마셨습니다. 하루는 이웃 사람 우계손의 아이가 나무에 올라가 과일을 따다가 김문기의 집을 보니 어떤 남자와 여자가 숲 사이에서 그 일을 하고 있었습니다. 아이가 자세히 보니 바로 이번의 아내와 임중경이란 자였습니다. 이번이 소식을 듣고 그들을 붙잡았습니다. 그런데 오히려 많은 여종들이 이번을 막아 종들에게 매를 맞을 지경이었습니다. 이에 분함을 품고 있던 이번이 관청에 보고하였습니다. 그래서 지금 사헌부에서는 설씨(薛氏) 모녀의 음란한 행실을 듣고 진상을 조사하고 있는데, 김문기와 이번 모두 승진 인사에 포함되었고, 김문기의 친척 박중림이 대사헌으로 임명되어 수사에 영향을 줄 우려가 있어 대간들이 나선 것입니다.”

백악산은 청와대 뒤편에 있는 북악산의 옛 이름이다. 그 산 아래 김문기 집이 있었던 것 같다. 사위 이번은 장인 김문기 집에 얹혀사는 처지였는데, 아내가 이웃사내와 산 중턱에서 음란한 행위를 하다 남편에게 발각되자 오히려 그 집의 종들이 남편을 둘러싸고 주인을 보호했다는 이야기다. 그래서 이번이 직접 아내를 벌해 달라고 사헌부에 고소를 했고, 그래서 사건을 수사하고 있는데, 사헌부 수장으로 김문기의 친척이 임명돼 수사에 영향을 미치고 있다는 주장이다.

김문기는 자신을 탄핵하는 상소들이 올라가자 보름 뒤 사직서를 제출했다.

“신의 사위가 임중경을 때린 것은 사실이나, 그것이 간통과 관련된 일은 아닙니다. 사위는 평소에도 의처증이 심해 종종 아내를 구타한 것으로 알고 있습니다. 그러나 이런 혐의를 받고 편안히 임금을 보필할 수 없으니 사직하려 하옵니다."

김문기의 이런 답변으로 보아 사헌부 고소 사실은 확실한 듯하다. 그러나 임금 단종은 아버지 문종의 유언을 받은 김문기의 사직서를 반려했다.

나중에 김문기는 세조 2년 단종복위 운동에 가담하였다가 발각되었다. 그래서 성삼문 등과 함께 처형되었다. 김문기는 사육신에 나중에 복권된 인물이다. 「단종실록」에 이런 음란한 이야기들이 자주 등장해 문종의 유언을 받은 고명대신이면서도 그에 대한 평가가 엇갈려 나중에 사육신으로 인정받은 것이다.

「단종실록」을 기록한 사관은 김문기에 대해 '성품이 욕심이 많은 인물이고 황보인에게 아부를 하여 관직이 높았다.' 고 악평을 썼지만 그런 인물평으로 보아 그에 대한 좋지 않은 소문들을 사관의 악감정까지 실어 같이 올린 것으로 보인다. 실록 가운데 「단종실록」은 그 공정성을 상당히 의심 받고 있는 실록이다.

우선 실록에 참가한 편찬자들 이름이 전혀 없다. 그리고 표지에는 「단종실록」이고, 본문은 모두 '노산군일기' 로 표기되어 있다. 또한 수양대군을 모두 세조로 표기했다. 이런 것은 모두 세조가 죽고 예종이 즉위하면서 「노산군일기」를 열어 보고 잘못되고 마음에 들지 않은 부분을 수정한 것이라 그런 것이다.

한편 성군으로 추앙받던 세종의 일대기를 쓴 「세종실록」의 집필 후기에도 사관의 이런 논평이 있어 호기심을 자아내게 한다.

"실록을 비로소 찬술했는데 허후와 김조, 박중림, 이계전, 정창손 등은 연대를 나누고 황보인, 김종서, 정인지는 총재감수를 했는데, 간혹 사관들이 먹으로 사초의 글자를 지우고 고쳐 쓴 것도 있었다.”

이런 집안은
들도 보도 못했다

왕은 유은지 집안에 대한 최종 조사를 보고 받고 혀를 내둘렀다. 조카와 고모, 형부와 처제, 누이동생은 중들과 간통과 강간을 저질렀으니 집안 모두 대책이 없다는 표정이었다.

1436년(세종 18년) 3월 13일, 사헌부에서 별시위 이석철의 아내 유씨가 조카 유중인과 간통을 했다는 사건이 접수되어 왕에게 보고됐다. 왕은 사실을 확인하고 다시 보고하게 했다. 이 사건은 평소 아내의 간통 혐의를 의심하고 있던 유은지의 사위 이석철이 자기 아내 간통 혐의를 사헌부에 고발하면서 사건이 확대된 것이다.

사람들이 유은지 집안에서 일어난 일이라 혀를 내둘렀다. 그럼 유은지가 누구인가 궁금하다. 유은지는 1408년(태종 8년) 6월에 장연진 아랑포로 쳐들어온 왜선 15척을 무찔렀다는 실록의 기록으로 보아 무관으로 혁혁한 공을 세운 인물이다. 그곳 아랑포는 해주 부근으로 신선이 산다고 할 정도로 경치가 좋은 곳이기도 하다. 그 공으로 유은지는 황해도 절제사로 임명되었다.

유은지의 아버지 유만수는 이성계가 나라를 세울 때 가장 공이 높은 원종공신 44명 중의 한 사람이다. 위화도 회군에 참가하여 조선을 세운 공신이다. 그런데 유만수는 이방원의 1차 왕자의 난에 정도전 편에 서 있다가 목숨을 잃는다. 이방원에 의해 살해가 된 것이다. 그런 원한 때문인지 2차 왕자의 난에는 유만수의 세 명의 아들 가운데 유만수와 유연지 이름이 실록에 등장한다. 두 사람이 가진 모든 직첩을 빼앗도록 명했다는 것이다. 그러니까 아버지의 원수를 갚기 위해 두 아들이 이방원의 반대편에서 싸우다 패배자 명단에 이름을 올린 것이다.

그런데 신기한 것은 2차 왕자의 난 이후 15개월 뒤인 1401년 5월, 유은지가 실록에 이름을 드러내는데, '풍길도 절제사 유은지가 왕의 탄생일을 맞아 선물로 무일도 족자 한 본을 올린다.'는 기록이 있다. 그런 것으로 보아 유은지는 2차 왕자의 난 이후 어떤 식으로든 태종의 신임을 받아 풍길도, 지금으로 말하면 황해도 군사를 책임진 절제사로 임명돼 있었다는 것이다.

그렇지만 유은지가 세종 14년 12월에는 함경도의 근무지를 마음대로 이탈하였다는 이유로 관직에서 쫓겨나기도 했다는 기록이 실록에 등장한다. 그리고 4년 뒤 이런 집안의 간통 사건이 사헌부에 접수된 것이다.

왕은 공신 집안의 일이니 좌승지가 은밀하게 좀 알아보라고 지시했다. 그리고 그의 보고를 받았는데, 유은지의 사위 이석철이 자기 아내가 조카와 간통을 했다고 고발하여 조사를 해 보니, 이석철 역시 처제와 간통한 일이 추가로 적발이 되었다는 것이다. 그러니까 고소한 자도 처제와 간통한 일이 적발되어 쌍방의 잘못이 인정된 것이다.

처음은 이석철이 아내가 없는 집에서 몰래 처제와 간통을 하다 아내에게 발각되면서 일이 벌어진 것이다. 이에 아내가 친정아버지 유은지에게 일러 사위는 장인 앞에서 무릎을 꿇고 잘못을 빌었다. 그런데 얼마 뒤 이석철은 자기 아내가 조카 유중인과 간통을 벌이는 현장을 두 눈으로 목격하게 된다. 하지만 이석얼의 아내는 시치미를 떼고 사람들에게 자기 잘못을 감추려고 죄를 뒤집어씌운다고 큰소리를 쳤다.

이석철은 화가 나서 곧바로 사헌부에 두 사람을 고발했다. 이에 사헌부는 유중인을 잡아 심문을 했다. 유중인을 조사하면서 유은지 집안의 얽히고설킨 불륜의 이야기들이 실록에 가득했다. 우선 유중인은 심문을 받다가 죽었다. 그를 조사하다 보니 그가 그의 아버지 기생첩과도 간통을 했다는 것이 밝혀졌고, 유은지 누이동생 집안에 대한 이야기도 추가로 밝혀졌다.

유은지 누이동생은 과부로 오랫동안 살았는데, 어느 날 시주를 하러 산에서 내려온 중과 간통을 저질렀다. 그런데 주인 마님의 그 은밀한 행위를 그 집안의 노비 3명이 목격한 것이다. 그래서 자신의 음란한 행실이 소문날까 두려워 3명의 종들을 모조리 살해했다는 것이다.

사헌부에서는 다음과 같은 보고 내용을 왕에게 올렸다.

"우리나라 풍속이 사위가 처가에 붙어서 결혼생활을 하는 것이 대개 일반적인 일입니다. 그래서 사위는 그 처가의 아내와 그 동생들을 잘 보살피는 것이 대개 인정이고 의리인데, 이석철은 처제를 범해 그 죄가 중합니다. 엄벌로 처해야 합니다. 또한 유은지 집안의 여러 인물들의 음탕함이 도를 넘었습니다. 딸은 서방 몰래 조카와 간통을 하고 그 조카라는 자는 고모와 아버지 기첩까지 건드리니 이런 집안을 듣도 보도 못한 집안입니다. 더군다나 유은지의 여동생은 중과 간통한 일이 발각되자 죄 없는 종들을 3명이나 죽였으니 모두 참형에 처해야 합니다."

그러나 왕은 한 달 뒤 유은지 집안사람들을 경기도 시흥으로 안치시켜 버리고 다시는 도성 안으로 들어오지 못하게 했다. 그러자 사헌부 장령 남간이 왕에게 공개로 비판을 하였다.

"아니 이렇게 흉악한 집안을 지금 살고 있는 곳에 안치시키는 것은 너무도 잘못된 처벌입니다."

그러자 왕은 이렇게 말했다.

"그들 자손이 워낙 많아 그곳 시흥을 떠나면 살아가기 힘들 것이다."

왕은 죄인에게 온정을 보였던 것이다. 유은지의 아버지 유만수가 이방원에게 살해되고 그 집안에 내려오던 공신들에게 지급되던 직첩과 녹봉이 금지되자, 유만수 아들 유은지는 집안을 살리기 위해 아버지의 원수인 이방원에게 충성을 맹세한 것이다. 그리고 여러 전투에서 무공을 세워 왕의 신임을 받아 집안을 먹여 살릴 수 있었다.

형제들은 3명, 여자 형제들은 얼마인지 모른다. 아무튼 유은지 덕분으로 한 집안에 여러 식구들이 살면서 간통과 강간, 치정에 얽힌 더러운 추문들이 돌아다녔지만 왕은 인간적인 면모를 보여주었다. 그가 살던 집을 빼앗고 내치면 그 많은 식구들이 굶주릴 것 같아 안타깝다는 이야기다. 세종 임금의 인간적인 면모가 잘 보여주는 대목이다.

한편 이 사건을 처음 고소한 유은지의 사위 이석철은 그들 가운데 가장 심한 벌을 받았는데, 장 80대를 치게 하고 다시 무고죄로 20대를 더 치게 한 뒤 변방의 일개 병사로 보내 버렸다. 세종 임금은 처갓집의 치부를 세상에 알려 괘씸하고 미운 마음에 그를 가장 혹독하게 처벌한 것이다. 유은지의 누이동생은 이 사건 뒤 그냥 넘어가는 듯했지만 대간들의 집요한 탄핵으로 3개월 만에 결국 종을 무고하게 3명이나 죽인 죄로 참형에 처해졌다.

이런 세상을 떠들썩하게 했던 유은지 집안의 추문은 5년 뒤인 세종 23년 9월 12일, 유은지가 세상을 떠나면서 다시 사람들의 기억을 환기시키게 했다. 그가 죽자 실록에서 사관은 그에 대한 평가를 간략하게 기록했다.

"72세 나이로 세상을 떠난 유은지는 성품이 호사스럽고 음악과 여색을 좋아하여 가풍이 바로 서지 않았다. 고려 우왕이 버린 왕흥의 딸을 아내로 맞아 들여 손가락질을 받았다."

사관의 평가는 죽은 사람에 대한 측은함이 전혀 없고 시종 비난조다. 흥미를 끄는 것은 그가 위화도 회군으로 고려 우왕을 폐한 뒤 우왕이 버린 왕흥의 딸을 취했다는 이야기다. 그 내용을 더 살펴보면 태종 3년 윤 11월 5일, 사간원 상소로 유은지는 다시 귀양을 가게 되었다. 사간원 상소는 이렇게 적고 있다.

"한때 임금으로 16년 동안 녹봉을 먹은 자가 주군이 폐한 뒤 말을 갈아타고 그의 여자 선비(善妃)를 취한 것은 충의가 전혀 없는 행동이므로 유은지를 죄 주어야 마땅합니다."

이에 왕은 사간원 상소가 옳다고 보고 유은지와 우왕의 여자 선비를 귀양 보내 버렸다.

　유은지라는 인물을 놓고 보면 파란만장한 삶을 살았다고 생각된다.
1392년 위화도 회군으로 공신으로 이름이 올라갔지만 1398년 1차 왕
자의 난으로 아버지가 이방원에게 살해되었고, 1400년 2차 왕자의 난
에는 동생과 함께 이방원에게 대항했지만 패하고 공신으로 모든 재산
과 직첩을 빼앗겼던 그였다. 그러나 얼마 뒤 다시 복귀하여 황해도 절
제사가 되었지만 또다시 우왕의 여자를 취했다는 이유로 탄핵을 당하
고 귀양을 간다. 세종 시절에는 대간들의 탄핵에 항상 그의 이름이 오
르내리다 집안 식구들을 통솔하지 못하고 여러 추문에 연루되어 경기
도 시흥에 안치된 것이다.
　대간들의 주요 공격 이유는 단 한 가지다. 무인으로 재주만을 믿고
두 왕을 섬기며 말을 갈아타길 여러 번, 재주는 있지만 신의가 없다는
것이 대간들이 그를 탄핵하는 주된 이유였다.

어을우동처럼 죽더라도
음욕은 참지 못하겠다

덕성군의 구씨와 그의 조카 이인언이 간통을 저질렀다. 이인언의 자백으로는 "구씨가 내 방에 과자를 들고 들어와 같이 먹으며 차라리 음부 어을우동처럼 죽을지언정 지금 넘치는 감정을 주체할 수 없다."고 말하며 자기 위로 쓰러졌다고 실토했다.

　　1486년(성종 17년) 1월 22일, 덕성군의 아내 구씨가 자식들의 보살핌을 받지 못하고 있다가 조카와 간통을 저지른 일이 발각되어 왕이 충격을 받았다. 덕성군의 아버지는 태종의 서자 자식들 가운데 두 번째로 태어난 함녕군 이인이다.

　　함녕군 이인은 1남 2녀를 두었는데 그 가운데 아들 덕성군은 불행히도 후사 없이 죽었다. 그래서 영인군 이순에게 덕성군의 제사를 지내게 했고 그의 아내 구씨를 보살피게 했다. 그런데 영인군 이순이 방탕하여 재산을 허랑하게 다 쓰고 어머니 구씨도 돌보지 않았다. 영인군 이순은 덕성군이 갖고 있던 수많은 땅과 노비들을 노름을 하면서 다 날려 버렸다.

좌부승지 윤은로의 보고는 참으로 충격적이었다. 덕성군 처 구씨는 조카와 음란한 짓을 하고 임신을 했는데, 지금은 버젓이 그 아이를 낳아 기르고 있다는 것이다. 이모와 조카 사이가 간통을 저질러 그 아이를 키우고 있다는 말에 왕도 경악을 했고 곧바로 국청을 설치하고 관련자 모두를 잡아 들여 국문을 실시하게 했다.

재미있는 것은 실록에는 두 사람이 다르게 진술한 내용을 그대로 실었다는 것이다. 우선 조카와 간통한 혐의를 받고 있던 구씨의 진술을 보면 들어 보자.

"처조카 이인언이 일찍이 우리 집에 기거했습니다. 그런데 하루는 새벽에 몸종이 밖을 나간 틈을 타, 누군가 갑자기 들어와 누워 있는 내 몸을 가지려고 옷고름을 풀어 헤쳤습니다. 눈을 뜨고 자세히 보니 조카였습니다. 깜짝 놀라 조카 이인언에게 '친족 간에 이러면 안 된다'고 타일렀는데 이인언이 옷으로 내 얼굴을 가리고 드디어 간음을 했습니다."

실록은 이렇게 간통의 현장을 생중계하듯 아주 상세히 구어체로 두 사람의 음탕했던 모습을 잘 묘사하고 있다. 그런데 이인언은 덕성군 아내 구씨의 진술과 달랐다. 자신은 이 일과 무관하고 삼촌 안계로가 항상 구씨 집에 출입하면서 두 사람이 이상한 관계라고 의심했는데, 지난 해 10월 안계로가 구씨를 희롱하는 것을 자기 눈으로 보았다고 진술했다.
국문 방식은 죄인들을 따로 조사했으며 같은 대답이 나오지 않으면 어느 한쪽이 거짓이라 판단하여 죽지 않을 만큼 고신이 취해진다. 그래서 사람들은 '피와 살이 튀는 고문 현장'으로 그곳을 표현했다. 결국 두 사람은 죽지 않을 만큼 고문을 당하고 나서 사실대로 그 동안 있었던 일을 실토했다. 그렇게 해서 이인언의 거짓 진술이 밝혀지고 사실 내용은 다음과 같다.

구씨가 거처하는 집 근처에 조카 이인언이 살았는데 두 사람은 서로 왕래하며 의지하고 살았다. 그런데 어느 날 이인언이 종기가 심해 방에서 누워 있었는데, 구씨가 들어와 그의 종기 난 허벅지를 문지르다 갑자기 그의 음경을 건드렸던 것이다. 이에 놀란 이인언은 구씨를 넘어뜨리고 방에서 나와 버려 위기를 모면했다고 한다. 그런데 종기가 다 나은 어느 날 구씨가 맛난 음식을 가지고 이인언의 방에 들어와 그를 유혹하였다. 그녀는 "차라리 음부 어을우동처럼 죽는 한이 있어도 지금 품은 이 욕정을 참지 못하겠다."고 말하며 이인언의 몸을 덮친 것이다. 그렇게 시작된 두 사람의 음행은 종들의 눈을 피해 매일 같이 계속되었다. 그런데 하루는 구씨가 "내가 오랫동안 월경이 없으니 아마도 임신한 것 같다."고 하자 이인언은 두려운 마음에 고향으로 도망친 것이다. 구씨는 혼자 아이를 낳아 키웠고, 마을 사람들은 그 아이가 누구의 아이인지 궁금해 여기저기 이상한 소문들이 났던 것이다.

그런데 수양어미의 재산에만 관심이 있었지 부모 봉양을 하지 않던 영인군 이순은 아이를 억지로 빼앗아 친부(親父) 이제에게 맡기고 곧바로 이 사실을 의금부에 고발한 것이다.

사건 내용을 전부 파악한 왕은 우선 간통을 저지른 덕성군의 처와 이인언은 근친상간의 죄로 다스려 참수하라 지시했다. 다음은 양부모의 재산을 탐내고 부모를 모시지 않고 노름에 빠졌던 영인군 이순에 대한 처벌을 어떻게 할지를 놓고 토론이 한창이었다.

문제는 부모의 허물을 숨기고 덮으려 하지 않고 재산이 탐이 나 의금부에 고발을 한 것이 과연 자식으로 올바른 처사인지를 놓고 의견이 분분했다. 한편에서는 효가 중요하고 그 다음이 의라고 생각해서 부모를 봉양하지 않고 자식으로 도리를 다 하지 않은 죄, 부모를 고발한 폐륜범죄로 사형을 처해야 한다는 주장이 있었다.

그러나 다른 한편에서는 아무리 부모지만 근친상간이란 폐륜의 범죄를 저지른 부모는 효의 대상이 아니라고 주장하는 측도 있었다. 왕은 결론을 내렸다.

왕은 공자의 말씀이 "부모의 잘못을 고발하는 것은 정직한 것이 아니다."를 인용하며 이순의 죄는 불효의 죄가 크다고 했고, 그러나 왕실의 사손은 사형을 면한다는 조문이 있으니 그를 장형에 처하고 유배를 보내는 것이 옳다고 결론을 내렸다.

그렇게 해서 영인군 이순은 부모를 모시지 않은 죄와 부모를 고발한 죄로 장형을 당하고 안음으로 유배를 갔다. 그는 평소 노름에 빠져 살았으며 한 곳에 머무르는 법이 없는 역마살이 있던 자로 그 많은 전답을 날리고 수양어미가 음탕한 짓을 저질러 아이를 낳자 그 아이를 빼앗아 관에 고발하였는데, 그 이유가 재산 전부를 차지하기 위함이라 사람들의 손가락질을 받았다고 사관은 적고 있다.

13년이 지났으니 죄를 용서해 주소서

1499년(연산군 4년) 5월 17일, 영인군 이순의 아들 영천군 이심이 아버지의 죄가 이미 13년 전에 일어난 일이니 이제 그만 용서를 해 달라는 탄원서를 제출했다. 이심은 당시 아버지의 죄는 억울한 면이 많다며 빼앗긴 관직을 돌려달라고 왕에게 호소했다.

영천군 이심은 다음과 같이 자신의 아버지 일을 변명했다.

"신의 아비는 그 날 홍제원(弘濟院)으로 손님 전송을 나갔다가 저물어서 돌아왔으므로 그 사실(덕성군의 처와 조카 이인언의 간통 사실)을 알지 못하였는데, 의금부에서 추문(推問) 당할 때 '만약 자복하지 아니하면 반드시 형장 아래서 죽겠다.' 고 협박하여 거짓으로 진술을 강요당했으니 그 날 아비의 진술은 상당부분 사실이 아닙니다. 그리고 벌써 13년이 지났습니다. 무릇 10년이면 강산도 변하고 사람의 마음도 10년이면 변하는데 신의 아비 이순이 설사 죄가 있다 할지라도 시간이 이렇게 흘렀는데 아직도 죄를 방면 받지 못하였으니 살펴 주소서."

그러나 왕은 아직 그 죄를 없는 일로 하기에는 너무 많은 백성들이 기억하고 있어 죄를 묻어 두기에는 아직 이르다고 받아들이지 않았다. 또한 이순은 덕성군으로 물려받은 280결의 전지와 6백 명이나 되는 노비를 모두 탕진하고 양어머니 구씨를 보살피지 않아 굶어 죽을 지경에 이르게 하여 그 죄가 작지 않다며 상소를 받아들이지 않았다.

왕실 여자가
남자 종과 사랑에 빠지다

종친들이 권덕영 아내이자 양녕대군 첩의 딸, 이구지에 대한 시중에 떠도는 소문의 진상을 파악하기 위해 모였다. 왕은 종실의 자손이 저지른 일이라 종친들을 모아 놓고 상의한 뒤 서둘러 남자 종 천례를 귀양 보내게 했다.

유난히 성종실록에는 왕실 종친들의 문제 때문에 왕과 대간들의 논쟁하는 모습들이 자주 기록돼 있다. 앞서 언급한 것처럼 성종은 호학의 군주이고 수많은 법전들을 정비하여 조선왕조가 법이 통치하는 나라의 근간을 마련한 군주였다. 그러나 유난히 왕실에 대한 이야기에는 민감하게 반응했고, 대간들의 종친과 관련된 탄핵을 철저히 방어했다.

그런데 최악의 사건이 터진 것이다. 왕족의 여자가 남자 종과 사랑에 빠진 일이 일어났다. 두 사람에게는 목숨을 건 멋진 사랑이야기다. 신분을 초월한 사랑이 아닌가. 소설에서 등장하는 이런 이야기는 가공의 세계에서는 멋진 모습이지만 현실에서는 비참하고 말할 수 없는 고통을 감수해야 할 형벌인 셈이다.

특히 조선 사회는 철저한 신분사회다. 양반 사내가 여종을 건드리는 것은 사회 문제도 아니다. 하지만 양반의 여자를 사내 종이 건드리면 그것은 큰일 날 일이다. 그런 일이 발각되면 그 집안에서는 사내 종을 죽인 다음 적절히 신고만 하면 된다. 그런데 왕실의 여자와 사내 종이 사랑에 빠졌다는 것은 세상 모든 사람들이 놀랄 일이며 500년 조선왕조실록에 처음으로 등장하는 이야기다.

천례와 이구지의 애틋한 사랑이야기

1475년(성종 6년) 12월 22일, 쌀쌀한 날씨에 기분이 매우 언짢은 상소가 한 장 왕 앞에 펼쳐졌다. 당시 성종은 열아홉 살이었고, 할머니 정희왕후 윤씨의 섭정을 받던 시기였다. 두 달 전에 왕의 어머니 소혜왕후는 중국의 열녀전과 소학 등의 책에 있는 여성이 지켜야 할 도리를 참고하여 책까지 지었는데 왕실의 여자가 종놈과 간통을 저질렀다니, 참담한 상황인 것이다. 사건을 보고 받은 왕은 즉시 대비에게 보고를 했고 분부를 기다렸다.

왕실에서는 이보다 더 큰 문제가 또 없었다. 가뜩이나 종친들의 간통 사건으로 왕실의 권위가 땅에 떨어진 상태인데, 최악의 사건이 벌어진 것이다. 대비의 지시로 왕실의 어른들이 모두 대궐에 모여들었다. 밀성군 이침 · 의성군 이채 · 보성군 이합 · 옥산군 이제가 들어와서 청원했다. 그들도 한 번씩은 다 기첩을 서로 상간했다고 대간들에게 욕을 들었던 인물들이다.

종친들 얼굴은 수심이 가득했다. 우선 시급한 문제는 태종의 손녀이며 양녕대군의 첩의 딸인 이구지(李仇之)가 남자 종 천례와 정분이 나서 살림을 차렸다는 말이 이미 도성에 자자하였고, 사헌부 장령 허계가 이 문제를 갖고 왕에게 신분을 뛰어 넘은 금지된 사랑을 하는 두 사람을 붙잡아 국문을 해야 한다고 주장한 것을 놓고 대책을 논의했다.

이날 대책에서 나온 왕실의 반응은 좀 황당했다. 왕실과 관련된 좋지 않은 소문을 입에 담은 장령 허계를 파직하고 벌을 주라고 것이었다. 완전 동문서답이고 적반하장인 셈이다. 가만히 있을 대간들이 아니었다. 사헌부와 사간원 관리들이 들고 일어났다.

"이씨는 태종의 손녀이지만 남자 종 천례와 이상한 관계임이 도성에 소문이 나 있고, 그 소문에 따라 진상을 조사한 것인데 사헌부 관리를 벌주라는 종친들의 주장은 너무 억지입니다."

그들이 주장하는 것은 옳다. 하지만 왕실과 왕의 생각은 달랐다. 이것은 집안 일이란 것이다. 집안 일은 각자 알아서 하면 된다는 생각이었다. 왕은 미간을 찌푸리며 물었다.
"왕실의 좋지 않은 이야기를 또 꺼내는 저의가 무엇인가?"
사헌부 장령 허계가 말했다.
"이것은 왕실 문제만이 아닙니다. 사대부 자손의 여자들이 사내 종과 연애에 빠지면 당사자 모두를 사형에 처하는 것이 법인데, 이것은 왕실에서 더욱 엄격하게 지켜야 합니다. 그렇지 않으면 잘못이 자꾸 반복이 됩니다."
왕은 대비의 언문교서를 읽어주었다.
"장령 허계는 왕실의 일을 세상 사람들에게 알려 좋지 않은 소문이 파다하게 퍼진 죄로 그의 관직을 거둔다."

교서를 내려놓자 여기저기서 반대의 소리가 터져 나왔다.

"허계는 장령(掌令)으로 직분을 다한 인물이며 이 일을 먼저 듣고 곧바로 풍속을 바로 잡으려는 관리의 책임감에서 나온 것인데 도리어 그를 파직시킴은 옳은 일이 아닙니다. 지금은 풍속을 다스릴 때이지 언로를 막을 때가 아닙니다."

왕은 더 이상 말을 하지 않고 대전을 나와 버렸다. 끝까지 있어봐야 좋을 것이 없다는 생각에서다. 사람들은 '하양 허씨 허계가 왕과 종친들을 상대로 젊은 대간의 기개를 떨쳤다고 박수를 보냈지만 그 이상은 진전되지 못했다. 허계는 성종 시절 장령을 지내고, 우부승지를 거쳐 밀양부사로 있으면서 그곳에서 선정을 베풀었다고 백성들 칭찬이 오랫동안 이어진 인물이다.

그는 글씨가 뛰어났으며 문장도 잘 짓고 비파도 잘 탔다. 관직에서 물러나 말년에는 경기도 풍덕(豊德)에 살면서 소를 타고 도롱이와 삿갓차림으로 물고기 낚는 것을 낙으로 삼으며 살았다. 사람들은 그가 왕의 역린(逆鱗)을 건드려 죽음을 자초할까 걱정했지만 그는 파직이 된 뒤에도 계속 반항을 했다. 용(龍)은 목 아래에 있는 직경 한 자쯤 되는 역린이 있는데, 이것을 건드리면 반드시 사람을 죽인다고 한다. 왕도 역린이 있어 말하는 사람이 이 역린을 건드리면 죽는다는 말에서 유래된 말이다.

당시 백성들은 모든 일에 구속받지 않고 권세나 이욕이 없는 사람을 '허계의 기질을 닮았다.'라고 부르며 그를 칭찬했다.

이구지와 천례의 사건은 그렇게 아무 일도 없이 끝난 듯 보였다. 그런데 세월이 14년이나 흘러 성종 20년 3월, 이 사건이 다시 나라 안을 발칵 뒤집어 놓았다. 천례가 이구지와 헤어지지 않고 함께 살면서 낳은 딸이 벌써 시집을 갈 나이가 된 것이다.

이구지는 딸을 자기처럼 고생시키고 싶지 않아 '우리 아이는 왕실의 자손이다.'라고 떠벌리고 다니다 사헌부의 감찰에게 접수된 것이다. 이에 사헌부는 다시 천례를 잡아 조사하기에 이른 것이다. 그리고 그가 바로 14년 전 세상을 떠들썩하게 했던 양녕대군의 딸과 결혼한 그 사내라는 것을 알게 된 것이다.

왕은 사건이 다시 보고되자 이번에는 과거처럼 종친들을 소집하지도 않고 곧바로 천례를 의금부에 가두게 했다. 하지만 천례는 왕실의 여자를 간통했다는 죄를 끝까지 인정하지 않고 있었다. 의금부에서는 그의 말을 들은 마을사람들을 불러 대질 심문을 했음에도 무조건 아니라고 잡아뗐다.

지독한 고문을 받은 천례는 결국 옥에서 숨을 거두었다. 그리고 사헌부를 중심으로 신하들은 이구지를 잡아 국문해야 한다고 왕에게 건의했지만 왕은 꿈쩍도 하지 않다가 갑자기 "이구지에게 사약을 내리게 하라!"고 지시를 내렸다.

왕은 차마 족보로는 할머니뻘 되는 왕실의 여인을 국문까지 시킬 수는 없었던 것이다.

그렇게 해서 신분을 초월한 사랑은 두 사람의 죽음으로 끝났다. 양녕대군은 정부인 광산 김씨에게서 3남 4녀를 낳았지만 많은 첩들과 관계를 맺으며 7남 11녀를 낳았다. 그러니까 자식이 모두 스물다섯 명이나 된다. 가지 많은 나무 바람 잘 날 없다고 그들 자식들은 아버지를 닮아 그런지 실록에 등장하는 것도 무슨 공을 세운 것으로 나오지 않고 대개가 간통 사건들에 이름이 등장했다.

그의 자식들이 유독 아버지를 닮아 바람기가 많아서 그런 측면도 있었지만 양녕은 원래 왕이 되었어야 할 인물이니 그 아들들에 대한 백성들의 동정심이 있었을 것이다. 하지만 동생 세종이 집권하던 상황이고, 양녕의 아들들의 치부를 더 돋보이게 드러내어 측은함을 갖고 있던 민심을 차단하려는 정치적 의도도 숨어 있었다고 보인다. 정신병으로 스스로 목숨을 끊은 양녕대군의 3남 이혜는 물론 첫째 아들인 순성군 이개에 대해서도 대간들의 탄핵은 집중적이고 악의적이었다.

한편 사내들이 일으키는 간통사건이야 흔한 일이니 그렇다 치는데, 양녕대군의 서녀 이구지와 종의 간통 사건은 당시로는 엄청난 파장을 몰고 왔다.

사랑은 과거에도 그렇고 지금도 그렇다. 아름다운 사랑! 그것은 세상 모든 사람이 손가락질하고 반대하더라도 둘에게는 고귀한 가치를 지닌다. 유교가 지배한 조선의 사회에서 신분상 가장 높은 위치의 왕실 여자와 가장 밑바닥 종의 남자가 사랑에 빠졌으니 당시로는 파격적인 것도 이만저만한 파격적인 사랑이 아닌 것이다.

하지만 두 사람에게는 소중하고 아름다운 사랑이지만 파격적인 사랑은 언제나 저항이 따르는 법, 성종은 천례와 이구지의 사랑을 아름다운 사랑으로 보지 않고 그저 그런 종과 음란한 여인의 간통 사건으로 보았던 것이다.

물론 임금뿐 아니라 당시 지배층에게는 두 사람의 사랑이 위험한 사랑임에 틀림없었다. 신분 체계가 무너지면 모든 것이 끝장인 것을, 누구도 이 절대적인 장벽을 넘을 수 없다. 넘는 사람은 죽음인 것이다. 결국 사내는 감옥에서 고문으로 죽었고, 또 여인은 왕이 보내준 사약을 먹고 숨을 거두었다. 그녀의 죄는 '왕실을 더럽힌 죄' 그것이었다. 그리고 또 남아 있는 사람, 바로 그녀의 딸이 있는데 성종은 왕실의 더러운 피가 섞이는 것을 방지하기 위해 어머니가 왕실 여인으로는 처음으로 '자녀안'에 이름을 올려 평생 천민으로 살았을 것이다.

부녀자들이 절에 들어가
종적이 괴이하다

요즘 부녀자들이 절에서 추한 행동들을 한 사건들이 자주 올라오는데, 이는 풍속이 점점 타락하고 있어서. 그래서 앞으로 여자들이 점등(點燈)한다고 해서, 혹은 죽은 사람의 넋을 빈다고 해서 사찰을 혼자 가는 것을 금하려고 한다. 절에는 비구니만 있는 것이 아니고 남자 중들도 있으니 부인들을 구하기 위해서는 이렇게라도 해야 하겠다.

1404년(태종 4년) 12월 8일, 사간원에서는 작금에 벌어지는 여러 사찰과 관련된 추문들은 여자들이 절에 올라가서 생기는 일이므로 여자 혼자 절에 올라간다거나 무리지어 가더라도 그것을 억제해야 한다며 과거 고려의 신돈 이야기를 상세하게 언급했다.

"고려가 망한 이유 가운데 하나가 바로 불교가 타락해서 그렇습니다. 고려 말 공민왕의 총애를 받아 개혁을 하던 신돈이 어느 날부터 여자들을 거느리며 권력을 이용하여 비리를 저질렀습니다. 그의 비리는 『용재총화』라는 책에 자세하게 나와 있습니다. 그 책을 인용하면 신돈은 사대부 처첩을 간음하기 위해 죄가 없는 남편을 가두고 처첩들이 남편의 죄를 용서받기 위해 신돈의 집에 오면 집에 들어서서 중문에 들어서면 몸종이 맞이하고, 안대문을 들어서면 신돈이 어두운 골방으로 아녀자들을 맞아들이고 음행을 저질렀습니다. 신돈은 마음에 드는 여자가 있으면 며칠이건 돌려보내지 않았으며 또 거역하는 여자가 있으면 남편을 벌주고 귀양 보내거나, 아예 죽이기까지 했습니다. 이에 사대부 처첩들은 남편이 갇히기만 하면 우선 곱게 얼굴 단장부터 하고 신돈의 골방으로 몰려들었다고 합니다. 이렇게 풍속이 지저분해 고려가 스스로 망한 것입니다. 신돈은 양기가 쇠할까 해서 백마(白馬)의 하초(下焦)를 잘라 분말로 만들어 먹고, 지렁이를 회로 먹었다고 합니다.”

고려가사에 ‘삼장사(三藏寺)에 불공 하러 가는데 그 절 주지가 내 손목을 잡고 있네. 이 말이 절간 밖으로 새어 나간다면 상좌에게 네가 한 말이라 할 것이라고 이르겠노라.’ 라는 노랫말이 유행한 것을 보면 고려 말 사찰 주변의 풍기 문란함은 그 도가 상당히 지나쳤던 것 같다.

가족들의 무사안녕을 기원한다고 며느리가 절에 올라가면 그것을 굳이 말리는 시부모는 없었고, 그래서 바람난 부녀자들이 절에서 요승들과 간통을 저지르는 일이 당시에는 심각한 사회 문제였다.

와룡사 주지 설연 사건

1405년(태종 5년) 11월 21일, 사헌부에서 불교의 퇴폐함을 열거하다 금산사의 토지와 노비를 환수할 것을 청하는 상소를 올렸다. 그때 금산사에 있는 주지 도징이 그 절의 여종인 강장과 강덕 자매를 간통한 사건이 벌어졌고, 잇따라 와룡사 주지 설연도 절에서 부리던 가이를 비롯한 5명의 여종들을 간통한 일이 함께 보고되었다.

그런데 도징은 잡혔지만 설연은 도망을 다니고 있어 잡지 못하고 있다고 의금부에서 보고했다. 얼마 뒤 사헌부 장령 이명덕이 와룡사 주지 설연을 도와주는 고위 관료들이 있다며 그 명단을 발표했다. 명단에는 의안대군 이화, 한평군 조연, 대호간 강진, 산원 홍상검, 원윤, 이대군 등을 열거했다.

왕은 불쾌한 기색을 보이며 이렇게 지시했다.

"장령 이명덕은 그런 사소한 일로 왕실 인사들을 거론하는가? 그들 이름을 상소에서 빼라."

며칠 뒤 왕은 다시 지시했다.

"간통 혐의자를 잡기 위해 대군들의 집을 군사들이 지키는 것은 너무하다. 모두 철수하도록 하라."

얼마 뒤 설연은 잡혀 간통한 사실이 확인되어 장(杖) 60대에 해남 수군에 충군되었다. 또한 그를 비호했다고 의심되는 대호군 강진과 산원 홍상검 역시 같은 처벌을 받았다.

왕은 사찰의 음란함을 개탄하며 다음과 같이 지시했다.

"절간에는 여자들 혼자 드나드는 것을 일체 금지시키고 그 광경을 신고하는 자에게는 1백 필의 면포를 상으로 내리도록 한다. 또한 절간의 노비는 일체 두지 못하게 하며 전국의 사찰에 두고 있는 노비의 수를 확인해서 보고하라."

한 달 뒤 전국 사찰에서 일을 하는 노비들을 모두 몰수하였는데, 총 8천6백 명이었으며 그들을 모두 군기감과 내자시에 배정하였다가 다시 얼마 뒤 그 가운데 절반은 궐 밖으로 풀어주었다.

한편 그 무렵 사찰 주위에 음란함을 비유하는 시가 사람들 입에서 전해졌는데, 승려와 양반가 여성의 성관계를 암시하는 사설시조를 감상해 보자.

　중놈도 사람인양 하여, 중의 송낙 나 베고 내 족두리 중놈이 베고, 중놈의 장삼 나 이불로 덮고, 내 치마란 중놈이 덮고 자다 깨어 송낙과 족두리 하나로 다음 날, 둘의 일을 생각하니 흥글항글 하여라.

진관사 주지 각돈의 간통 사건

　1453년(단종 1년) 6월 21일, 사헌부에서 진관사 주지 각돈이 군기감의 여종을 간통시키고 아이를 임신시켜 낳게 한 일이 적발돼 대간들의 탄핵을 받기 시작했다.

　세종은 조선 사대부들에게 가장 훌륭한 임금으로 추앙을 받았지만 말년에 불교에 깊이 몰입하여 유생들의 비난을 받았다. 왕은 스스로 월인천강지곡을 지어 부를 정도로 불교에 깊은 관심을 보였다. 세종이 집권하던 시절 가장 신임을 받던 중이 바로 각돈이었다. 그는 세종의 부

탁을 받고 경복궁 안에 내원당이란 사찰을 지었다. 물론 신하들의 치열한 반대가 있었다. 성균관 유생들은 연일 수업을 거부하고 데모를 벌였다. 하지만 왕은 뜻을 굽히지 않고 진관사 주지 각돈에게 그 모든 일을 맡겼다.

세종의 신임을 받은 각돈은 궁궐 내의 사찰을 지으면서 여러 지방 수령으로부터 찬조금을 받았는데, 협조를 하지 않는 지방 수령들은 그가 하는 말 한 마디로 벼슬이 날라 가기도 했다. 세종은 죽기 직전에 진관사를 자주 찾았다. 북한산성 계곡에 위치한 진관사는 서울의 4대 사찰 가운데 하나다. 1418년 태종이 자식 중에 가장 아끼던 성녕대군 이종이 열네 살 어린 나이에 숨을 거두자 태종은 며칠 동안 정사를 보지 않고 슬픔으로 지새우다 진관사에서 성녕을 위한 수륙제를 올리고 마음을 추슬렀다고 한다.

세종 임금 역시 부모님의 명복을 빌기 위해 진관사에서 대규모 법회를 가졌고, 집현전 학사들을 위해 독서당을 진관사에 세웠다. 각돈은 절이 좁다고 이야기하자 왕이 각돈 스스로 지방을 돌아다니며 절을 넓히는 데 필요한 경비를 마련하라 지시하니, 그는 지방을 다니며 각출하였고 말을 듣지 않는 아전들은 직접 곤장을 치기도 하면서 횡포를 부렸다고 한다.

각돈은 공무를 집행한다는 이유로 역마를 자주 빌려 타고 다니며 백성들을 수탈하여 원성이 자자했다. 그런 그가 세종 임금이 죽자 그동안 저질렀던 음행으로 탄핵을 받은 것이다.

사헌부에서 진관사 주지 각돈이 군기감의 계집종 연비와 간통하여 아이까지 낳았다는 상소를 접하고 조사를 시작했다. 곧바로 계집종 연비를 잡아 국문하였지만 인정하지 않았다. 사헌부에서는 각돈도 불러 조사했지만 그 역시 끝까지 간통한 사실을 부인했다. 하지만 절 주변 사람들을 조사하니 모두가 말하길 "각돈이 항상 그 군기감 집에 왕래하다 그 계집종이 임신을 한 것을 눈으로 보았습니다."고 말하여 그의 간통 사실을 고발하였다.

그렇게 해서 각돈이 그동안 저지른 죄가 모두 드러났다. 각돈은 경기도 양주(楊州)의 윤심 첩을 빼앗고, 또한 흥천사 옆에 거주하던 군기감의 여종 연비를 간통하여 아이까지 낳은 것이다. 각돈은 두 집을 번갈아 왕래하며 음탕하고, 방종한 짓을 자행하여 마을 사람들의 손가락질을 받다가 사헌부 고발이 접수되어 그 죄가 드러난 것이다.

원각사에서 벌어진 간통 사건

1464년(세조 11년) 4월 17일, 며칠 전 부처님 오신 날 기념으로 원각사 십층 석탑이 새로 건립되고 그 기념으로 큰 행사가 벌어졌는데, 그 날(부처님 오신 날) 별시위 박처량과 김치 등이 말하길, "한성소윤 이영의 딸이 원각사를 관광하다 내금위 이경손과 간통하였다."고 고발하여 왕이 이 사실을 조사하게 했다. 한성소윤은 지금으로 말하면 서울시 부시장에 해당한다. 다음은 그 날 일을 다시 재구성해 본다.

그 날 왕이 원각사에 도착했을 때 문무백관과 3군 군사가 모두 나열하고 있었다. 내금위 소속 군사들의 모습이 그날따라 늠름했다. 또한 사대부 아녀자들도 새로 생긴 원각사 절을 분주히 구경하고 다녔는데, 저마다 화려한 복장에 진한 화장 냄새를 풍기고 있었다. 그런데 모든 사내들의 시선을 끄는 스무 살 안팎의 여인이 있었는데 아름답고 고왔다.

그곳에 모인 많은 사람들이 그녀를 보고 누구의 첩인지 궁금하게 여겼다. 어떤 자는 희롱하는 자도 있었는데 그녀는 며칠 동안 원각사 근처를 서성거리다가 어느 늙은 여종이 그녀에게 물으니 곧 이영의 딸이며 박가 집에 시집 간 여자라 했다는 것이다.

모임이 끝나자, 도성 안에는 내금위 군사 이경손이 원각사 행랑 아래서 유숙하며, 이영의 딸과 간통했다는 소문이 시끄럽게 전파되었다. 노사신은 곧 이 여자의 친족이라 행실이 추잡하다는 소문이 들리는 것을 싫어하여 이내 아뢰었다.

"원각사를 관광할 때에 이영의 딸은 죽은 이사철의 어미와 3일을 같이 했으니, 다른 사내와 간통할 시간이 없는데 박처량 등이 소문만을 믿고 이 같은 일을 고하니 원컨대 사실을 밝혀 주소서."

소문에는 이영의 딸과 내금위 군사 이경순이 같은 마을에서 서로 사랑하는 사이였지만 남자의 집안은 평범한 양민이었고, 여자 집안은 한성소윤이기에 격이 맞지 않아 남몰래 사랑하다 서로 그리워하는 마음에 이날 절에 불공을 드린다는 핑계로 이씨가 원각사에 나타나 옛사랑의 사내를 만나 간통을 저질렀다는 것이 소문의 내용이었다.

왕은 소문을 확인하라 지시했다. 그러나 확인하였지만 서로 간통한 사실을 부인하고 이 사건에 나서서 증인으로 서는 사람도 없어 흐지부지 되었고 법에 의하면 간통을 지적한 자는 죄를 논하지 말라 하였기에 사건은 그렇게 묻혀졌다.

1468년(세조 14년) 1월 7일, 경녕군 이비의 며느리에 대해 아주 좋지 않은 소문이 실록에 기록돼 있었다. 경녕군 이비는 태종의 제1서자다. 그의 아들 오성정 이치의 부인 정씨는 판사 정지담의 딸인데, 그녀가 남편이 죽자 죽은 남편의 명복을 빈다고 절에 자주 출입하다 중들과 간통을 저질렀다는 소문이 장안에 파다하게 퍼졌다.

　조사를 자세히 해 보니, 정씨는 남편이 죽자 그 남편의 명복을 빈다는 핑계로 절에 드나들었는데, 설준·심명·해초라는 중들이 이 여인과 사통을 하였다. 그리고 아이가 생기자 소문이 두려워 시골에서 아이를 낳았는데, 시골에는 그녀가 낳은 중들의 아이가 두 명이나 된다고 했다. 특히 정씨는 설준과 사통하고 그 정표로 노비 30명을 절에 주기도 했다 한다.

치마를 잡거나
문고리를 쥐는 정도가 아니다

여자들은 밥상을 들고 들어오면서도 엉덩이를 보여서는 안 되고 상을 내밀면서도 손목을 보여서는 안 된다. 그것은 남자들에게 음욕을 일으키지 않게 하기 위함이다. 강간을 당한 여인은 힘으로 도저히 이기지 못하면 차라리 목숨을 끊는 것이 좋다. 살아서 손가락질 받을 바에야 죽어서 우러러 보는 것이 낫지 않은가.

동생을 무고죄로 죽게 하고 아비의 첩을 간통한 형

1612년(광해군 4년) 4월 21일, 문홍도의 아들 문신은 아비의 첩을 간통하고 오히려 그 잘못을 동생 문지에게 뒤집어 씌어 그를 죽게 했는데, 시숙의 더러운 행동들을 지켜보던 제수는 간통 현장을 관리들과 급습하여 드디어 남편의 억울한 죽음을 알리게 됐다.

문홍도가 어떤 인물인가를 알아볼 필요가 있다. 문홍도는 북인의 대표적 인물이었던 정인홍의 제자였다. 유성룡을 탄핵해서 물러나게 한 것 때문에 그를 미워한 선비들이 많았다. 그런 점에서 보면 인조반정 쿠데타 세력들에 의해 집필된 「광해군일기」의 객관성에 의문을 제기할 수 있다. 「광해군일기」의 바탕이 될 사초가 이괄의 난으로 대부분 불타 없어졌으며 그래서 여러 상소와 야사 문집, 일기 등을 기초로 편찬했지만 서인 세력들에 의해 상당 부분 조작되었을 것으로 판단된다. 문홍도의 아들의 이야기도 왜곡되었는지 모른다는 의심을 받고 있다.

아무튼 그건 역사적 논쟁이고 실록에서 언급된 사건의 전말은 대략 이렇다. 이 사건은 문홍도의 집안에서 일어난 일로 문홍도의 형 문신이 아버지의 첩을 간통했는데 그 죄를 동생 문지에게 덮어 씌워 동생이 억울하게 죽은 일인 것이다. 그래서 남편의 억울한 죽음을 원통하게 생각한 아내는 시숙이 시아버지의 첩과 놀아나는 현장을 급습하여 오리발을 내밀지 못하게 한 것이다.

문홍도는 아들들보다 명개라는 젊은 애첩을 두고 살았다. 그 첩은 미모가 빼어나 어린 시어머니를 모셔야 하는 며느리들조차 여간 부담스러운 것이 아니었다. 그런데 문홍도가 죽자 젊은 첩은 큰아들 문신과 간통을 한다는 이야기가 마을에 퍼졌다.

동생 문지는 형의 못된 행동을 비난하였다. 하지만 형은 그런 사실이 없다며 딱 잡아뗐다. 그런데 동생이 출타하고 문득 집에 들어오니 형과 아비의 첩 명개가 낮에 그 짓을 하는 것을 목격한 것이다. 아버지의 성격을 닮아 괄괄한 성격의 동생은 즉시 관가에 그 사실을 알렸다.

관가에서 나졸들이 나와 형제 두 명과 그의 아비 첩을 모두 끌고 가서 심문을 했다. 그런데 간통 현장을 증명할 아무런 증거가 없고, 불륜을 저지른 두 사람은 일체 모르는 일이며 아버지의 재산을 탐낸 동생이 형을 무고한 것이라고 죄를 뒤집어 씌운 것이다.

이렇게 해서 동생은 형을 무고한 혐의로 장형을 받고 감옥에서 숨을 거두었다. 그것이 이 사건이 일어나기 3년 전 일이다. 문지의 아내는 억울하게 죽은 남편을 생각하면 분이 가시지 않는데, 시숙은 혼자 된 제수를 아주 대놓고 천대를 하기 시작했다. 문지의 아내는 시숙 문신의 행동을 예의 주시하였다가 하루는 문신이 아버지의 또 다른 애첩 애진과도 대낮에 방 안에서 간통을 하고 있는 것을 보고 곧바로 관가로 달려갔다. 그리고 관리를 대동하고 현장을 급습하였다. 다행히 두 사람은 여전히 그 뜨거운 시간을 보내고 있다가 간통 현행범으로 체포된 것이다.

이렇게 해서 문신과 두 명의 문홍도의 애첩은 한양으로 압송되었고 모두 참형에 처해졌다. 왕은 "이런 참혹한 범죄는 처음 본다며 두 사람의 머리를 높이 달아 다른 사람들에게 교훈이 되게 하라!"고 지시했다. 그런데 동생 문지를 무고죄로 죽게 한 당시 관리들도 처벌을 받아야 한다는 주장들이 나왔다. 이에 당시 사건을 맡았던 우의정 이항복은 왕에게 자신이 잘못을 인정하고 석고대죄하면서 왕에게 죄를 청했다. 그러나 광해군은 단순한 실수로 생각한다며 다른 조치를 취하지 않았다. 정인홍도 손자를 보내 문지가 죽는 동안 아무 도움을 주지 못한 것에 대해 그의 아내에게 사과를 했다.

근친상간은 무조건 사형

1734년(영조 10년) 7월 22일, 한성에 과부 홍점이란 여자가 그 지아비의 조카 권도량과 몰래 간통하였다. 권도량은 의금부에 그 일이 발각되자 스스로 자기 목에 칼을 꽂아 자살을 했다. 살아 있던 홍점은 아이를 밴 상태라 아이를 분만하고 100일 지나 참수되었다. 또한 그 무렵 문두장이란 자가 그 며느리 아지와 간통하였다. 두 사람 모두 참수 당했다.

조선왕조실록에 자주 등장하는 근친상간, 물론 이 범죄를 저지른 당사자들은 모두 사형이다. 그런데 조선이란 나라가 근친상간이 자주 발생했던 이유가 대가족제도이면서 남자들은 결혼을 하면 얼마동안 처갓집에서 살도록 되어 있었다. 그래서 처가 식구들과 접촉하면서 불미스런 일이 종종 발생한 것이다.

조선은 조혼이란 풍습으로 배우자가 너무 오랫동안 서로를 바라보며 살아야 했고, 또한 한 남자가 여러 여자를 취해도 크게 문제가 되지 않는 사회였다. 일부일처제가 법으로 엄격히 지켜진 사회가 아니라 남자들은 마음대로 첩을 두고 살았고 여자들은 그것에 대해 질투할 권리도 없었다. 질투는 7가지 죄악 가운데 가장 큰 죄악이라고 사대부 사내들이 여성들에게 세뇌시킨 것이다. 그러면서 여자들에게 정조와 남편에 대한 한없는 이해심을 강조한 것이다. 아비와 아들이 같은 여인을 놓고 함께 취하는 경우가 종종 발생하는데, 사대부들이 상대를 정치적으로 매장시키기 위해 가장 효과적으로 사용한 것이 바로 기첩에 대한 조사였다.

기생첩은 대개 아버지와 아들이 서로 취하는 경우가 비일비재했다. 그래서 정치적으로 사람을 흠집 내려면 그 사람의 잠자리를 조사하면 대부분 첩 하나씩 두고 살았고, 그것으로 상대의 약점을 공격하였던 좋은 소재였다.

고려시대에는 형이 죽으면 형수를 동생이 취하는 제도도 있었고, 고려시대에도 근친혼에 대한 엄격한 잣대는 없었다. 오히려 왕실에서는 근친혼을 장려할 정도였다. 그런 것이 유학의 기본 이념을 깔고 있던

조선에서는 근친혼이 엄격하게 금지되고 어길 때는 죽음으로 벌을 받
게 된 것이다.

  1737년(영조 13년) 9월 23일, 창녕(昌寧)의 여자 문옥이(文玉伊)가
얼마 전에 8촌의 친척 사내의 강간을 피하려고 스스로 목숨을 끊은 사
건이 일어나자 문옥이에게 정절을 높이 사는 정려문을 나라에서 내려
주었다.

  문옥이는 나이 17세 꽃다운 여인인데, 팔촌(八寸) 문중갑과 함께 나
무를 하다가 문중갑이 강간을 하려 하자, 문옥이는 친척 사이에 이게
무슨 짓이냐고 꾸짖고 옷소매를 떨치고 돌아와 집에서 울면서 그 상황
을 친언니에게 말하고는 몰래 독약을 구해 마시고 죽었다. 문중갑은 법
률에 의거하면 강간 미수에 해당되어 곤장을 맞고 먼 지역으로 유배를
가야 하나 상대가 죽었으니 처벌이 너무 가볍다고 하여 죽음은 면하게
하는 대신 사람이 거의 살지 않는 섬으로 유배를 보내버렸다.

  그나마 그가 살아남을 수 있었던 것은 힘으로 강간을 했지만 워낙 문
옥이 저지하는 힘이 강해 실패하여 그렇게 된 것이다. 그런데 의문이
드는 것은 그때도 성폭행을 당한 여인들을 대상으로 처녀막 검사를 했
는지 여부다. 궁궐에 들이는 궁녀들도 처녀막 검사를 하지 않고 앵무새
감별법이란 전혀 과학적이지 않은 방법으로 검사를 한 것을 보면 문옥
이 확실하게 저지했는지 아닌지는 아무도 모르는 일이다. 어쨌든 나라
에서는 문옥이 비록 처녀의 몸이지만 근친상간의 죄를 범하지 않으려
고 자기 몸을 던져 정절을 지킨 것은 높이 추앙받아 마땅하다며 그 마
을에 정절을 기리는 문을 세웠다.

엽기적이고 이상하고 난해한
간통 사건들

법이란 보이는 부분만 가려 판단한다. 하지만 세상에 보이지 않은 진실한 사연들이 얼마
나 많은가? 모두가 손가락질 하고 참담한 사건이라도 그 속을 들여다보면 애틋한 진실이
가려 있다.

   1663년(현종 4년) 8월의 어느 날이었다. 어느 사내가 죽은 여자의 시
신을 겁간한 그야말로 엽기적인 사건이 발생했다. 시신을 겁간하는 것
을 '시간(屍姦)'이라고도 한다. 그런데 이 엽기적인 사건에는 두 남녀
의 애틋한 사랑이야기가 숨어 있었다. 죽은 여자는 며칠 전에 남편을
살해한 혐의로 교수형에 처해진 여인이었다.

   유난히 의처증이 심한 그녀의 남편은 매일같이 술 먹고 아내를 폭행
했다. 사건이 일어나던 그 날도 남편은 술에 잔뜩 취해 몇 시간 동안 아
내를 폭행한 뒤 잠이 들었고, 더욱 거칠어지는 남편의 폭력에 대한 두
려움에서 그녀는 새벽에 남편 목에 칼을 꽂아 버린 것이다.

   남편을 죽인 여인은 무조건 사형이었다. 그래서 숭례문 밖에서 그녀

가 교수형으로 죽었는데 시체가 밤사이에 감쪽같이 사라진 것이다.

이런 엽기적인 사건이 일어나자 민심이 흉흉해지고 의금부는 곧바로 조사에 나섰다. 여인이 살던 마을을 주변으로 해서 탐문 수사를 펼치던 금부도사는 죽은 여인을 평소 좋아했던 같은 마을 사내의 행적을 조사하다 이상한 점을 발견하고 집안을 급습하였다. 의금부에서 그 사내의 집을 들이닥쳤을 때, 죽은 여인의 시신은 옷을 하나도 걸치지 않은 채 발가벗긴 채 누워 있었다.

의금부에서는 그 사내를 잡아 와 조사를 했다. 그리고 두 사람의 애틋한 사연이 알려지게 된 것이다. 죽은 여인과 사내는 어린 시절부터 사랑하는 사이였다. 하지만 여인이 집안에 빚이 많아 돈 많은 역관에게 시집을 가게 되었다. 하지만 역관은 돈 때문에 팔려온 이 여자를 매일 학대했다. 의처증까지 심한 역관은 자기 몰래 다른 남자를 만난다고 여자를 끊임없이 구타했다. 학대에 못이긴 여인은 어느 날 술을 마시고 들어와 새벽까지 자신을 매질하고 잠든 남편의 목에 칼을 꽂아 버린 것이다. 그리고 아침 관가에 가서 자수를 했다.

사건의 내막보다는 남편을 죽인 아내는 무조건 중죄로 다스리는 것이 당시 사회 분위기였다. 그렇게 해서 그녀는 교수형에 처해진 것이다. 그나마 자수를 했고, 남편의 폭력이 인정되어 참수형에서 감형이 된 것이 교수형이었다. 이 참담한 소식을 전해들은 그녀를 짝사랑했던 사내는 밤사이 아무도 모르게 여자의 시신을 들쳐 업고 자기 집에 몰래 들어왔다.

사내가 죽은 시신을 겁간하기 위해 옷을 벗긴 것이 아니라, 너무나 사랑한 여인의 모습이 너무 더러워 깨끗한 옷으로 갈아입히기 전에 몸을 깨끗이 닦아 주려고 그랬던 것이다. 그러니까 시신을 겁간하려 했다

는 것은 죄인을 더 무거운 형벌로 정하길 좋아하는 형조 관리들의 못된 선입견 때문이었다. 포졸들이 들이닥친 순간에 실오라기 하나 걸치지 않은 시체를 보았으니 죄인의 마음을 읽는 형조 관리가 없는 점을 감안한다면 이런 전후 사정은 형조가 올리는 죄에 감안되지 않는 것이 보통이다.

사내는 자기에게 덧씌우는 죄를 그저 묵묵히 받아들이고 결국 사대문 밖에서 참수형을 당했다. 하지만 당시 두 사람의 애틋한 사랑이야기를 알고 있는 마을 사람들은 두 사람의 시신을 잘 거두어 양지 바른 곳에 함께 묻어 주었다. 사람들은 이승에서 이루지 못한 사랑을 저승에서 함께하도록 기원했던 것이다.

법이란 보이는 부분만 가려 판단한다. 하지만 세상에 보이지 않은 진실한 사연들이 얼마나 많은가?

음란한 어미의 머리카락을 자른 딸을 어떻게 해야 하나

1483년(성종 14년) 9월 22일, 실록에서는 곤혹스런 일 때문에 왕과 대신들이 고민에 빠진 일이 기록돼 있다. 자을미(者乙未)라는 여인이 자기 어머니 강덕과 이웃 사내 안말손이 자꾸 간통을 하자 분격한 나머지 어미의 머리카락을 자른 일이 있어 이것을 가지고 대궐에서 의논을 했다.

형조의 보고에 의하면 백성들의 질병을 치료해 주는 기관 혜민서의 자을미는 그 어미가 다른 사내와 간통한 것을 보고 분하게 마음먹고 어미의 머리카락을 잘랐다. 왕은 어미의 머리카락을 자른 것도 죄이고 아무 남자하고 간통을 하는 어미의 죄도 죄인지라 처벌을 놓고 고민을 했다.

사건은 대략 이렇다. 혜민서에서 일하는 자을미의 어미는 일찍 남편을 잃고 딸 하나를 키우고 살았다. 그런데 어미의 인물이 출중하여 군침을 흘리는 사내들이 많았다. 더구나 어미 강석은 자기에게 치근대는 사내들을 그렇게 딱 부러지게 밀치지도 못하는 처지였다. 그래서 마을에서는 강석을 안아보지 않은 사내는 사내도 아니라는 말이 돌았다.

그래서 마을의 아낙네들이 강석의 집에 몰려들어 동네를 떠나라고 할 정도였다. 이런 어미의 부정한 행동을 평소 탐탁지 않게 생각하던 딸 자을미는 어느 날 혜민서에서 일을 보고 집에 들어와 보니 어머니 강씨가 마을 사내 안말손과 한참 재미를 보고 있었다. 부아가 치민 자을미는 눈에 들어온 가위를 들고 어미의 머리채를 잡고 싹둑 잘라버렸다. 그런데 어미는 부끄러운 줄도 모르고 관가에 이 사실을 고함으로써 사건이 바깥에 알려지게 된 것이다.

이 사건을 바라보는 입장은 두 가지이다. 그 어미가 음행을 저질렀으니 머리카락이 잘린 것은 누구를 탓할 수 없는 일이라고 주장하는 쪽과 아무리 어미의 더러운 행실을 보았다고 하더라도 마땅히 숨기고 조용하게 바로잡아야 하는 것이 자식의 도리인데 어미 머리카락을 잘라 욕을 보인 것은 자식 된 도리가 아니며, 또한 머리카락을 자른 것은 살인미수죄에 해당할 수 있다는 주장이 팽팽하게 맞섰다.

여러 차례 논의한 결과 왕은 사헌부에 명해 자을미를 장(杖) 백 대를 치게 하고 사건을 마무리했다. 왕의 판단은 우선 어미의 실행을 보고 부끄러워 숨기고 감추는 것이 효라고 판단한 것이다.

자네 머리는 부추나물이네

간통을 하다가 머리카락 잘린 사건이 또 있어 소개한다. 1448년(세종 30년) 6월 5일, 이조정랑 이영서(李永瑞)가 옷 하나도 걸치지 않고 손발이 묶인 채 들것에 실려 형조 관아로 실려 가고 있었다. 이조정랑이란 자리는 관직의 인사권을 쥐고 있는 요직 중의 요직이었다. 그런 중요한 인물이 옷이 다 벗겨져 들것에 실려 가고 있는 모습이란 참으로 보기 힘든 광경이었다. 아무튼 지나가는 사람들은 무슨 영문인지 몰라 혀를 끌끌 찼는데, 얼마 뒤 그 사연을 알고 쓴웃음을 지었다.

사건은 이렇다. 이조정랑 이영서는 여자를 무척이나 밝히는 인물이었다. 그런데 어느 날 소양비(笑楊妃)라는 기녀와 간통을 했다. 버드나무가지처럼 헤프게 웃는 여자라는 이름처럼 소양비라는 기생은 헤픈 여자였다. 그녀는 원래 민서의 기생첩이었다.

민서는 세종의 어머니 원경왕후 민씨의 먼 친척뻘 되는 인물이다. 민서는 사랑하는 애첩의 집에 이조정랑 이영서가 술이 얼근해서 들어갔다는 이야기를 전해듣고는 곧바로 아우 민발과 조카 민효원을 대동하고 이영서가 한참 간통에 열중하고 있던 사건 현장에 들이닥친 것이다.

민서는 들고 있던 몽둥이로 이영서를 때린 다음 손과 발을 묶고 옷을 벗긴 다음 그의 이영서의 상투를 싹둑 잘라 버렸다. 그래도 분이 풀리지 않자 이영서를 형조로 끌고 갔으며 그 광경을 길가에서 사람들이 몰려나와 구경을 한 사건이었다. 그렇게 해서 이 이야기는 왕에게까지 보고가 된 것이다.

왕은 두 사람이 간통하는 현장을 급습한 것이냐고 좌승지 조서안에게 물었다. 그러자 조서안은 이렇게 대답했다.

"그것은 아닌 것 같습니다. 그저 두 사람이 함께 있는 것을 가지고 그렇게 민서가 흥분해서 그렇게 한 것 같습니다."

민서는 억울했을 것이다. 지금처럼 사진이라도 있으면 찍었을 것인데.

왕은 다음과 같이 지시했다.

"이영서가 민서의 기첩 소양비를 건드린 것은 잘못이지만 머리카락을 잘라 선비의 체면을 손상시키고 많은 사람이 보는 앞에서 그만큼 창피를 준 것이면 그것으로 죄를 다 마감했다. 하지만 민서와 그의 아우와 조카는 한 나라의 이조정랑이란 사람을 그토록 모욕적으로 해코지를 했으니 그들 또한 죄가 크다. 그러니 민서를 비롯한 그들 민씨 형제 3명의 직첩을 모두 빼앗고 곤장을 치게 하라!"

그런데 사람들은 이영서가 성균관 생원 시절에도 상투가 잘린 적이 있는데, 그것은 그가 술을 마시고 종의 처를 범하다가 상투가 잘려 수모를 당한 적이 있었다고 한다. 그래서 그의 친구 병조정랑 이현로가 이영서에게 이렇게 놀렸다.

"자네 머리털은 꼭 베면 다시 나는 부추나물일세 그려!"

남자도 아니고
여자도 아닌 것이

사방지에 대한 소문이 한양에 널리 퍼졌다. 사람들 말로는 그는 겉은 여자인데, 속은 남자라 성기 또한 장대하여 여자들은 한번 그와 관계를 가지면 모두 그에게 푹 빠진다고 하더라.

　실록에 등장한 흥미로운 인물 중에 으뜸은 사방지(舍方知)란 인물이다. 그의 이름은 실록에 여러 차례 등장한다. 특히 간통 사건을 심판할 때 역대 왕들은 사방지의 사례를 언급하곤 했다. '사방지(舍方知)'란 이름 자체가 자못 음란한 분위기를 갖고 있어 흥미롭다.

　1462년(세조 8년) 4월 27일, 아침 조회에 사헌부 장령 신송주가 왕에게 보고를 했다.

　"지금 도성에는 사방지에 대한 갖가지 음란한 소문들이 널리 파다하게 퍼져 있으니 서둘러 조사해야 할 것으로 봅니다."

　왕은 무슨 음란한 소문이냐고 묻자 그가 사건의 경위를 설명했다.

　"여경방(지금 광화문 근처)에 사는 김귀석(金龜石)의 처는 공신인 이순지의 딸로 일찍이 과부가 되었는데 사방지와 사통(私通)한 것이 여러 해 되었다고 합니다."

왕은 갑자기 양미간이 찌푸려지며 인상을 썼다.

"또 이순지에 대한 이야기인가."

그 무렵 부쩍 대간들이 정인지와 이순지에 대한 좋지 않은 이야기들을 입에 올리는 것이 왕은 마뜩찮았다. 이순지와 정인지는 사돈 지간이고 두 사람 모두 세종 시절 총애를 받던 신하들인데, 계유정난으로 새롭게 공신 대열에 합류한 자들에 의해 계속해서 그들은 비판받고 있었다.

특히 이순지는 조선의 천문학자로 중국의 천문역법을 우리 실정에 맞게 여러 책들을 간행했고, 세종 연간 각종 토목사업에 공이 많은 인물이었다. 정인지 역시 세종이 추진했던 한글창제의 핵심 인물이었다. 두 사람은 세조가 집권하고 치부에 관련해 자주 대간들의 탄핵 대상이었다.

왕은 장령 신송주의 말을 듣고 아무 말도 하지 않고 조회를 마친 뒤 자기 딸 의숙공주와 결혼한 사위 정현조를 불러 은밀히 조사하게 했다. 정현조는 정인지의 아들이고 이순지는 정현조의 장인어른이라 그렇게 조치한 것이다. 정현조는 영순군 이부와 승지 등을 대동하고 장인의 집에 도착했다. 그리고 이순지에게 먼저 양해를 구하고 사방지를 불러 사람들이 보는 앞에서 그의 아랫도리를 점검했다.

다음 날 왕은 우선 정현조를 불러 어제의 일을 물었다. 정현조는 머리 숙여 아뢰었다.

"제가 알아 본 바로는 머리 모양과 옷을 입은 것은 여자였는데, 속은 생식기가 달려 있는 남자였습니다. 그런데 이상한 것은 생식기가 다른 남자와 달리 조금 밑에 있을 뿐이었습니다."

정현조를 물러나게 한 뒤 왕은 다시 함께 대동했던 승지를 불렀다. 그는 이렇게 보고했다.

"이 자는 두 가지 형상을 하고 있었습니다. 그런데 남자의 형상이 더 많았습니다."

왕은 두 사람 말을 듣고 혼자 곰곰이 생각했다.

'한 사람은 남자 그것이 달려 있는데 그 밑에는 또 무엇이 있다 하고, 다른 사람도 남자인지 여자인지 알 길이 없다고 하네.'

왕은 잠시 후 승지를 불러 어제 조회시간에 사방지를 언급한 장령 신송주를 파직하라고 명했다.

그러자 얼마 뒤 사헌부의 대사헌을 비롯해 대간들이 입실을 청했다. 이들은 몰려와 왕에게 장령 신송주 파직을 거둬 달라고 주장했다.

"시중에 떠도는 소문을 조사하는 것은 사헌부의 고유 일인데, 어찌 장령을 파직하십니까? 우선 사방지를 잡아 들여 조사를 하고 집안 단속을 제대로 하지 못한 이순지의 죄도 물음이 옳을 듯합니다."

"내가 너희들 몰래 조사를 해 보았는데, 그 놈은 남자도 아니고 여자도 아니다. 그러니 간통한 것이라고 보기 어렵다. 그리고 두 개의 성기를 가진 자를 벌 한 사례는 어디에도 없다."

그러자 대간 이길보가 다시 주장했다.

"사방지가 여장을 하고 돌아다니면서 여자들을 건드린 것은 풍속을 어지럽힌 일입니다. 그것은 그 집안을 제대로 다스리지 못한 이순지의 죄이기도 합니다."

세조는 이길보의 말이 끝나기가 무섭게 버럭 화를 내며 이길보를 옥에 쳐 넣으라고 명했다. 그러자 더 이상 나서는 자가 없었다. 세조는 자꾸 집안 단속을 하지 못한다는 말에 불뚝 화가 치민 것이다. 마치 자기에게 하는 말처럼 들렸을까.

이제 왕과 대간들의 대치가 시작되었다. 벌써 대간 두 명이 사방지 사건으로 옥에 갇히는 일이 벌어진 것이다. 이제 누군가 중재자에 나설 차례였다. 이때 적당한 인물이 나섰다. 그는 한명회와 함께 계유정난의 일등공신인 좌의정 권람이었다. 그는 왕에게 대간들의 주장 가운데 사방지를 국문해야 한다는 것은 받아들여야 한다고 말했다.

"그럼 당신도 사방지와 이순지 딸이 간통한 것으로 보나?"

왕의 물음에 권람은 이렇게 대답했다.

"한 집에 10년 동안 여자 복장을 하고 산 것이 이미 간통을 한 것이나 다름없습니다."

왕은 재상의 집안일인데, 증거도 없는 일을 가지고 처벌하기는 어렵다고 하자, 권람은 이순지의 답답한 성격을 꼬집어 말했다.

"제가 이순지의 인물됨을 옆에서 오랫동안 지켜보았습니다. 그는 우유부단해서 집안일을 스스로 단속할 만한 위인이 못 됩니다."

권람의 의견을 받아들여 왕은 의금부에 이 사건을 배당했다. 의금부에서는 곧바로 사방지를 잡아들이고 그와 관련된 조사를 하기 시작했다. 그리고 며칠 뒤 의금부의 조사 내용이 왕에게 보고되었다.

"국문을 한 결과 사방지는 어려서부터 목소리가 미색이라 계집애라고 놀림을 받았고, 항상 계집 옷 입기를 좋아했다고 합니다. 어미는 그런 자식을 안타깝게 생각하다 어린 자식을 남겨놓고 죽었습니다. 그래서 이웃에 사는 내시 김연의 처가 사방지 고모였는데 그녀가 사방지를 거두었습니다. 내시 김연이 집을 자주 비워 김연의 처와 사방지가 밤늦도록 함께 있다가 잠이 드는 경우가 많았는데, 김연의 처도 사방지가 두 개의 성기를 갖고 있는 것을 알게 되었다고 합니다. 그러나 불쌍해서 내치지 않고 옆에 두고 있었는데, 내시 김연이 안평대군과 못된 일을 꾸미다 집안이 풍비박산 났고 그래서 사방지는 절로 들어가게 된 것입니다. 사방지는 머리를 깎고 여승 행세를 하면서 여승 중비와 지원, 소녀 등과 간통한 일도 있습니다. 그러다가 여승 중비의 소개로 이순지의 딸 이씨를 만나게 된 것입니다. 이순지의 딸은 남편을 일찍 잃고 과부로 살면서 적적하다 하여 사방지를 몸종으로 부렸는데, 사방지가 수를 놓는다는 핑계로 밤낮 가리지 않고 함께 있어 사람들 사이 이상한 소문이 돈 것입니다."

문제는 사방지의 그것이 정말 두 개라는 것인지에 사람들의 관심이 집중됐다. 그런데 조사를 한 의금부에서는 남자의 것 말고 여자의 것은 잘 드러나지 않아서 진위를 판별할 수 없다는 것이었다. 왕은 고민스런 표정으로 생각에 잠겨 있었다. 그때 내시 전균이 내시들 사이에 예로부터 전해져 오던 비방 한 가지를 왕에게 알려주었다. 그것은 소금물을 사방지의 음부에 바르게 다음, 황견(누렁이)으로 하여금 핥게 하면 그것이 겉으로 튀어나온다고 내용이었다. 왕은 즉시 의금부에 전균의 말대로 해보게 하니 과연 효험이 있어 사방지가 갖고 있던 여자의 것이 나타났다고 한다.

왕은 사방지를 이순지의 집으로 돌려보냈다. 왕은 사방지를 병자로 취급했다. 이순지를 대궐로 불러들인 뒤 세조는 "이 모든 일은 경의 집안일이니 경이 알아서 하시오."하니 그가 고개를 조아리며, "신의 용렬

함으로 인해 전하에게 심려를 끼쳐 송구합니다. 옥에 갇힌 대간들은 풀어주시고 저는 모든 관직에서 물러나 집에서 몸을 보호하고자 합니다."고 하였다.

세조는 이순지의 말을 받아들여 그의 관직을 거두고 대간들을 옥에서 풀어주었다. 그 후 이순지는 사방지를 먼 지방으로 보내버렸다. 그런데 3년 뒤 이순지가 병으로 죽자 그의 딸은 홀로 살기 적적하다며 사방지를 다시 불러 들여 다시 한 번 조정을 시끄럽게 했다. 이에 왕은 한명회, 신숙주의 의견을 받아들여 사방지를 먼 지방의 관노비로 내려 보냈다.

중국의 오잡조(五雜組)라는 문헌에 보면 곤양의 한 선비 부인은 새벽에는 남자인데 낮에는 여자로 바뀐다는 기록이 있다. 이런 인물이 실제 존재했던 인물인지, 아니면 가공의 인물인지 확인할 길이 없다.

사방지 이야기는 80년이 지난 1548년(명종 3년) 11월 18일 실록에 다시 언급된다. 당시 함경도 관찰사가 보내온 장계가 사람들을 놀라게 했다.

"길주 사람 임성구지는 남자의 음경과 여성의 그것이 모두 갖추어져 지아비에게 시집도 가고 지어미에게도 장가를 갔으니 매우 해괴합니다. 이 자를 어떻게 처리해야 하는지 몰라 어리둥절합니다."

당시 명종은 어머니 문정왕후 윤씨의 수렴청정을 받고 있던 때였다. 왕은 열다섯 나이로 이 난감한 문제에 침묵을 하고 있자, 대비 윤씨가 서둘러 지시했다.

"임성구지의 일은 법조문에도 없는 해괴한 일이니 대신들이 따로 의논하여 보고하라."

그러면서 지나가는 말로 대신들에게 물었다.

"과거 사방지의 사례는 어떠했는가?"

그러자 영의정 홍언필이 아뢰었다.

"사방지는 음양이 다 갖추어짐이 다른 사람과 달랐습니다."

"그렇다면 세조 임금 시절에 사방지의 예에 의하여 임성구지도 그윽하고 외진 곳에 따로 두고 왕래를 금지하게 하라."

대비가 발을 치고 신하들에게 하문을 했을 터이지만 참 민망한 이야기가 오갔을 것이다.

며칠 뒤 평안도 관찰사의 추가보고가 올라왔다.

"임성구지는 아내를 거느리고 있으면서도 다른 남자에게 장가를 간 인물입니다. 평소 남자 무당으로 있으면서 여자 복장을 하면서 여인들을 건드리는 것으로 보아 두 개의 성기를 가진 것은 아닌 듯합니다."

추가 보고서를 놓고 대비는 편전에 들지 않았다. 그 뜻은 민망한 일이니 대신들이 알아서 조치하라는 뜻인 것이다. 그래서 조정에서는 임성구지의 그것을 확실히 알기 위해 별순검을 파견하기로 했다. 그렇게 해서 그의 신체를 정밀 조사한 뒤 그가 남자의 성기를 달고 있고 여자의 성기라고 할 수 없지만 이상한 것이 있다는 보고가 올라왔다. 조정에서는 별순검의 보고를 확인하고 그를 어떻게 처리할 지를 놓고 의견이 분분했다.

과격한 사람들은 그가 요물이라 죽여야 한다고 주장하는 사람도 있었다. 그러나 사람을 죽여야 할 때는 왕의 허락을 받아야 하므로 왕에게 이 사건을 보고하자 명종은 사람이 없는 아주 깊은 곳으로 추방을 하라고 지시했다.

"그는 요괴가 아닌 성적 장애로 보는 것이 타당하다."

우리가 실록의 기록을 놓고 추측할 수 있는 것은 사방지는 양성인간이라기보다는 남자 물건을 달고 있는 여성 호르몬이 많은 '동성애자'일 가능성이 높다. 그래서 사내 아이지만 여자 아이 옷을 입히고 바느질을 가르친 것이다. 어머니가 일부러 그렇게 키운 것이 아니라 여자로 태어날 아이를 신의 실수로 남자가 되게 한 것이다. 물론 앞서 언급한 것처럼 야사에는 사방지가 두 개의 성기를 가진 양성인간으로 묘사하고 있지만 세조 임금에 의해 그것이 조작됐을 가능성이 있다. 이순지와 그의 딸을 보호하기 위해 사방지를 양성인간으로 만들어 간통 사건에서 벗어나게 했을 가능성이 많다. 그러니까 내시에 의해 소금물을 바르게 한 뒤 황견을 시켜 그것이 나오게 했다는 이야기는 실록에 기록된 이야기는 하지만 사실이 아닐 가능성이 높다.

한편 임성구지도 두 개의 성기를 가진 인물이라기보다는 남성의 성기 이외 정상적이지 않은 어떤 모습을 갖고 있어 무당 일을 하면서 여장을 한 채 여자들을 건드린 변태 인물일 가능성이 높다. 그래서 임성구지는 사방지 사례 때문에 목숨을 건진 것이다.

다른 시각은 임성구지가 남자 무당인데, 그 무렵 연산군 시절부터 내려오던 여장을 한 박수무당이 도성을 돌아다니며 굿을 하는 일이 유행이었는데, 그들이 필요할 때는 여자로 옷을 입고 유부녀들을 건드려 사회 문제가 되곤 했다. 영화 '왕의 남자'에서 여장을 한 남자 공길이 등장한 것을 보면 연산군 시절 사회 분위기가 퇴폐적으로 흘러 동성애가 유행했을 것으로 추측이 된다. 실록에 보면 연산군은 종종 기생들에게 남자 옷을 입혀 간통을 했다는 말이 나온다. 그 영향이 명종 연간 임성구지 사건까지 이어진 듯하다.

어미를 간통한 자의
집을 허물고 연못을 만들라

왕이 탄식을 했다. "그들이 정을 나눈 것이 무려 30년이라니 기가 막힌 일이다. 또한 계모뿐 아니라 첩에게도 더러운 욕정을 보였으니 이것은 고금의 역사에도 없는 극악무도한 죄이다. 그런데 문제는 그를 다스릴 만한 법령이 없다는 것이다."

1534년(중종 29년) 5월 10일, 사간원 보고서는 영산현감 남효문이 갑자기 죽은 이유가 적혀 있었다. 그가 죽은 이유는 아들 남순필이 아비의 첩과 몰래 간통을 저지른 것이 여러 해였고, 이것을 뒤늦게 안 남효문이 화가 나서 며칠 동안 술을 마시다 숨을 쉬지 못하고 질식해 죽었다는 것이다. 왕은 더 알아보고 벌을 주라고 명했지만, 조사를 더 해보니까 그 내용이 모두 사실이었다.

중종실록 기록을 통해 사건의 진상을 재구성해 보자. 영산현감 남효문은 아내와 자식이 없어 고민했는데, 조강지처가 자식을 낳지 못하고 죽자 그는 두 번째 부인을 얻었다. 하지만 몇 년이 지났지만 두 번째 부인에게도 아이 소식이 없었다. 남효문은 대가 끊길 것을 걱정하여 조카 남순필을 수양아들로 삼고 집으로 데려왔다. 그런데 수양아들과 새로 들인 마누라가 나이차이가 별로 없어 그런지 서로 친구처럼 지내는 것이 남효문은 여간 보기 좋은 것이 아니었다.

그리고 얼마 뒤 남효문은 영산현감으로 부임을 하게 됐다. 영산현은 지금의 경상남도 창녕 부근이다. 한양에서 그곳은 천 리가 넘는 먼 길이었다. 임기 2년을 마치고 집으로 돌아온 남효문은 그동안 집안사람들 모두 무탈한 것을 보고 안심했다.

그런데 그때까지 두 사람의 관계를 전혀 모르던 남효문이 어느 날 하인이 건네 준 편지를 받았다.

그것은 아들에게 가야 할 익명의 언문편지였는데, 글을 모르는 종이 실수로 남효문에게 건넨 것이다. 무심코 편지를 읽어 본 남효문은 그만 깜짝 놀라고 말았다. 그것은 아들 남순필에게 보내는 어머니의 편지였는데, 모자 사이라고 생각할 수 없는 연인 사이의 구애를 담은 낯 뜨거운 연서였던 것이다.

남효문은 집안 사정을 가장 잘 알만한 종을 잡아 다그치기 시작했다. 결국 종에게서 두 사람이 자기가 없는 사이 집안에서 꽤 오랫동안 통정한 사이임을 알게 되었고 그는 끓어오르는 화를 참을 수 없었다. 며칠 동안 식음을 전폐하고 소주만을 마시던 남효문은 화병으로 죽고 말았다. 그런데 두 모자는 남효문이 그저 시름시름 앓다가 죽었다고 주변사람들에게 알리고 서둘러 장례를 치러 버렸다.

그런데 장례식이 끝나자 아들과 어머니는 마치 부부 사이처럼 지내고 있어 마을 사람들이 통분을 금하지 못하다가 사헌부에 고소가 접수되어 사건의 전모가 밝혀진 것이다. 왕은 남효문의 수양아들과 후처 사이의 간통 사건이 사실임을 확인하자 법률에 따라 그들 두 사람을 효수형에 처하게 했다. 조선의 법률에서 근친혼은 무조건 사형이었다.

조만령, 계모와 아비의 첩을 간통한 죄를 묻다

1539년(중종 34년) 5월 3일, 조만령이 자기 계모와 서모(아비의 첩)를 간통한 죄를 보고 받고 왕은 이런 죄는 법에도 나와 있지 않아 처벌할 근거가 없다고 한탄했다.

의금부에서 올라 온 추가 보고서는 "지금 조만령이 계모 옥지와 간통한 것은 인정했지만 서모와 간통한 사실은 인정하지 않고 버티다가 그만 숨이 끊어졌다."고 왕에게 알렸다. "조만령이 계모와 통간한 것은 아비 죽은 뒤는 물론이고 그 아비가 살아 있는 동안에도 이루어져 두 사람이 몹쓸 짓을 한 것이 무려 30년이나 되었다고 합니다."

조만령의 폐륜 범죄는 처음에는 계모 옥지(玉只)와의 간통 사건을 그의 아내가 고발하여 조사를 했는데, 조만령이 자기 죄를 인정하지 않고 오히려 계모가 자기를 유혹하여 그것을 떨치고 사는 것이 힘들었다고 거짓 진술을 하였다. 그러자 화가 난 계모 옥지(玉只)는 조만령이 서모에게도 그 짓을 했다고 진술하는 바람에 그의 폐륜 범죄가 추가로 밝혀지게 된 것이다.

조만령은 추가 범죄에 대한 심문을 받는 과정에서 지독한 고문을 이기지 못하고 숨을 거두었다. 그런데 조만령을 심문한 조서를 살펴보면, 어느 때는 인정하기도 하고 어느 때는 완강히 부인하기도 하였다. 하지

만 그의 계모와 서모 두 사람의 심문 기록은 모두 간통한 사실이 확인
되었다.

　이에 왕은 다음과 같이 지시했다.

　"이 일은 차마 입에 담기조차 민망하다. 그의 죄는 이미 계모와 통간
사실로만도 능지처참감이다. 계모 옥지는 법률에 의거해 참(斬)하고
심문을 받다가 죽은 조만령의 시신은 능지처참시키고 조만령의 집이
통진에도 있고, 한양에도 있다 하니 두 곳 모두 집을 허물고 그 터엔 연
못을 파서 나쁜 기운이 더 이상 세상에 나오지 않게 하라!"

개가한 여자는
정조가 없다

여자들은 무조건 '일부종사' 해야 한다. 만약 재가를 하는 여인이 있으면 그 자식들은 관직에 등용될 수 없다. 이것은 성종 이후 굳어진 법으로 조선의 여인들에게는 악법이었다. 시대가 변하면서 차츰 20세 미만에 과부가 된 여인들은 재가를 허용하자는 주장이 제기되었지만 법을 함부로 고칠 수 없다는 주장에 묻혀 받아들여지지 않았다.

1494년(성종 25년) 2월 13일, 경상도 관찰사 이극균이 아뢰었다.

"안음현에 사는 수군(水軍) 이영미의 처 옥금이 남편을 잃고 시부모와 함께 살고 있는데, 노비 돌만(乭萬)이 옥금을 강간하려고 달려들어 폭행을 가하자, 옥금이 스스로 목을 매어 죽었습니다."

실록에 기록된 내용을 가지고 사건을 재구성해 보면 이렇다. 경남 함양 옆의 안음현에 남편이 죽고 혼자 된 옥금이란 여인이 살고 있었다. 남편 없는 삶이지만 열심히 시부모를 잘 모시고 살던 그녀는 아이도 없고 하니 재가를 가라고 주변에서는 성화였지만 이미 그녀는 한 번 재가를 한 여인으로 남편 복이 없다고 생각하고 그렇게 살고 있었다.

그런데 같은 마을에 돌만이란 종이 옥금을 혼자 흠모하고 있었다. 그는 틈만 나면 옥금의 모습을 훔쳐보았는데, 어느 날 돌만은 주막에서 혼자 술을 마시고 있는데 옥금이 그 앞을 지나가자 갑자기 욕정이 생겨 무작정 달려들어 그녀의 손을 잡은 것이다.

옥금은 우악스런 돌만의 손을 뿌리치며 그 녀석의 뺨을 후려치고 총총히 자기 집으로 사라졌다. 하지만 돌만은 술도 올라왔고, 사람들 앞에서 창피도 당한 뒤라 물불을 가리지 않고 그녀의 집까지 쫓아갔다. 옥금은 돌만이 쫓아온다는 것을 알고는 부리나케 집으로 뛰어 들어가 방문을 걸어 잠갔다. 옥금의 집에는 그날따라 시부모들이 모두 없었다.

돌만은 창호지 문을 계속해서 잡아 당겼고, 그 약한 문은 거의 너덜너덜 해졌다. 그리고 이윽고 문이 다 떨어져 나가자 돌만의 눈에 옥금이 방 안 가운데 목을 매고 달려 있는 것을 보았다. 스스로 목을 매 자결한 것이다. 경상도 관찰사는 옥금이란 여인이 순결을 지키기 위해 목숨을 버렸으니 그 마을에 열녀문을 세워 줄 것을 청하는 상소문을 올렸다.

그런데 이 사건은 여러 논쟁을 야기했다. 우선 옥금이란 여인이 한 번 결혼을 한 다음 다시 재혼을 한 여인이란 사실이다. 그러니까 그녀가 자신의 정조를 지키기 위해 목숨을 끊었는데, 문제는 이런 경우 재혼을 한 여인의 정조는 열녀에 해당하는지 그렇지 않은지에 대해 심각한 논쟁이 벌어진 것이다.

그녀는 비록 재가 했지만 시부모를 모시고 살고 있었고, 죽은 지아비를 섬기기 위해 노비의 겁간을 힘으로 막을 수 없자 목을 매어 자살을 한 것은 열녀에 해당한다고 주장한 측도 있었지만 그런 주장은 소수 의견에 물었다. 왕을 비롯한 대다수의 토론 참가자들은 그녀가 강압적으로 몸을 빼앗으려는 자에 맞서 항거한 정신은 높이 사지만 이미 한 번 재가를 했기 때문에 여인으로 절개를 훼손한 일이며 열녀로 올리기에는 문제가 있다고 본 것이다.

왕이 지시하였다.

"옥금(玉今)의 일은 재가한 여자라 그 절개가 그다지 높다 할 수 없으니 감사로 하여금 상세히 조사하여 돌만을 법에 따라 처리하라!"

한편 감사(監司)의 보고에 의하면 돌만이 강간한 것으로 보기 어렵다 하며 다음과 같은 내용을 적어 올린 것이다.

"강도의 죄가 중하고 절도의 죄는 경한 것인데, 돌만이 밝은 대낮에 큰길 가운데서 강간하려고 침범하여 폭행했으니 강간범으로 처리함은 옳지 않다고 본다."는 내용을 적어 올린 것이다.

왕이 전교하였다.

"전후 사정을 살펴보면 강간이라 이를 만하다. 다만 법에 따르면 '간통하는 현장을 잡아야 한다.'고 되어 있으니 감사의 말도 옳다."

그래서 결국 돌만은 강간죄로 처리하지는 않았다. 안음의 사람들은 옥금이 억울한 죽음에 비해 돌만은 가벼운 강도죄로 처벌 받은 것은 형벌의 공평성이 바로 서지 않은 판결이라 안타까워했다.

한편 여자의 개가 문제에 대해 성종 이후 실록 곳곳에 뜨거운 논쟁이 자주 벌어졌지만 여자들의 재혼을 법적으로 허락한다면 여자들에게 버림받는 남자들이 생길 수 있다는 주장에 묻혀 허용되지 않았다. 그러니까 남자들이 상처를 당할 수 있다고 여자들의 행복을 짓밟은 것이다.

그런데 연산군 집권 초기 경상도 단성에서 지방의 교육을 담당하던 훈도(종9품 관직) 송헌동이 '과부 재가 허용 문제'라는 아주 예민한 사안을 가지고 긴 상소문을 올렸다.

개가를 허용하여 살아가는 재미를 붙여 주소서!

1497년(연산군 3년) 12월 12일, 아침 조회 시간에 단성 훈도 송헌동의 과부 재가 허용에 관한 상소가 올라와 이를 본 왕이 의정부와 육조의 관리들을 오후에 소집시켜 토론을 하자고 지시했다.

송헌동은 경상도 단성현의 훈도로 여자들의 절개를 숭상하려는 뜻에서 여자들의 개가를 금지한 것은 이해가 되지만 무릇 남자와 여자의 성적 욕구는 음식을 먹는 것처럼 수시로 일어나는 고유의 일이므로 살펴 잘못된 법은 고칠 필요가 있다는 주장을 폈다. 그는 특히 여자의 나이 스무 살에 아이도 없이 청상과부가 된 여인들은 모두 개가를 허용해야 한다고 주장했다.

이미 이 문제에 대해 성종 임금은 언명한 바 있다.

"여자들은 두 번 시집가는 것을 법으로 금지한다. 그리고 만약 이를 어기는 여인은 그 자손들에게 관직의 기회를 박탈하겠다."

송헌동의 주장에 반대하는 자들은 이미 여러 차례 토론을 거친 내용이고 대다수 사람들이 그 법은 한 지아비를 섬겨 열녀문을 받은 여인들의 고귀한 뜻을 지켜야 한다며 반대를 분명히 했다.

반면 과부 재가를 허용하자고 주장하는 인사들은 이렇게 주장했다.

"여자들의 희생으로 자손들이 벼슬을 하는 것은 너무 가혹한 처사이며 청상과부가 나라에 많이 있다는 것은 음과 양의 부조화로 모든 원한의 근본이므로 이를 바로잡아야 한다."

그런데 이날 토론은 과부의 재가 허용을 반대한 사람들이 재가를 허용하자는 주장을 압도했는데, 대사간 정석견(鄭錫堅)이 좌중을 압도하는 논리로 토론을 이끌었다. 그는 해주 정씨로 1474년(성종 5년) 식년문과에 급제, 사간원 정언을 지냈으며 성종 시절 사헌부 지평으로 당대 여러 논란들을 명쾌한 논리로 마무리한 인물이었다.

한때 사헌부 장령으로 유자광을 탄핵했다가 좌천되기도 했지만 연산군 집권 뒤 다시 중용되었다. 그는 그러나 1498년 무오사화 때 파직되었다. 그의 논리 정연함은 폭군 연산군조차 이기지 못해 아예 대사간이란 제도를 없애버리기도 했다. 당시 실록에 실린 그의 논리는 이렇다.

"주문공의 『소학』에 따르면 어떤 사람이 묻기를 '과부를 아내로 삼는 것이 도리에 불가하다 했는데 선생님 생각은 어떻습니까?' 라고 이천(伊川) 선생에게 물었습니다. 그러자 선생은 '그렇다. 무릇 아내를 맞는 것은 몸을 짝하기 위함이다. 그런데 만약 실절을 한 여인에게 장가를 들면 자기도 역시 실절을 한 것이다.' 하였습니다. 또 그가 묻기를 '외로운 과부가 가난하고 곤궁하여 의탁할 곳이 없으면 살기 위해서라도 재가를 해야 하는데 어떻게 생각하십니까?' 라고 묻자 선생이 대답하길 '굶어 죽는 것은 작은 일이요, 절개를 상실하는 일은 극히 큰일이다.' 라고 말씀하셨습니다. 성종 임금은 더러운 풍속을 일신하고 절의를 숭상하기 위해 재가한 자는 자손의 벼슬길을 금한다고 법으로 만드셨습니다. 그리고 이것이 너무 가혹한 처사라고 당시에도 말하는 자가 많았지만 왕은 '나는 그것을 허하지 않겠다. 그리고 나중 임금이 이 법을 고친다고 해도 이를 허락하지 않겠다.'고 하셨습니다. 그러니 선왕의 이런 뜻을 높이 받들어야 합니다."

정석견이 이렇게 주장하자 한동안 궐내에는 침묵이 흘렀다. 그리고 성종 시대 주역의 인물들이며 국가 원로들인 노사신 · 윤필상 · 한치형 등이 선왕의 뜻을 받들어 다시 논하지 말자고 왕에게 건의했다. 왕은 원로들에게 "선왕이 그렇게 법을 고치지 못하게 한 당시 사건에 대해 알고 있는 사람이 있는가?"라고 묻자 『경국대전』 편찬에 깊이 관여했던 노사신이 1477년(성종 8년)에 일어났던 당시 사건을 이야기 해 주었다. 사건을 대략 요약하면 이렇다.

이심의 처 조씨가 김주에게 재가를 갔다. 그런데 과부 조씨에게 재산이 많은 것을 알고 김주의 동생이 사헌부에 형 김주를 고발한 것이다. 동생이 고발한 내용은 "형이 조씨와 혼인하지 않고 취했으므로 여자를 강간했다."는 주장이었다. 성종 임금은 "이심의 처가 김주에게 시집 간 것은 인정하지만 예를 갖추고 혼인을 하지 않았으니, 강간은 아니고 화간이다. 그러므로 화간한 자는 장(杖) 80대에 처한다는 대명률에 따라 처리하고 형을 무고한 동생은 장(杖) 1백 대와 3천 리 먼 곳으로 유배를 처하게 하라"고 명했다. 그러니까 사건은 동생이 형과 형수의 재산을 노리고 두 사람이 공식적인 결혼을 하지 않았으니 화간을 했다고 주장하면서 오히려 형을 무고했다는 이유로 엄한 벌을 받은 것이다.

왕은 재가를 했어도 중매를 통하지 않고 일가친척에게 알리지 않은 것은 혼인으로 인정할 수 없고 화간으로 판단한다고 결론을 내린 것이다. 그리고 덧붙여 왕은 "양반집 여자들은 재가를 금지하며, 만약 재가를 한다면 자손들의 입신출세에 제한을 가하라."고 지시하고 그것을 법으로 세우고 누구도 이 법을 고치지 못하게 하라고 지시한 것이다.

노사신은 "당시에 이 문제로 여러 날 걸쳐 토론을 했는데, 선왕의 뜻은 여자들이 무분별하게 남자들에게 재혼을 하면 유학의 참된 정신이 훼손되고 사회가 혼란스러워 이렇게 정한 것입니다."라고 전했다. 그래서 이 날 해가 질 무렵까지 긴 토론의 끝은 다시는 이런 주제로 이야기하지 말자가 결론이었다.

보쌈은 과부가 살기 위한 유일한 대안이다

자녀안은 조선 시대 양반 가문의 여자로서 품행이 나쁘거나 세 번 이상 시집을 가서 양반의 체면을 손상시킨 여인들의 이름을 적어 두던 문서다. 이 문서에 이름이 올라가면 그 가문은 불명예였고, 그 자손은 나라의 관리로 임명되지 못했다.

조선의 왕 가운데 대개 부부 금슬이 좋지 않은 왕들이 여성을 탄압하는 악법을 만들었다. 태종은 정비 원경왕후 민씨와 사이가 좋지 않았다. 물론 태종이 왕이 되기 전에는 원경왕후의 사내다운 용맹한 기질 덕분에 왕이란 자리에 올랐지만 그런 공로 때문인지 원경왕후는 왕을 보필하는 다소곳한 왕비의 이미지와 전혀 다른 모습을 보여주었다.

태종이 왕이 되고 왕실의 안녕과 발전을 위해 아이를 많이 갖기 위해 젊은 후궁들을 들일 때마다 원경왕후 민씨는 투기가 심해 대궐이 떠나가라 대성통곡을 했다고 한다. 더군다나 혈기 왕성하던 30대 시절에는 남편이 실수로 여종을 임신시키자 남편이 보는 앞에서 여종을 때려죽이기까지 했다고 하니 그녀의 투기는 상상을 초월했다.

그런 마누라를 둔 왕인지라 태종은 '자녀안'이란 제도를 만들었다. 그것은 양반가 규수의 품행을 기록한 문서인데 양반집 여인으로 품행이 바르지 않거나 3번 이상 결혼한 사람의 행실을 기록한 블랙리스트였다. 태종은 그 맨 첫 장에 아내 민씨 이름을 올리고 싶었을 것이다.

자녀안이 여인들에게 화냥년이란 낙인을 찍는 도구였다면 이제 성종이 만든 '여자의 재가 금지 법안'은 아예 여자들의 인권을 탄압한 최대의 악법인 셈이다. 성종 역시 연산군 생모인 윤씨를 자기 얼굴을 할퀴었다고 쫓아내고 3년 만에 사약을 내린 왕이다. 태종도 후궁을 많이 둔 왕이지만 성종 역시 3명의 왕비를 포함하여 아내가 열두 명이나 되었다. 그러니까 자연히 후궁들 사이에 음모와 모략이 대궐을 시끄럽게 했고, 그런 때문인지 성종은 조선의 여인들을 400년 동안 암흑 속에 가둔 그런 악법을 만든 것이다.

그러니까 양반집 부녀자들은 조혼 풍습 때문에 십대 초반 시집을 와서 남편이 일찍 객사하면 차라리 평민들에게 보쌈 되는 것을 원하는 경우도 많았을 것이다. 그래서 조선시대 보쌈은 사대부 여인들이 평범하게 살아갈 수 있는 비정상적인 유일한 대안이었다.

보쌈을 당한 여인과 여인을 훔치는 사내 사이에는 불문율 같은 것이 있었다. 늙도록 장가를 가지 못한 노총각이어야 하고 아내가 있는데 보쌈을 해서 첩으로 삼는 것은 원래 불법이었다. 보쌈을 부지불식간에 당한 여인은 자식의 출세를 위해서 자결을 하려거든 보자기 속에서 혀를 깨물거나 아니면 허리춤에 항상 지니고 있던 순결을 상징하는 은장도로 자결을 하면 된다.

아니면 평범한 서민의 아내로 농사나 지으면서 남편 사랑을 받으며

살고 싶다면 보자기 속에서 새로운 남편이 어떤 사내인가 상상을 하면 되는 것이다.

조선 초기에는 이혼이란 제도도 있었다. 그러나 성종 이후 여자에게 재가 금지에 관한 법이 생긴 뒤에는 양반들은 함부로 아내를 버릴 수 없었다. 정말 이 여자하고는 못살겠다 싶으면 왕의 허락을 받아야 했다.

조선 초기에는 이혼 당한 여자들이 간혹 있었다. 그녀들은 반드시 남편에게 이혼의 증표로, 할급휴서를 받아야 했다. 할급휴서(割給休書), 이것은 가위로 옷을 베어서 준다는 뜻으로, 마지못해 헤어져야 할 때 남자가 여자에게 주는 깃저고리 조각이다.

이를 받아 든 여자는 다른 남자와 결혼할 수 있었다. 그러나 공식적인 결혼이 아닌 이 나비꼴 모양의 이혼증서를 받은 여인은 새벽이슬을 맞으며 성황당 근처에서 자기를 데려 갈 새로운 남자를 기다려야 했다. 그러니까 운 좋은 사내들은 새벽이슬 맞으며 집으로 들어가는 길에 성황당 부근에서 얼굴 반반한 첩을 하나 그냥 얻을 수도 있었다.

그것을 첩을 줍는다는 뜻인 습첩(拾妾)이라고 했다. 대개 새벽이슬을 맞으며 집으로 돌아가는 사내들이 기생집에서 밤새 놀고 돌아가는 자들이 많으니 바람기 많은 사내들은 여자복도 많다는 말은 그래서 생긴 이야기다. 술이 너무 과해서 새벽에도 깨지 않은 상태에서 정말 이건 아니다 하는 여자를 그냥 집으로 모셔 오는 사내도 있으니 그건 술이 깨지 않은 자기 실수로 생각해야 했다.

그렇다고 못생긴 첩을 데려왔는데, 술 깨고 보니 이거 아니라고 해도 버릴 수 없다. 한편 여자도 남자가 어떤 사람이든 무조건 첫 번째 남자를 따라가야 했다. 여인의 얼굴이 출중하면 아침이 되기 전에 사내들이 저마다 다투겠지만 그렇지 않은 여인은 결국 거리의 여자가 되든지, 아니면 걸인 신세가 되어야 했다. 그러므로 보쌈은 '약탈혼'의 일종이며, 원래 이 풍습은 과부와 노총각들을 결합시키기 위해 암묵적으로 행해지던 일이었다. 하지만 대개 노총각들은 가난해서 결혼을 하지 못한 사내들이 많았으니 보쌈을 당한 과부들의 새로운 인생도 그리 순탄한 것은 아니었을 것이다. 그러나 평생 남편 없이 외롭게 사는 것보다 가난해도 행복한 서민의 아내가 더 낮지 않았을까?

남편에게 함부로 하는 여인들
어찌할꼬?

여원부원군 송질의 딸 셋은 모두 그 어미를 닮아 남편을 하찮게 여기고 투기를 잘해 사헌부의 탄핵을 당했지만 왕이 송질의 얼굴을 보아 모두 용서하였다.

중종실록에는 유난히 근친상간의 간통 사건이 자주 등장하는데, 이는 연산군 시절 사회 전반에 퍼져 있던 음란함이 원인이었다. 연산은 사대부 여인들 가운데 마음에 드는 여인이 있으면 가슴 앞에 명찰을 붙여 누구 집 아낙이네, 아니면 누가 아버지이네를 표시하고 궐에 들여 마음대로 간통했다.

또한 중종실록에 자주 등장한 사건 가운데 하나가 남편을 학대하는 여인들의 이야기다. 조선이 남성 사회였지만 실록에서 보면 중종실록에 남편이 아내에게 학대당한 것에 대한 억울함을 호소하는 일이 자주 보이는 것은 연산군 시절 연산에게 붙들려간 사대부 아녀자들이 정절을 빼앗기고 오히려 자신을 지켜주지 못한 남편을 구박하는 일이 잦아 그렇게 된 측면도 있다.

한편으로는 출세에 눈이 먼 사내들이 아내를 팔아 관직을 얻은 자도 있었으니, 남편과 아내의 신뢰가 무너져 아내가 남편을 학대하는 일이 종종 벌어진 것이다.

또한 사내들이 아내에게 학대당하는 그 이면에는 나약한 사내들 모습을 엿볼 수 있었다. 처갓집이 공신이라 더부살이 하던 사내들이 많았던 당시 풍습에서 보면 아내 말에 경기를 일으키는 것이 오늘날 남자들만 그런 것은 아닌 것으로 보여진다.

1517년(중종 12년) 12월 20일, 공신 집안에 관련된 일이 사헌부에 접수되어 왕에게 보고되었다. 보고 내용은 다음과 같다.

"군자감 판관(軍資監判官) 신수린(申壽麟)은 여자 종을 간통했는데, 아내가 이를 투기하여 여종을 돌로 쳐 얼굴이 문드러져 죽었고, 또한 그 시신을 싸서 남편으로 하여금 보게 한 사건이 발생했습니다."

신수린의 아내는 바로 성희안의 여동생이다. 성희안이 누구인지 알아보자. 바로 중종반정의 일등공신이다. 한때 연산군 시절 이조참판을 지내고 오위도총부부총관으로 명나라까지 다녀온 그가 연산군이 양화진 망원정에서 놀 때, 술 한 잔 마시고 왕의 언행을 풍자하는 시를 짓다가 왕의 노여움을 사 무관 말직으로 좌천됐던 인물이었다.

그런 그가 박원정과 함께 중종반정을 도모하여 반정공신으로 영의정까지 올랐다. 그가 죽은 지 4년 만에 그의 집안에 좋지 않은 일이 일어난 것이다. 신수린은 성희안의 도움으로 벼슬을 얻었으며, 그의 처는 자기 오빠 때문에 벼슬을 하게 된 신수린을 우습게 알고 있었다. 그래서 처가 덕을 너무 본 사내는 사내구실을 못한다는 말처럼 신수린이 바로 그런 경우였다.

그런 어느 날 아내가 잠시 친정을 가고 며칠 집을 비운 사이 신수린은 자기 처지를 잠시 잊고 집안의 여종과 간통을 하다 아내에게 들키고 말았다. 성질이 불 같은 신수린의 아내는 그 여종을 그 자리에서 돌로 쳐 죽였다. 평소 아내 성격을 아는 신수린은 그 일이 벌어지기 전에 줄행랑을 친 것이다.

그리고 아내의 화가 좀 가신 뒤 집에 들어가니 아내가 웃는 낯으로 다가와 보자기를 꺼내놓았는데, 그녀의 미소가 무섭고 끔찍할 정도로 차가웠다.

신수린은 그 보자기를 끌어보고 뒤로 넘어졌다. 보자기 속에는 돌에 맞은 흉측한 얼굴을 하고 있는 죽은 여종의 머리가 있었던 것이다. 신수린은 보자기를 들고 곧바로 관가로 달려가 아내의 끔찍한 범죄를 고발했다.

그렇게 해서 그 집안의 불미스런 이야기가 화제가 된 것이다.

왕은 이 사건을 보고 받고 "공신의 동생이지만 끔찍한 일을 저지른 여인을 그저 놔둘 수 없다"고 말하고 장(杖) 1백 대를 때리게 했다. 그리고 신수린 역시 여종과 간통을 한 죄로 모든 관직을 거두게 했다.

이런 엽기적인 일이 벌어지기 6개월 전에도 영의정까지 지냈던 송질의 딸들에 대한 악행이 알려져 사헌부에서 죄를 물었지만 왕은 윤허하지 않았다.

1517년(중종 12년) 6월 3일, 사헌부가 이형간의 처 송씨의 죄목을 논했지만 왕은 윤허하지 않았다. 사헌부 수장은 다시 왕에게 청했으나 왕은 아무 말도 하지 않았다.

"이형간의 처가 공신의 딸이라 조사하기 어려우니 의금부에서 조사하게 해 주십시오."

여원부원군 송질은 중종반정의 공신이다. 조광조는 송질을 평가하면서 "그는 연산에게 사랑받아서 품계가 올라갔다가 반정하는 날 분주히 뛰어다녀 공신 대열에 합류했다."고 비난했다. 당시 사헌부에서 몇 차례 송질의 딸들 비행을 왕에게 올렸지만 송질의 장손 송인이 왕의 사위라 조사할 수 없어 의금부 조사를 청했지만 왕이 아무 말도 하지 않았다.

송질의 딸들은 아비의 막강한 권세를 믿고 하나같이 남편을 하찮게 대했다. 첫째 딸은 홍언필에게 시집을 갔으며, 아들 홍섬을 낳았다. 그런데 그녀는 투기가 심해, 하루는 홍언필이 어느 여인과 간통을 하다 아내에게 발각됐는데, 간통한 여인의 머리카락을 자르고 피투성이 되게 구타를 하여 온몸이 성한 데가 없었다. 그 여자의 친척이 홍언필에게 "사헌부 지평의 아내가 이렇게 사람을 때릴 수 있습니까?"하고 따졌지만 그가 고개를 들지 못했다고 한다.

사람들은 홍언필도 일인지하 만인지상의 영의정에 올랐고, 그의 아들 홍섬도 영의정에 올랐지만 그의 아내와 어머니는 직책에 맞는 품격이 없어 사람들에게 손가락질 받았다.

송질의 둘째 딸도 역시 남편 알기를 우습게 아는 여인이다. 그녀는 이형간이 덕산현감이 된 것은 모두 자기 아버지 덕이라고 생각해서 그런지 남편을 대하는 것이 밑에 있는 종을 부리는 것처럼 했다. 남편이 대궐에서 일을 할 때, 한 겨울 왕의 부름을 받고 새벽에 출근을 하는데 밥을 차려주기는 고사하고 솜옷이 없다며 가벼운 옷을 주고, 궐에서 물러나 집으로 오면 문도 열어주지 않아 병을 얻게 됐다.

　이형간은 외출한 뒤 집에 들어가려 해도 들어갈 수가 없어 집 문 바깥에 누워 있다가 얼어 죽게 된 것이다. 그래도 이 집에서는 그가 어떻게 됐는지 알지 못하다가 문 밖에 얼어 죽은 시신을 이웃사람들이 발견하고 관가에 신고하여 세상에 그녀 악행이 밝혀지게 된 것이다. 이런 악행으로 남편이 죽자, 마을 사람들이 송씨의 나쁜 행실을 비난하면서 결국 왕이 의금부에 사건을 조사하게 하였고, 조사한바 전해진 이야기들이 모두 사실로 밝혀졌다.

　왕은 의금부에 명하였다. 정종보와 허지의 일도 언급했다.

　"송씨의 악행은 정종보(鄭宗輔)와 허지(許遲)의 처보다도 심하다. 내가 공신의 집안일이라 덮어두고 싶었는데, 요즘 세상에 남편을 학대하는 여인들이 많으니 이들을 징벌하지 않을 수 없다."

　그리고 왕은 덧붙여 그 무렵 관리들이 아내에게 당한 수모를 열거한 것이다.

　"지금 상주목사 정종보와 전 집의 허지의 처가 모두 사헌부에 죄가 접수되었는데, 내 이들 죄를 읽어보니 정말 남편 알기를 집안에 부리는 종보다 못하다. 허지의 처는 남편의 친척을 만나면 '내 남편이 이미 죽었는데 당신들이 나와 무슨 상관이냐?'고 말하며 노비들에게 상복을 입혀 죽지도 않은 남편을 위해 곡을 하게 했다. 그리고 정종보의 처도 남편과 만나지 않은 지가 10여 년 넘었는데, 스스로 맹세하기를 '평생 같이 살지 않겠다.'며 정종보가 여러 마을의 수령이 되었지만 남편을 버린 지가 오래 되었다."

조선은 유교의 엄격함으로 여성들의 사랑이나 마음을 좌지우지하려고 했으나 친정의 권력을 믿고 남편을 학대하는 여성들은 막지 못했던 것 같다.